Schanhollen

Die Deutsche Nationalbibliothek verzeichnet diese Publikation in der Deutschen Nationalbibliografie; detaillierte bibliografische Daten sind im Internet über http://dnb.dnb.de abrufbar.

© 2016 INGO JUNG UND THOMAS BLOCK

Herstellung und Verlag:

BoD – Books on Demand, Norderstedt

ISBN: 978 374311939

Aus dem Hülloch zur Weihnachtszeit

Geschichten aus Kierspe

erdacht von

THOMAS BLOCK
INGO JUNG

Umschlag **Claudia Ackermann**
Rechtschreibung **Ralph Stockhausen**
Illustration **Thomas Block**
Satz **Ingo Jung**

ZUM GELEITE

24 Geschichten zur Weihnachtszeit.

Weihnachtsgeschichten, Märchen, Sagen, Novellen, Satiren, verschiedene Gattungen, die Eines eint. Sie handeln fast alle von den Schanhollen und spielen in Kierspe. Hier halten Sie nun unsere Sammlung in den Händen. Über die Kiersper Schanhollen gab es bisher nur wenig zu lesen. Bis auf das Gedicht von Fritz Linde, im sauerländer Platt erzählt. Also besannen wir uns auf das Grundmotiv, die hilfreichen Wichte aus dem Hülloch, die hin und wieder in unsere Welt treten. Und sehen kann sie nur der, der an einem Sonntag geboren ist. So entstand also unsere Geschichte mit den Schanhollen, die aus dem Hülloch kamen, als es in Kierspe eine sagenhafte Schneekatastrophe gab. Natürlich just zur Weihnachtszeit. Nachfolgend kam die Idee, 24 Kurzgeschichten in ein Büchlein zu packen. Einfach so und in der Hoffnung, dass es in der ein oder anderen Familie zu Weihnachten gelesen oder besser noch vorgelesen wird. Wer aufmerksam liest, wird vielleicht bemerken, dass manche Geschichten verbunden sind, dass es Querverweise gibt. Und manchmal widersprechen sich auch Aussagen. Oder sind sogar zeitgeschichtlich nicht korrekt oder einfach erfunden. Aber hej: es sind Schanhollengeschichten! Märchen! Sagen! Und wer weiß es schon? Vielleicht steckt irgendwo doch ein wahrer Kern.

Wie es auch sei. Wir hoffen, dass es ihnen ebenso viel Spaß macht, die Geschichten zu lesen, wie wir Spaß beim Ausdenken hatten.

Adventskalender

01. Dezember	Aus dem Hülloch zur Weihnachtszeit (1)
02. Dezember	Aus dem Hülloch zur Weihnachtszeit (2)
03. Dezember	Der verwunschene Adventskalender
04. Dezember	Eine Nacht im Arney
05. Dezember	Als die Knibbelelfen streikten
06. Dezember	Lars Eisenbär u. der Adventswal in der Jubach
07. Dezember	Fallende Engel
08. Dezember	Erkenntnis
09. Dezember	Der Lodenmantel aus der Kölner Straße (1)
10. Dezember	Der Lodenmantel aus der Kölner Straße (2)
11. Dezember	Hartmut das Eichhörnchen
12. Dezember	Burgfrieden
13. Dezember	Olli Schanolli
14. Dezember	Lord Sockwalkers Notlandung
15. Dezember	Adventum
16. Dezember	Nachts in der Rönsahler Schnapsbrennerei
17. Dezember	Utopia K597

ADVENTSKALENDER

18. Dezember   Auswanderung

19. Dezember   Viel Rauch in der Höhle

20. Dezember   Der weiße Rauk

21. Dezember   Rettung aus dem All

22. Dezember   Der Geist vom Schleiper Hammer

23. Dezember   Die Thingslinde und das Femengericht

24. Dezember   Meryem und Jussuf

Aus dem Hülloch zur Weihnachtszeit

Thomas Block und Ingo Jung

Als Kierspe im Schnee versank
Teil 1

Es war ein kalter Wintertag. Ein sehr kalter Wintertag sogar. Der Dezember war schon fast vorbei und die letzten Tage hatte es kräftig geschneit als etwas Besonderes in Kierspe geschah. Davon werden wir euch heute berichten.

„Sooo viel Schnee", jammerten die Erwachsenen. „So viel Schnee haben wir ja ewig nicht gehabt."
Die Erwachsenen schimpften ja meistens über den Schnee aber in Wirklichkeit freuten sie sich, glaube ich, auch. Denn es lag wirklich viel und es sah einfach toll aus. Alles war von einer dicken weißen Schicht bedeckt und der Schnee war so weiß, wie es nur frischer Schnee sein kann. Kein Matsch oder so was, sondern richtig schöner weißer Pappschnee, der sich wunderbar zum Bauen von Schneemännern, Burgen und sonstigen Kunstwerken benutzen ließ. Dazu gab es auch schon seit Tagen einen strahlend blauen, wolkenlosen Himmel. Kurzum: Kierspe sah aus, wie auf einer etwas zu kitschigen Postkarte. Aber Erwachsene sind eben so. Sie müssen trotzdem jammern. „Man kommt mit dem Auto gar nicht mehr zur Arbeit oder nach Lüdenscheid um Weihnachtsgeschenke zu besorgen."

DAS war natürlich ein Argument. Weihnachtsgeschenke mussten besorgt werden. das sahen sogar die Kinder ein. Wie sollte denn Weihnachten ohne Geschenke gehen? Undenkbar. Aber um sich abzulenken beschlossen die Kinder sich weiterhin über den Schnee zu freuen, riesige Schneemänner zu bauen und bis zum Einbruch der Dunkelheit Schlitten zu fahren. Wenn sie am Abend heimkamen, setzten sie sich an den warmen Ofen und hofften, dass es bald Weihnachten wäre. Doch in dieser Nacht schneite es sogar noch mehr. Und damit beginnt auch unsere eigentliche Geschichte.

Als Herr Beller erwacht, weiß er wieder mal nicht so genau was für ein Tag überhaupt ist. Er überlegt kurz, ob es vielleicht ein Samstag sei oder ob sogar schon Ferien sein könnten. Doch schnell fällt ihm ein: leider nur ein blöder Mittwoch. Doch halt, kein normaler blöder Mittwoch. Es ist der letzte Schultag vor den Weihnachtsferien. Der 23. Dezember!
Er schaut auf seine Armbanduhr mit Leuchtziffern. Kurz vor sechs. Zeit zum Aufstehen.
Er wird wohl wieder sein Auto freikratzen müssen, damit er pünktlich zur Schule kommt. Denn Herr Beller ist Lehrer an der Gesamtschule, und zwar ein sehr pünktlicher. Er schlägt die Bettdecke zur Seite und drückt auf den Schalter seiner Nachttischlampe. Nichts. Herr Beller flucht leise und tastet sich zum Lichtschalter an der Schlafzimmertür vor. Dabei stolpert er über den Stuhl auf den er abends immer seine Sachen hängt. Natürlich gibt es einen Mordslärm.
„Reinhard?" Seine Frau ist wach geworden.
„Aaaaah, ich habe mir, glaube ich, das Knie gebrochen."

„Reinhard?", fragt Susanne in die Dunkelheit hinein. „Reinhard? Ich glaube das Licht geht nicht."
Er grinst, obwohl sein Knie wirklich ganz schön wehtut. Da schläft seine Frau aber schon wieder ein. Dann geht er ganz vorsichtig in die Küche und findet eine Taschenlampe. Auch in dort, im Wohnzimmer und im Bad bleibt es dunkel. „Wird wohl die Sicherung sein", denkt er. Doch als er aus dem Fenster sieht, bemerkt er nur eine weiße Wand.
Fast zur gleichen Zeit und nur ein paar Kilometer entfernt geschieht dies: Es ist fünf Uhr, als der alte Hausmeister der Gesamtschule den wilden Dackelmischling Kurt zum Gassi hinauslassen will, doch die Tür der Hausmeisterwohnung lässt sich nicht öffnen. Es hat also wieder geschneit.
Die ganze Nacht über fielen dicke Flocken vom Himmel. Der Mond beobachtete das Treiben lächelnd aber auch ein wenig besorgt, da auch er, in seinem wirklich langem Leben, noch kein solch heftiges Schneetreiben um die kleine Stadt im Sauerland gesehen hat. Auf den Straßen lag bereits um Mitternacht eine dicke Schneedecke, die nur mit den breiten Schaufeln der Schneeräumer hätte an die Seite geräumt werden können, doch die Männer vom Räumdienst hatten Weihnachtsfeier. Um drei Uhr Nachts lag die Gesamtschule bereits bis zur Hälfte ihrer Mauer im Schnee und nur der B-Turm und der C-Turm schauen jetzt noch aus der weißen Masse heraus, das Hallenbad und die Sporthallen sind ebenfalls kaum noch zu erkennen.
Reinhard Beller hat inzwischen ein paar Kerzen angezündet und den Kachelofen in der Küche. Denn die

Heizung ist ja auch ausgefallen. Jetzt weckt er seine Frau Susanne.

„Susanne?", sie hat einen guten Schlaf. „SU-SANN-NE! Komm steh mal auf, das musst du dir angucken. Wir sind eingeschneit."

„Waren wir doch gestern auch schon. Und vorgestern. Und vorvorgestern." Sie gähnt, folgt aber dann ihrem Mann in die Küche.

„Guck doch mal aus dem Fenster. Wir sind völlig zugeschneit. Man kann nicht einmal die Haustür öffnen. Wir haben keinen Strom und keine Heizung und wie es aussieht komme ich auch nicht bis zum Auto."

„Hmm. Tja, das ist ein Problem. Dann ruf doch einfach in der Schule an, dass du nicht kommen kannst."

„Das Telefon geht auch nicht", hab ich schon probiert.

„Handy?"

„Auch nicht"

„Was jetzt?"

„Weiß ich auch nicht."

„Abwarten und Tee trinken?

„Tee trinken geht nicht, kein Strom"

Sie müssen beide lachen. Obwohl es eigentlich ein bisschen ernst ist. Herr Beller legt noch zwei Scheite Buchenholz in den Kachelofen und seine Frau legt sich nochmal ins Bett. Herr Beller begibt sich stattdessen auf den Dachboden des Hauses um sich einen Überblick über die Schneelage zu machen. Er öffnet das kleine Dachfenster das gerade mal groß genug ist um hinauszusehen.

Sein Atem stockt und der Mund wird ihm trocken. Der Schnee reicht bis zur Dachrinne im zweiten Stock und erstreckt sich weit ins Land. Nur ein paar Baumkronen

lugen noch hervor und glitzern im Mondlicht des frühen Morgens. Der gewohnte Blick auf Kierspe ist nicht mehr derselbe. Eigentlich ist nur noch der Zwiebelturm der Margarethenkirche zu sehen.
„SUSANNE, SUSANNE", ruft er laut. „Guck mal bitte. Und kneif mich, ich glaub ich träume!"
Nachdem auch seine Frau sich von den Schneemassen überzeugt hat, schließen sie die kleine Dachluke wieder.
„Und jetzt?"
„Wie und jetzt?"
„Was machen wir jetzt, mein ich? Wir müssen doch was machen. Da draußen sieht's aus wie am Nordpol."
„Ja, schon aber ohne Pinguine."
„Pinguine gibt's nur am Südpol, am Nordpol sind die Eisbären."
„Ich glaube die Weihnachtsfeier vom KSC heute Abend kann ich auch vergessen."
Susanne lächelt tapfer und schaut ihn an.
„Reinhard, ich habe Angst."
Er nimmt sie in den Arm und küsst sie auf die Stirn
"Weißt du was? Du legst dich jetzt einfach nochmal ins Bett und schläfst dich aus. Ich check derweil mal die Lage der Fenster und Türen. Und dann machen wir uns einen gammeligen Tag auf dem Sofa. Sie lächelt ihn an und steigt die schmale Treppe wieder hinunter. Als sie weg ist, beginnt er die Dachluken auf Dichtigkeit zu überprüfen. Danach nimmt er die Balken in Augenschein, die unter der Schneelast ächzen. Doch hier scheint alles in Ordnung zu sein.

An der größten Kreuzung des Städtchens, am Wildenkuhlen, schauen noch die Köpfe der Ampelanlage heraus, die tapfer ihrem Farbenspiel nachgehen. So reflektiert die Schneedecke abwechselnd die Farbe Grün und Gelb und Rot. Irgendwo scheint also noch

irgendein Notstromaggregat zu funktionieren. Ein sanfter Wind lässt die Eiskristalle tanzen und das ist auch das einzige Geräusch, welches an diesem sonderbaren Morgen durch Kierspe schallt. Aber halt. Ein Geräusch kommt dazu. Nicht weit vom Wildenkuhlen ein Stück den Berg hoch nach Meinerzhagen. Es ist nur ein ganz leises Scharren oder besser eine Unruhe, und nur wer gerade genau hinhören würde, könnte ganz,

ganz leise, hohe Stimmchen hören, die in wackerer Ungeduld durcheinander sprechen.
Der wilde Dackel Kurt indes, zeigt nun deutliche Anzeichen seine alte Hundeblase entlasten zu müssen. Da ist kein Aufschub mehr möglich. Und nur weil die schwere Kellertür der Hausmeisterwohnung nach innen schwingt, staunt Jupp, der alte Hausmeister nicht schlecht als er diese öffnet.

Reinhard Beller betritt leise das Schlafzimmer. Alle Fenster und Türen des Hauses halten dem Schneedruck stand. Er ist beruhigt. Seine Frau sitzt im Bett. Sie lehnt sich an das Kopfteil des Bettes und hat sich die dicke Decke bis zum Hals hochgezogen. Auf dem Nachttisch und auf der Kommode stehen jede Menge Teelichter.
„Die Kerzen sind das einzige Licht das wir noch haben, wenn du mal ausreichend Batterien besorgt hättest - oder einen Gasheizlüfter." Beller zuckt mit den Schultern. „Ja, kann sein. Aber jetzt ist es eben so. Wir müssen das Beste draus machen. Ich nehme gleich mal die Batterien aus der Fernbedienung und lege sie in das kleine Radio. Dann können wir mal Radio MK hören, was da draußen los ist. Aber guck doch mal hier."
Susanne schaut, was ihr Mann in der Hand hält. Ein altes Buch. Es kommt ihr bekannt vor, aber sie kann es nicht gleich einordnen.
„Hab ich oben auf dem Dachboden gefunden.", erklärt er stolz. „Die Schanhollen aus dem Hülloch und andere Sagen aus dem Sauerland" liest er vor. „Und vorne drin hast du mit Schreibschrift deinen Namen eingetragen. Susi Fraumann, Klasse 2c. ist das nicht süß?"

Sie lächelt. „Ja, schon - zeig mal her! Sie zieht im das Büchlein aus der Hand und betrachtet den Einband. Dann liest sie vor:

Aus dem Hülloch zur Weihnachtszeit

Ingo Jung und Thomas Block

Eine Weihnacht in der Höhle
Teil 2

Die alte Sage erzählt, dass in Kierspe vor langer Zeit in einer tiefen Höhle unter dem Berg Arney geheimnisvolle Gestalten lebten. Die Höhle war das Hülloch und die Zwerge wurden vom Volksmund Schanhollen genannt, was so viel wie schöne Holden bedeutete.
Nur wenige wussten, wie die Schanhollen wirklich aussahen, denn sie waren nur für Menschen sichtbar, die an einem Sonntag geboren waren.
Nun war es aber so, dass die Schanhollen guten Herzens waren und den Bauern bei ihrer Arbeit halfen.
Am frühen Morgen, schon vor dem Sonnenaufgang, kamen die kleinen Gestalten ganz leise aus dem Hülloch geschlichen und begaben sich zu den Weiden, auf denen die Bauern ihre Kühe und Ziegen grasen ließen.
Die Schanhollen hüteten das Vieh und führten es, unsichtbar wie sie waren, zu den besten Weideplätzen. Am Abend, wenn der Bauer seine Tiere wieder in den Stall bringen wollte, waren sie wieder an Ort und Stelle. Der Bauer wunderte sich zunächst sehr, doch er sah ja bald, dass seinen Tieren nichts geschah. Er wusste nicht, wer ihm da geholfen hatte, aber als Dank dafür

legte er ein schönes Stück Brot auf einen Zaunpfahl. Ehe er sich versah, war das Brot verschwunden. Es war nur ein Rascheln hinter dem Haselstrauch zu hören und dann war es wieder still, als wäre nichts gewesen. Verwundert zog er mit seinem Vieh nach Hause. Dort erzählte er seiner Familie von seinem wunderlichen Erlebnis mit den unsichtbaren Helfern und dem verschwundenen Butterbrot.

Der Sohn des Bauern war natürlich neugierig und bat den Vater, am nächsten Tag mit auf die Weide gehen zu dürfen, um die geheimnisvollen Dinge mit eigenen Augen zu sehen.

So geschah es, dass der Junge am nächsten Abend mitkam, um das Vieh zu holen.

Der Bauer und sein Sohn versteckten sich hinter einem Wassertrog und warteten eine Weile.

Nach einer kurzen Zeit kamen die Tiere des Bauern von unsichtbaren Händen geführt, wie immer. Doch der Sohn machte große Augen. Weil er ein Sonntagskind war, konnte er die fleißigen Gestalten aus dem Hülloch, anders als sein Vater, sehen. Er sah sie und berichtete dem Vater: da waren kleine Wichte, die fast nichts anhatten bei den Kühen. Sie trieben das Vieh mit Weidenruten und waren dabei ganz vergnügt.

Die beiden blieben in ihrem Versteck um die Helfer nicht zu erschrecken. Später legten sie wieder Butterbrote auf den Zaun um sich zu bedanken.

Als der Herbst kam, die Tage nasser und die Nächte kühler wurden, bat der Sohn den Bauern: „Ach Vater, lass uns den Schanhollen außer den Butterbroten auch ein paar warme Kleider bringen, damit sie in ihrer Höhle nicht so frieren müssen." So suchten sie ein paar

Kleidungsstücke, die sie nicht mehr brauchten heraus und legten sie eines Tages auf den Zaun, da wo sie sonst immer die Brote gelassen hatten. Sie begaben sich wieder in ihr Versteck und wartete auf die Schanhollen. Schließlich, als es schon fast dunkel war, kamen die Wichte mit dem Vieh zurück und sahen gleich die Kleider und Schuhe, die die Menschen für sie hingelegt hatten. Sie nahmen die Sachen an sich, kicherten und tuschelten und verschwanden schließlich damit hinterm Haselbusch.
Am nächsten Tag und auf allen darauffolgenden Tagen, wartete der Bauer nun vergeblich auf die Schanhollen. Sie kamen nicht mehr zurück.
Jetzt musste er die beschwerliche Arbeit wieder alleine machen.
Aber Abends im Kerzenlicht gab es fortan immer etwas zu erzählen. Und manchmal hört man auch heute noch Geräusche und manchmal auch ein Kichern aus dem Hülloch.

Sie klappt das Buch zu und lächelt. „Voll süß!", sagt Susanne.
„Ich hab mich schon gar nicht mehr an die Geschichte erinnert. Warum sind die Schanhollen denn eigentlich nicht wiedergekommen?"
„Wahrscheinlich hatten sie es die ganze Zeit nur auf die Klamotten abgesehen", meint Reinhard. Susanne schlägt ihm sanft mit dem Kuschelkissen auf den Kopf.
„Blödmann", lacht sie.
Doch was die beiden in dieser Sekunde nicht ahnen ist, dass ein paar Kilometer weiter westwärts ein belebtes Treiben vonstatten geht. Unter der dicken Schneedecke

am Hülloch, passiert etwas. Eine gepfiffene Melodie, sanft und melodisch verbreitet sich durch die Schneeberge. Eine zweite kommt hinzu und eine dritte. Es klingt wie ein wunderbares Flötenspiel und taucht die Umgebung in eine seltsame aber wohlige Atmosphäre. Und plötzlich schaut der Kopf eines neugierigen Eichhörnchens aus der Schneedecke, welches sich flink einen Tunnel nach oben gegraben hat. Und schnell ein zweites, ein drittes und ein viertes. Die Hörnchen sehen einander an und es ist, als stimmten sie sich ab, in einem tonlosen Konzert. Alle schauten in dieselbe Richtung, hin zur schneebedeckten Gegend unter der sich das Hülloch, der Eingang zum weitverzweigten Höhlensystem, das sich Erzählungen nach unter einem großen Teil der kleinen Stadt im Sauerland erstreckt, befindet. Von dort ist die herrliche Melodie zu hören.

Die Köpfe verschwinden und hinterlassen dabei kleine Tunnel, durch die Luft und das frühe Licht der Morgendämmerung strömen kann. Immer wieder tauchen weitere Eichhörnchenköpfe auf, die sich umschauen, um kurz darauf wieder nach unten zu verschwinden. Könnte man den Nagern folgen, so böte sich ein erstaunlicher Blick auf die vielen frisch entstehenden Gänge, welche die Dachse, die Füchse, die Wiesel und sogar die Mäuse in den dicken Schnee drücken. Und alle haben dasselbe Ziel. Das Alte Hülloch in Kierspe.

Was die Tiere antreibt?

Wir wissen es nicht, aber es scheint etwas zu geben, was sie wissen und wir nicht. Vielleicht die Melodie oder auch nur etwas, das wir Instinkt nennen würden.

Wer ihnen gesagt hat was zu tun ist?

Das kann man nicht sagen aber morgen ist Weihnachten. Also wollen wir nicht fragen ob das was da geschieht wirklich passiert. Oder ob wir es uns nur einbilden.
Die Tiere, gerade noch selbst unter dem Schnee gefangen, beginnen zu buddeln und zu graben. Jetzt ist die Decke an der, nun ja, Ausgrabungsstätte des Hüllochs so dünn geworden, dass von unten ein flackerndes Licht durchscheint.
Oder bilden wir uns auch dies nur ein?
Nein, da ist ein Licht und jetzt rutscht der restliche Schnee welcher den Eingang des Hüllochs verschüttet hatte zur Seite und nach unten und gibt den Felsschlund frei. Wenn Eichhörnchen, Dachse und Wiesel staunen könnten, dann würden sie jetzt staunen: Aus dem Inneren der Höhle erschallt ein Jubellaut und dann wieder diese schöne Flötenmelodie. Und dann erscheinen kleine Fackeln. Die Fackeln schweben in einer langen Reihe aus dem Hülloch in Richtung des Stadtzentrums. Hunderte, Tausende oder vielleicht noch mehr kleine Fackeln bilden eine kilometerlange Lichterkette. Die Gestalten die sie tragen sind unsichtbar. Außer, du bist vielleicht an einem Sonntag geboren.

„Reinhard? Machst du mir einen Kaffee?"
Wieder verlischt eines der Teelichte und das Schlafzimmer wird wieder ein bisschen dunkler.
„Eiskaffee?", fragt Reinhard der noch immer die Schanhollenfibel in der Hand hält und seine Gedanken um die alte Kiersper Sage kreisen lässt.
„Wieso Eiskaffee? Mir ist kalt, die Heizung geht nicht."

„Ja, weil sie keinen Strom hat, genauso wie die Kaffeemaschine."
„Ach ja", sagt Susanne.
„Aber du hast recht, wir müssen was tun.Ich guck mal ob der Holzofen in der Küche noch an ist. Und dann versuch ich mal damit Wasser warm zu kriegen damit du deinen Kaffee bekommst. Irgendwo hatten wir doch auch mal so einen Campingkocher. Du weißt nicht zufällig wo der wohl ist, oder?" Reinhard Beller steht auf und zieht sich Hose, Schuhe und einen dicken Pullover an. „Aber erst schau ich nochmal aus der Dachluke." Als er das tut, bemerkt er, dass es im Osten ein wenig heller wird. Was für einen Dezembermorgen nicht ungewöhnlich ist.
„Mit Unterricht wird das heute nichts", denkt er bei sich und schaut in das verschneite Tal.
Aber was ist das? Reinhard läuft es kalt den Rücken herunter. Unten im Tal leuchtet der Schnee in mehreren langen Linien. Und sie scheinen näher zu kommen. Was ist das nur?, denkt er, schließt die Luke und will hinunter in die Küche gehen. Er ist noch auf der Treppe, als unten etwas gegen die Haustür schlägt. Das Blut gefriert ihm in den Adern und er zuckt zusammen. Schnell rennt er die Treppe hinunter zur Haustüre.
„Hallo? Ist da jemand?" Unter der Tür erkennt er einen schwachen Lichtschein und sein Herz pocht noch schneller.
„Hallo?" - Mit seinem ganzen Mut dreht er den Haustürschlüssel, fasst die Klinke fest an und öffnet vorsichtig die Tür.
Er kann kaum glauben was er da sieht und seine Augen sind weit geöffnet. Seine Frau steht jetzt hinter ihm und

auch sie kann nicht fassen. Hinter der Tür schauen sie in einen etwa einmeterfünfzig hohen Tunnel, der am Ende noch ein wenig flackernd leuchtet.

„Was ist das nur?" fragt Susanne und starrt immer noch in die Öffnung vor ihrem Haus.

„Und wer kann das gemacht haben?" Reinhard geht ins Wohnzimmer und sucht im Schrank nach ein paar Kerzen. Da er nur den Plastikbeutel mit den Teelichtern findet, nimmt er diesen und reiht die flachen Kerzenstummel auf einem Frühstückstablett auf. Nun kniet er sich auf den Boden und schiebt das Tablett mit den Kerzen vor sich her. Der Tunnel ist säuberlich glatt am Rand und absolut kreisrund. Die ‚die ihn erschaffen haben, sind echte Baumeister. Reinhard geht etwa zehn Meter bis zu einer Biegung, um zu erkunden wohin dieser Gang führen könnte. Vorsichtig berührt er die Wölbung über seinem Kopf. Das ist nicht wie Schnee, denkt er, dass ist hart wie eine Bobbahn!

„Geh nicht so weit!" ruft Susanne von der Tür. Doch die Neugier führt Reinhard noch ein Stück weiter. Bis zu einer Kreuzung von der aus nach rechts und links weitere Tunnel abzweigen. Doch noch bevor er die Kreuzung erreicht leuchtet ihn eine Lampe an:

„Herr Beller! Was ist hier nur los?"

Reinhard erkennt die Stimme seines Nachbarn, was ihn ein bisschen beruhigt. „Es hat geschneit! Es hat viel geschneit diese Nacht, unglaublich! Hattet ihr auch eine Tunnel bis vor eure Tür?" Beller bleibt stehen und wartet auf die Antwort. „Ja, vor etwa 5 Minuten klopfte etwas an die Tür - ich öffnete, und schaute in diese Röhre.

„Genau wie ich!" kommt es aus der rechten Seite der

Kreuzung. Ein weiterer Nachbar der Padbergsiedlung kriecht ebenfalls durch die Röhre, lediglich mit der Displaybeleuchtung seines Telefons. Die Männer lachen.

Das Pfeifen, das zuerst nur am Hülloch erklang, kann man nun an mehreren Plätzen hören. Oben an der Thingslinde, vereinen sich unterschiedliche Töne zu einem wundervollen Klang. Auch hier ist die Schneedecke meterhoch, dennoch ist deutlich ein bernsteingoldener Schein darüber zu erkennen.

Ebenso ist es im Volmetal am Grünenbaum, auf dem Berken, am Bahnhof, an dem seit Jahrzehnten kein Zug mehr angehalten hat, im Dorf vor der Margarethenkirche. Ja, es sind an die hundert Orte, an denen die Melodie und dieser Lichtschein zu bewundern sind.

Reinhard Beller steht gebückt im Tunnel. Vorsichtig lässt er seine Finger über die glatten Wände streichen. „Das ist stabil." Er tritt mit dem Fuß dagegen. „Sehr stabil. Für mich sieht das aus, als wäre es von Fachleuten gebaut. Das ist total fest und sicher und inzwischen eishart gefroren. Da stürzt nichts ein Susanne." Er wendet seinen Kopf nach hinten. Sie ist ihm gefolgt. „Also, ich glaube wirklich, das haben Leute gemacht, sie sich mit sowas auskennen. Leute die unter Tage arbeiten. Oder ..."

Er stockt einen Moment und kratzt sich am Kopf. „Oder die schon lange unter der Erde leben."

Susanne lässt sich nach hinten gegen die Wand plumpsen. „Du meinst, die Schanhollen? Ist das dein Ernst Reinhard? Die Schanhollen aus dem Hülloch?"

Der Nachbar mit der Handytaschenlampe mischt sich ein: „Für mich könnten das eben so gut die sieben

Zwerge von Schneewittchen sein. Oder die Hobbits" Er lacht verächtlich, doch die Bellers beachten ihn nicht.

„Ich weiß gar nicht was es da zu lachen gibt. Wenn du mal überlegst, was heute Nacht und gerade jetzt passiert ist, dann ist das auch nicht auszuschließen. Warum also nicht die Schanhollen? Warum eigentlich nicht? Komm Susanne, wir holen Jacken und Handschuhe und dann..."

„Und dann?"

„Dann folgen wir dem Tunnel. Was sollen wir sonst machen?"

Er nimmt ihre Hand und ohne viel zu reden machen sie sich auf den Weg. Es geht ein bisschen bergab und der Tunnel wird langsam etwas größer im Durchmesser.

„Hubert, schön dich mal zu sehen." Beller geht auf den bärtigen Mann mit der gewaltigen Taschenlampe zu.

„Außerirdische, Reinhard! Das können nur Außerirdische sein." sagt Hubert, der nur vier Häuser weiter wohnt.

„Ja oder die Schanhollen, …"

„Was sind Schanhollen?", fragt ein kleiner Junge der neben Nachbar Hubert steht.

„Reinhard! Erklär bitte mal dem Jungen was Schanhollen sind. Du bist doch schließlich Lehrer."

Mehr und Mehr Leute kommen aus den Seitengängen in den Eisraum, der für etwa 50 Menschen genug Platz bietet. Obwohl alle von dickem Eis umgeben sind, ist es nicht kalt und die Menschen erzählen von ihren letzten Stunden und ihrer Verwunderung über den unglaublichen Schneefall. Die Zeit vergeht wie im Flug. Immer wieder kommen bekannte Gesichter dazu. Aus allen Richtungen kommen sie in die kleine Höhle.

„So nett es hier ja mit allen ist", sagt Susanne, „Weihnachten hab ich mir ein bisschen anders vorgestellt."
„Ja", antwortet Beller, „ich auch. Irgendwie müssen wir mal weiter. Wir könnten ..." Er spricht die letzten Worte nicht aus da plötzlich drei Kinder aus einer Tunnelröhre etwas weiter oben im Raum förmlich heraus fliegen. Sie sitzen auf Plastiktüten und sind durch die Röhre gerutscht. Als sie inmitten des Eisraumes landen lachen sie sich schief. Tränen kullern über ihre roten Wangen und gleich folgen noch zwei Kinder und rutschen in die kleine Menschenmenge.
„Das ist so sooo cool", ruft einer der Jungen der sich kurz schüttelt und die anderen Höhleneingänge absucht.
„Da - der da", ruft er den anderen zu, nimmt kurz Anlauf und springt bäuchlings auf seiner Plastiktüte in einen nach unten führenden Tunnel. Ehe es jemand begreifen kann, folgen die anderen Kinder dem Jungen auf gleiche Weise. Das Lachen der Kinder wird leiser und leiser und die Erwachsenen schauen sich sprachlos an. Die Eltern der verschwundenen Kinder sind entsetzt. Sie sind an die Tunnelöffnung gerannt und schauen in das gähnende Loch. Ganz weit unten ist das Gekreische und Lachen der Jungs noch zu hören. Dann wird es still. Aber alles rufen und schreien nach ihnen, auch das Weinen der Mütter nützt nichts. Auch nach Minuten kehren die Kinder nicht zurück. Die Männer beratschlagen.
„Die Tunnelbahn führt hinab und ist eisglatt. Wahrscheinlich sitzen die Kinder irgendwo weiter unten und kommen einfach nicht mehr hinauf, weil es zu glatt ist."
„Das kann sein, wir müssen nur hinterher und sie holen."

Sie schauen sich an 50 ratlose Gesichter. Bis Susanne Fraumann schließlich sagt. „OK, dann also hinterher. Holt Plastiktüten, Schlitten, Woks, was ihr habt. Wir fahren hinterher. Wer kommt mit?" ALLE Hände erheben sich.
Innerhalb weniger Minuten sind alle greifbaren Arten von Schneefahrzeugen geholt und mithilfe von Seilen miteinander vertäut.

Die Nachbarn setzen sich in ihre Rodelgefährte. Ganz vorne Hubert mit der dicken Taschenlampe, dann die Frauen und hinten dann wieder die Männer. Ein paar

tragen sogar Fahrradhelme. Alle schauen sich noch kurz an. Sie nicken und die Fahrt geht los. Hinab durch den Eistunnel. Es geht abwärts, macht ein paar Kurven nach links und rechts und wenn die Situation nicht ganz so unheimlich wäre, könnte es fast sogar Spaß machen. Dann plötzlich, ein ganzes Stück unter ihnen in der Röhre wird es heller. Sehr hell sogar. Sekunden später landet die Rodelgruppe vom Padberg in einer riesigen Höhle. Sie ist so groß, dass die Margarethenkirche, ach, alle Kiersper Kirchen plus die Gesamtschule hierin Platz finden könnten. Die Höhle ist unvorstellbar groß. Die Wände sind glatt und weiß und irgendwie von innen beleuchtet. Es ist erstaunlich hell. Reinhard Beller erhebt sich von seinem Schlitten und steht einen Moment mit offenem Mund da.
„Wow"
Er schaut nach oben. Das Dachgewölbe der Höhle ist kaum zu erkennen, so hoch ist sie. Aus den Wänden münden überall Tunnel in die Halle in der sie gelandet sind. Die Kinder kommen angerannt. Unter großem Hallo schließen ihre Eltern sie wieder in die Arme.
„Mama, kann ich nochmal? Das war so krass..."
Das Licht der Höhle kommt von tausenden kleiner Fackeln, die seltsam in der Luft schweben. Sie beleuchten die Wände von kleinen Vorsprüngen, die sich terrassenförmig übereinander angeordnet bis zum Höhlendach hinauf ziehen. Es ist warm. Die Menschen stehen beieinander und obwohl die Situation so unerklärlich und seltsam ist, fürchtet sich keiner. Nein im Gegenteil. Die Mütter lachen mit ihren Kindern.
„Seid vorsichtig wenn ihr über die Eisbahn rutscht!"

Eine Fläche, so groß wie zwei Fußballfelder, liegt spiegelglatt vor den Höhlengästen. Ein gefrorener See, auf dessen Oberfläche sich das Höhlendach spiegelt. Die Kinder juchzen vor Freude, wie sie so über die Fläche schlindern. Die kleinen Fackeln lassen die weißen Wände bernsteinfarben erstrahlen.
„Unglaublich!" sagt jemand, der zum Höhlenrand gegangen ist und nun in ein offenes Iglu schaut. Sofort kommt Hubert mit seiner Lampe zu dem Mann geeilt. Als er in die Mitte des Iglus leuchtet, erkennen die beiden Männer einen Brunnen, der mit heißem Kakao gefüllt ist und um ihn herum stehen hunderte von Bechern, die zwar aus Eis sind, aber den kalten Händen dennoch wohlige Wärme spenden.

„Wau, wau!", klingt es aus einer der Röhren. Erst leise, dann immer lauter. Bis endlich der wilde Kurt, der Dackelmischling des Hausmeisters, aus einem der Löcher, direkt auf die Eisfläche rutscht. Verdutzt schaut er die spielenden Kinder an und rutscht immer wieder mit den Pfoten auf dem Eis aus. Doch die flinke Dackelrute verrät schnell, dass auch er Spaß an dem glatten Boden hat.

Die Eichhörnchen beobachten das Treiben der Kiersper Menschen mit dicken Backen, gefüllt mit Nüssen aus einem unendlichen Speicher unter ihnen. Und nicht anders sind die Dachse, Rehe, Füchse und die Mäuse. Ja alle Waldtiere schauen aus dem weit hinter der Eisfläche liegenden Terrasse und erfreuen sich an den Menschen, die nach und nach die Höhle befüllen und sich erfreuen.

„Reinhard? Was ist das nur?" fragt Susanne leise, die sich in den Arm von Reinhard gehakt hat.

„Ich weiß es nicht!", antwortet Reinhard, „ Aber es ist wunderschön."

Da erklingt eine zauberhafte, gepfiffene Melodie, in die mehr und mehr melodische Töne einfallen. Ein kleiner Junge steht inmitten des Eissees, den Mund weit offen und die Augen riesengroß. Er ist vor neun Jahren geboren An einem Sonntag! Und er sieht noch etwas mehr, als alle anderen jetzt sehen. Denn von ganz weit oben senkt sich ein riesenhafter, prächtig geschmückter Weihnachtsbaum von ganz weit oben herab. Nach ein paar Sekunden bleibt er, inmitten des Eissees, auf einer kleinen Insel die auch den zentralen Punkt der Halle ausmacht, stehen. Und dann sehen alle, wie die schwebenden Fackeln von den Höhlenwänden sich auf den wunderschönen Baum zubewegen und jede einzelne

Kerze, es müssen tausende sein, entzünden. Der Junge aber sieht noch mehr, er sieht, dass es die kleinen Wesen, die Schanhollen sind, die, für alle anderen unsichtbar, den Baum zum Leuchten bringen. Mit ihren kleinen Fackeln scheinen sie zu schweben. Und sie vergessen keine einzige Kerze. Niemand in der Höhle sagt derweil ein Wort. Alle stehen da und staunen mit offenen Mündern. Nach und nach ziehen die meisten ihre dicken Jacken und Schals aus, denn hier unten, tief unter der kleinen Stadt ist es nun kuschelig warm. Komisch nur: das Eis schmilzt nicht. Jetzt kommt der wilde Dackel Kurt angerannt. Er regt sich auf und kläfft den Baum an und rennt um den mächtigen Stamm herum, bis er die richtige Stelle gefunden hat. Dann hebt er sein Bein. Die Umstehenden lachen. Und damit ist der Bann gebrochen. Langsam, anfangs im Flüsterton, dann wieder mit normalen Stimmen beginnen die Menschen miteinander zu reden und schließlich hört man auch immer wieder Lachen. Und das Wort „Unglaublich".

Ausnahmslos alle Kiersper stehen nun fröhlich lachend in der riesigen Höhle, dem alten Hülloch. Sie trinken aus ihren Eisgläsern den heiß dampfenden Kakao. Die Höhle ist hell erleuchtet und strahlt in feierlichem Glanz Schaut man aus einiger Entfernung auf die Menschen und Tiere von Kierspe, so ist es, als wenn sich eine leuchtende Aura um die Menschen gelegt hätte. Es ist die Wärme das Leuchten das aus ihren Herzen und Seelen in das Hülloch strahlen.

Einem kleinen Mädchen, das vor dem gewaltigem Baum steht, rinnen dicke Tränen aus den großen braunen Augen. Es sind keine der Sorge sondern solche

der Freude, weil ihr so warm ums kleine Herzchen wird. Sie schaut nach oben in den Baum und sieht ein weißes Päckchen mit einer dicken roten Schleife. Und obwohl es so weit oben in den Ästen liegt, kann sie den Namen lesen, der darauf steht. Und es ist ihr Name. Ganz leise fängt sie an zu singen, kaum hörbar und wie von selbst. Und die Wände verstärken ihren süßen Gesang wie in einer Kirche.
Die Menschen im Hülloch hören die zarte Melodie und verstummen. Da begleitet den Gesang das sanfte Pfeifen, das schon vorher zu hören war. Ein kleiner Junge stimmt mit ein. Ein weiterer und dann singen alle Kiersper Kinder in einem feierlichen Chor, den Blick zum Baum gerichtet, dessen Spitze golden leuchtet.
Susanne, die ganz eng bei Reinhard steht hat einen Kloß im Hals. Die Erwachsenen stehen dicht beieinander und summen mit, zum Gesang der Kinder. Eine wunderbar friedvolle Stimmung herrscht unter den Menschen. Gar nicht wie sonst an den Tagen vor Weihnachten. Niemand hat wirklich bemerkt, wie viel Zeit schon vergangen ist. Und als Herr Beller auf seine Uhr schaut, sieht er:
Es ist Heiligabend!
Und eigentlich sollte die Geschichte damit enden.

Sicher wollt ihr aber noch wissen, was danach geschah, was mit all dem Schnee passiert ist, der die kleine Stadt zugedeckt hatte. Ich will es euch verraten. Es kam nämlich so, dass die Menschen, als sie wieder nach oben kamen überrascht wurden.
Kierspe sah nun genau so aus, wie man sich das zur Weihnachtszeit wünscht. Überall lag Schnee, aber nicht

zu viel Schnee. Es war kalt aber nicht zu kalt. Nur der Himmel war fast ein bisschen zu blau. Eben so blau, dass es aussah wie auf einer etwas zu kitschigen Postkarte.

24 Törchen

Thomas Block

Der verwunschene Adventskalender

1. Dezember
Ich sitze auf einem alten Koffer. Daneben liegt eine ganze Rolle blauer Müllsäcke. Ein Besen, ein Handfeger und eine Kehrschaufel. In der rechten Hand halte ich den handgeschriebenen Zettel von meiner Frau, in der linken eine Flasche Bier. Die letzte im Haus. Und inzwischen ist sie fast leer. Ich schaue auf die Leuchtziffern meiner Armbanduhr. Fast schon Mittag. Und ich hab noch nichts von den Dingen geschafft, die auf meinem Zettel stehen. Also führe ich die rechte Hand nochmal zum Mund und leere die (PET) Flasche Bergadler Pilsener mit ein paar tiefen Zügen und werfe sie hinter mich. Bevor ich dann die linke Hand mit dem Zettel so nahe vor die Augen führe, dass ich die bescheuert ordentliche Handschrift meiner Frau lesen kann, rülpse ich herzhaft. Ok, was hatte sie mir nochmal für heute aufgeschrieben:

früh aufstehen
Hund rauslassen
Tisch abräumen
Leergut
Dachboden entrümpeln

Ja gut. Den Hund habe ich kurz rausgelassen. Und jetzt ist der Dachboden an der Reihe. Ich schaue mich um. Es ist ein großer Dachboden. Die Dachsparren und Balken sind alt, teilweise schief und verstaubt. Und überall stehen Kisten, alte Schränke und andere Möbel, die sich in den letzten 30 Jahren unserer Ehe so angesammelt haben. Da der Dachboden so viel Raum bot, mussten wir nur wenig wegwerfen. Jetzt steht alles hier oben, und weil sie eben geplant hatte den Dachboden nun auszubauen (wofür nochmal?), muss alles weg. Oder fast alles. Und meine Aufgabe ist es, dies heute zu tun. Bevor ich anfange lasse ich aber den Hund besser noch wieder rein. Ist ja kalt draußen.

Na, schließlich fange ich dann doch an. Der erste Müllsack ist schon bald mit alten Schuhen und Mänteln gefüllt. Der nächste mit Spielzeug der Kinder, die inzwischen irgendwo studieren und sich nur noch selten blicken lassen. Zu Weihnachten vielleicht. Und das ist ja bald. Ich nehme die beiden Müllbeutel und bringe sie runter in die Garage.
Draußen schneit es. Scheiße. Eigentlich müsste ich dann jetzt mal die Winterreifen draufmachen. Aber das steht nicht auf dem Zettel. Bevor ich die Müllsäcke wegbringe, werde ich es aber wohl tun müssen. Morgen. Vielleicht.
Also weiter. Gegen 18 Uhr wird sie wohl wieder nach Hause kommen. Da sie inzwischen Alleinverdienerin ist, arbeitet sie viel. ZU viel eigentlich. Vielleicht tut sie das aber auch nur, damit sie nicht zu Hause sein muss. Hatte Mario neulich gemeint. Aber woher will der Blödmann das wissen? Dem ist die Frau doch schon vor über zehn Jahren abgehauen.
Ich zünde mir eine Zigarette an und setze mich wieder auf den alten Koffer. Während ich rauche, blicke ich mich um. Schon ganz schön was geschafft. Ein gutes Viertel der Dachbodenfläche ist schon freigeräumt. Und an der Treppe stehen ziemlich viele blaue Müllsäcke, wie ein Morgenkreis der Schlümpfe im Kindergarten. Witzig. Ich lache. Dann blicke ich zum kleinen Dachfenster, weil es dunkler geworden ist. Zugeschneit. Na toll. Ich gucke auf die Uhr. Fast 16 Uhr. Pause? Nein. Komm, das mache ich heute fertig. Ich drücke die Zigarette aus und gehe zum alten Wohnzimmerschrank von Tante Emmi. Hässliches Teil und nicht ohne Grund schon ewig hier oben, wo ihn keiner sehen muss.

Ich öffne die Türen. Viel ist nicht darin. Glück gehabt, nur ein bisschen Krimskrams, der ohne weitere Prüfung in den Müllsack Nummer 18 wandert. Aber unten, rechts, in der größten Schublade - was ist das denn? Ich ziehe die Schublade ganz heraus und dann erkenne ich es.

Ein Adventskalender. Und zwar nicht irgendein Adventskalender. DER Adventskalender. Mir wird komisch. Den hatte ich lange vergessen. Ich nehme ihn ganz heraus und lege ihn auf meinen Schoß. Er ist ein bisschen verstaubt aber ansonsten noch genau so, wie ich ihn in der vergessen geglaubten Erinnerung hatte. Größer als DIN A4, aus dünnem Sperrholz (oder war es dicke Pappe?) und bunt bemalt. Ich glaube noch zu wissen, dass Tante Emmis Mann das Bild gemalt hatte. Die Margarethenkirche im Schnee. Rundherum ein paar Menschen, ein Pferd mit einer Kutsche. Und überall kleine Fackeln und Lichter. Als Kind hatte ich mir das Bild oft angeschaut und natürlich die Zahlen der 24 Türchen gesucht. Hinter jedem Türchen gab es ein kleines Fach. Und darin war in den glücklichen Jahren der Kindheit (ein paar hatte es davon ja trotz allem gegeben) immer eine kleine Überraschung, die Tante Emmi da wohl eingefüllt hatte. Manchmal ein Stück Schokolade oder andere süße Sachen (aber Schokolade war am besten), manchmal auch kleine „Schätze", wie eine kleine Lupe mit rotem Handgriff, ein fast echter Diamant in Form eines Katzenkopfes aus Glas und sogar mal ein blaues Taschenmesser mit einem goldenen Hirschkopf.

Aber das war nicht alles. Tante Emmi hatte gesagt, ich dürfte mir auch immer noch etwas wünschen. Aber natürlich durfte ich nicht sagen, was ich mir wünschte. Manchmal ging es in Erfüllung. Die Sache mit der 5 in Mathe, die ich so befürchtet hatte. Das wurde sogar eine 3. Eine Katze hatte ich mir auch so sehr gewünscht. Und im Sommer dann tatsächlich auch bekommen. Nur dass meine Eltern wieder lebendig wurden. Das ging natürlich nicht. Obwohl ich mir das ganz besonders stark gewünscht hatte.
Ob es wohl noch funktioniert? Das Wünschen? Ich lache. Noch einmal schaue ich auf die Uhr. Die kleine Datumsanzeige bestätigt das was ich schon weiß. Heute ist der 1. Dezember. Und ich habe gerade einen Adventskalender gefunden. Ich schließe die Augen und wünsche mir etwas. Dann wird mir plötzlich komisch. Es wird dunkel. Der Faden ist gerissen.

2. Dezember
Heute morgen war ich beim Hausarzt. Die plötzliche Ohnmacht hat scheinbar keine organische Ursache. Sagt er. Vielleicht schlecht gegessen oder zu wenig getrunken. Schlafmangel? Stress? Er weiß es nicht genau. Aber ich hab da einen anderen Verdacht. Wenn ich ihm erzählt hätte, dass der Dachboden nicht von mir in den tippitoppi Zustand versetzt worden ist, sondern, dass ich ihn erst so vorfand, nachdem ich wieder bei Sinnen war…
Das kann ich ja keinem Arzt erzählen. Und meiner Frau besser auch erstmal nicht. Ich hatte auch nur ein einziges Bier. Von daher kommen sicher auch keine Halluzinationen oder Filmrisse. Nein. Aber ich werde

der Sache auf den Grund gehen. Heute ist der 2. Dezember und wie es der Brauch so will, darf ich heute auch das zweite Törchen öffnen. Und ich werde mir natürlich was wünschen. Ich sitze wieder auf dem alten Koffer auf dem Dachboden. Kein Bier, keine To-do-Liste. Ich überlege. Noch 23 Törchen. 23 Wünsche. Was da wohl alles möglich ist? Ich überlege hin und her. Zögere und zaudere, wäge ab. Ich kenne ja auch das Buch vom Sams mit seinen Wunschpunkten. Bei dessen Wünschen ist ja auch meist was schief gegangen. Ich erinnere mich an einen Eisbären im Wohnzimmer. Ist vielleicht auch besser, ich fange mal klein an. Ich stehe auf, nehme den Adventskalender aus der Schublade, suche das zweite Törchen. Da ist es schon. Vorsichtig lege ich meinen Zeigefinger darauf, schließe die Augen und murmele. „Winterreifen, ich wünsche mir dass unser Auto neue Winterreifen hat." Und fast wie erwartet, wird es wieder schwarz um mich.

3. Dezember.
Meine Frau hat sich natürlich gewundert, mich wieder schlafend auf dem Dachboden zu finden. Dabei hatte sie mich gestern überraschen wollen. Laut hupend war sie vors Haus gefahren. Mit einer Flasche Sekt (vom Autohändler) und unserem neuen Auto. Range Rover mit allen Extras. Allrad natürlich. Und als Bonus hatte der Händler sogar noch kurzfristig einen Satz Winterreifen drauf gelegt. Sie hatte den Wagen schon vor Monaten bestellt, ohne mir was davon zu sagen. Jetzt war er plötzlich da. Läuft bei mir, könnte man sagen.

Es ist also kein Zufall, wie ich zunächst dachte. Nein, es funktioniert. Ich habe einen Wunschadventskalender mit noch 22 offenen Wünschen. Großartig. Oder eben auch nicht. Das ist doch etwas, was man sich als Kind wünscht. Ein Ding das vielleicht in Märchen oder Filmen vorkommt. Ja, ich kenne eine ganze Menge Geschichten dieser Art. Und immer, immer! IMMER! gibt es einen Haken. Die Wünsche, die erfüllt werden, ziehen immer irgendwo auch das Gegenteil nach sich. Eben, weil der Mensch zu gierig ist, nach Unerreichbarem strebt. Die Frau vom Fischer, die sich immer größeren Luxus wünscht, am Ende wie Gott sein will. Ja, nur eine Geschichte. Aber auch eine Warnung. Also bin ich vorsichtig. Ich wünsche mir Kleinigkeiten. Dinge, die gar nicht weiter auffallen. Kleine Reparaturen am Haus, mehr Haarwuchs am Hinterkopf, weniger Körperfett, mehr Ausdauer und immer gerade so viel Geld, dass es ausreicht.

Und es funktioniert. Meine Frau merkt nichts. Sie ist zufriedener als sonst, redet auch von einer guten Zeit und einer Glückssträhne. So vergehen die Tage und alles fühlt sich richtig an. Schon bald ist der dritte Advent. Ein paar Törchen sind noch übrig, aber die meisten Wünsche bereits erfüllt. Zumindest die Wünsche, die ich mir gefahrlos wünschen konnte. Andererseits, so einen richtig großen Wunsch habe ich ja noch gar nicht ausprobiert. Immer noch habe ich Angst, dass etwas schlimmes passieren könnte.

Am Abend des dritten Advents sitze ich mit meiner Frau vor dem neuen Kaminofen im Wohnzimmer. Wir trinken eine Flasche wirklich guten Weines. Von dem hatten wir eine ganze Kiste gewonnen. So glaubt sie. Aber heute

muss ich es ihr erzählen. Die ganze Geschichte. Als ich fertig bin, sagt sie nichts. Ich lege noch zwei Stücke Holz in den Ofen. Es prasselt.
Sie schaut mich lange an: „Dein Ernst?"
„Ja", sage ich.
Wir sitzen eine ganze Weile.
„Warum hast du dir nichts Großes gewünscht? Einen Lottogewinn. Oder was weiß ich - Unsterblichkeit."
Ich öffne noch eine Flasche Wein. Dann erzähle ich ihr vom Sams und all den Geschichten. Von meinen Bedenken.
„Kann sein, dass du Recht hast. Lass uns morgen weiter reden. Ich bin müde. Ich gehe ins Bett."
„Oh, dann könnte ich mir was wünschen.", lache ich.
„Untersteh dich", sagt sie und verpasst mir einen Schlag mit dem Sofakissen."Ich bin echt müde. Und im Gegensatz zu dir muss ich morgen früh raus. Du kannst ja noch Fernsehen und die Flasche leer machen."
„Überredet", sage ich. Ich nehme mir die Fernbedienung und setze mich auf den guten Platz auf dem Sofa, der eigentlich ihr gehört. Im Fernsehen beginnt ein schwedischer Krimi. Mit dem Weinglas in der Hand überlege ich, ob ich mir nicht ein neues Sofa wünschen sollte. Der Tag ist fast vorbei und ich habe mir noch gar nichts gewünscht.
Am nächsten Morgen erwache ich auf dem alten Sofa. Ein bisschen Kopfschmerzen vom Wein. Ich öffne das Fenster, um frische Luft hereinzulassen. Draußen schneit es. Die Reifenspuren unseres neuen Autos sind schon zugeschneit. Dabei ist sie erst vor einer halben Stunde gefahren. Ich räume ein bisschen auf, bringe Geschirr und Gläser von gestern Abend in die

Spülmaschine, koche mir einen Kaffee und setze mich schließlich mit meiner Tasse an meinen Platz am Fenster. Draußen schneit es immer noch. Dicke Flocken schweben langsam zu Boden. Ich schaue ihnen eine halbe Stunde dabei zu. Als ich meine Tasse wegräume fällt mir etwas auf, das an der Spüle liegt. Eine kleine Lupe. Mit einem roten Handgriff. Keine Ahnung wem die gehört, wie die dort hinkommt. Aber irgendwie kommt sie mir bekannt vor. Ich stecke sie in die Innentasche meiner Weste und vergesse sie sofort wieder. Der Tag vergeht mit vielen kleinen Erledigungen wie im Fluge. Am Nachmittag schreibe ich eine Bewerbung und bringe sie in Begleitung des Hundes zur Post. Am Abend schlafe ich schon auf dem Sofa (es ist immer noch das alte Sofa) ein, während im Fernsehen eine lustige Weihnachtskomödie läuft. Wieder war ich den ganzen Tag nicht auf dem Dachboden. Wieder komme ich nicht dazu mir etwas zu wünschen. Wunschlos glücklich sagt man wohl dazu.

Der kommende Tag ähnelt dem vorherigen. Es schneit immer noch, oder schon wieder. Der Range Rover schafft es gerade noch so vom Hof. Und auf der Spüle finde ich wieder etwas, was da eigentlich nicht hingehört. Ein blaues Taschenmesser mit einem goldenen Hirschkopf. Ich bekomme eine Gänsehaut. Aber jetzt muss ich mir sicher sein. So viele Zufälle gibt es nicht. Ich lege das Taschenmesser auf den Küchentisch, krame die Lupe aus der Tasche und lege sie daneben. Es sind die Lupe und das Taschenmesser aus meiner Kindheit.

Der Adventskalender erfüllt Wünsche, das habe ich die letzten Tage erlebt. Und wenn ich jetzt zurückdenke, dann hat er auch damals schon Wünsche erfüllt. Ich versuche zu verstehen, mache mir eine Skizze auf einem großen Bogen Papier. Also: wenn ich mir etwas wünsche, wird es erfüllt. Wenn ich mir nichts wünsche, dann kommt etwas zurück, das irgendwann einmal ein Wunsch war. Mir wird heiß. Ich überlege, was ich mir seinerzeit alles gewünscht hatte. Soll ich es darauf ankommen lassen?

Den ganzen Tag sitze ich fast versteinert auf dem Sofa. Ich werde mir auch heute nichts wünschen. Und dann werde ich sehen, was morgen passiert. Gegen Abend kommt meine Frau zurück von der Arbeit. Sie erzählt ein bisschen von ihrem Tag und dem verdammten Schnee auf den Straßen: „Das wird jeden Tag mehr, die Stadt räumt die Straßen gar nicht gescheit und wenn das so weitergeht, dann sind die ersten Häuser in Kierspe bald bis zum Dach im Schnee versunken." Blablabla. Ich höre gar nicht richtig zu und gehe schließlich so früh wie möglich ins Bett. Genau wie ein Kind, das den Geburtstag oder Weihnachten nicht mehr abwarten kann. Traumlos schlafe ich fast einmal um die Uhr.

Ich erwache erst vom Motorgeräusch des abfahrenden Rovers. Und an meinem Fußende sitzt eine hübsche rote Katze. Natürlich ist es die Katze von damals. Die Katze, die ich mir so sehr gewünscht hatte. „Mütze". Mütze mit dem halben Schwanz. Verwechslung ausgeschlossen. Mütze kommt zu mir und stößt ihr Köpfchen gegen meinen. Ihr scheint nicht bewusst zu sein, dass sie hier seit etwa 30 Jahren nicht mehr hingehört, sie hat Hunger und will gefüttert werden. Umgehend. Im Laufe des Tages stellt sich dann heraus, dass Mütze tatsächlich ganz normal zu sein scheint. Anders als Church in

Friedhof der Kuscheltiere. Vielleicht kommt aber auch noch etwas Gruseliges. Wenn ich sie nach Mitternacht füttere oder sie in Kontakt mit Wasser kommt. Aber das waren ja die Gremlins. Alles Quatsch. Ich habe jetzt eine Lupe und ein Taschenmesser. Natürliche Erklärung: die hatte ich irgendwann und irgendwo verkrost und sie sind bei der großen Aufräumaktion wieder zum Vorschein gekommen. Und die Katze? Nun, die sieht halt eben zufällig genauso aus wie damals Mütze. Mit halbem Schwanz. Kann ja sein. Jedenfalls ist Mütze oder Mütze 2.0 sehr anhänglich und freundlich. Den ganzen Tag läuft sie mir um die Beine oder sitzt auf meinem Schoß oder meinem Bauch. So wie jetzt: Ich liege auf dem Sofa, Katze auf dem Bauch. Neben mir ein erkaltender Kaffee, denn mit Katze auf dem Bauch kann man sich schlecht nach der Tasse strecken. Im Radio erzählen sie schon den ganzen Tag vom ungewöhnlich starken Schneefall in Kierspe. Letzte Woche sah es noch so aus, als würden wir wieder grüne Weihnachten feiern, jetzt machen sie Panik. Die immer gut gelaunten Radio-MK-Leute versuchen den Weltuntergang heraufzubeschwören. Ein paar außenliegende Dörfer sind nur noch schwer zu erreichen. Und man kommt wohl von Kierspe nicht mehr nach Lüdenscheid um Weihnachtsgeschenke zu kaufen. Was für ein Drama.

Aber jetzt stehe ich doch mal vom Sofa auf. Ärgerlich springt Mütze auf und rennt in die Küche. Ich aber schaue aus dem Fenster. Alles weiß. Und die Straße, die da heute morgen noch war. Nun, ich weiß noch in etwa wo sie verläuft. Aber ich würde sagen: eingeschneit. Ich greife zum Handy um meine Frau anzurufen. Aber es

schafft mir keine Verbindung. Ebenso wenig wie das Festnetz oder das Internet. Fernsehen geht auch nicht mehr, weil die Schüssel zugeschneit ist. Ich werde mich hüten, bei dem Wetter mit einer Leiter aufs Dach zu steigen. Immerhin geht ja noch das Radio, denke ich, als der Strom ausfällt.
Gegen 17 Uhr wird es dunkel. Zum Glück habe ich bis dahin alle Kerzen im Haus zusammengesucht, die verfügbar waren. Ich werde nie wieder schimpfen, wenn sie bei IKEA die 100er Packungen in den Wagen legt. Das Wohnzimmer ist gut geheizt, dem Kaminofen sei Dank. Aber so langsam werde ich ungeduldig, weil sie nicht nach Hause kommt. Range Rover hin oder her. Doch was soll ich tun? Plötzlich streicht mir Mütze wieder um die Beine. Ich bekomme eine Gänsehaut.
Ach ja. Ich habe ja Superkräfte. Ich kann mir was wünschen. Ich gehe zum Schreibtisch und schaue nochmal auf das große Blatt Papier mit meinen Skizzen. Wenn ich mir was wünsche, dann geht es in Erfüllung.
Wenn ich mir NICHTS wünsche geht trotzdem etwas in Erfüllung.
Die Wunscherfüllungen von nicht gewünschten Dingen sind es, die mir Sorge machen. Das Taschenmesser und die Lupe nicht. Das ist ja ok. Aber die Katze... so nett sie ja ist. Die Sache muss einen Haken haben.
Ich überlege verzweifelt was ich mir damals noch gewünscht hatte. Und wieder kommt die Gänsehaut. Ich hatte mir meine Eltern zurückgewünscht, die bei einem Unfall gestorben waren, als ich noch „ganz, ganz klein war", wie Tante Emmi immer gesagt hatte. Ich bin mir fast sicher, dass sie am nächsten Morgen auf der Matte

stehen würden. Und dann würde mein rationaler Restverstand sich nicht mehr rausreden können.
Ich gehe ins Arbeitszimmer und hole den Adventskalender, setze mich wieder aufs Sofa und streiche über das Bild.
Dann öffne ich die letzten drei Törchen auf einmal und wünsche mir:
„Ich wünsche mir, aus dem Schneechaos erlöst zu werden und dass meine Frau wieder bei mir ist und dass keine gruseligen Sachen mehr passieren. Zombiekatzen und Zombietaschenmesser und Zombielupen." Ich schließe die Augen ganz fest um dem Wunsch Ausdruck zu verleihen. Und dann werde ich ohnmächtig.

Ich erwache später in der Nacht, als es laut an der Tür bollert.
Vorsichtig gehe ich zur Haustür, es ist stockdunkel, denn die Kerzen sind natürlich erloschen. Der Blick aus dem Wohnzimmerfenster zeigt nur: Schnee.
Jetzt stehe ich also im Flur vor der Haustür, immerhin noch bewaffnet mit einer leuchtenden Handytaschenlampe (Akkustand 18%). und wieder klopft es. Die Katze schaut nach oben. „Mach doch auf", denkt sie. Denke ich.
„Mach doch auf", ruft meine Frau von draußen, „es ist kalt hier. Und..."
Ich öffne die Tür und sehe meine Frau. Offenbar durchgefroren mit kleinen Eiszapfen an der Fellkapuze. Sie steht vor der Tür. Aber nicht auf dem Kiesweg, der dort sein sollte, sondern in einem Tunnel.
„Du wirst nicht glauben..." sagt sie.

Im gleichen Moment rennt die Katze heraus und stürzt sich auf einen seltsamen, kleinen Mann. Oder ein Kind, einen Schanhollen. Sie faucht ihn an. Doch meine Frau schiebt die Katze mit dem Stiefel sanft zur Seite. „Hau ab, Katze." Die Jungs wollen uns helfen.

Und wieder bekomme ich eine Gänsehaut.
Aber ich weiß, jetzt wird alles gut. Und den Rest von der Geschichte, den würdet ihr mir erst recht nicht glauben.

Eine Nacht im Arney

Thomas Block

Was vor dem Weihnachtsessen geschah

Ein gleißender Blitz erhellte die von Regen durchpeitschte Nacht. Für einen Moment war die Silhouette des Mannes zu sehen. Die Schöße seines Regenmantels wehten, wie Batmans Cape in der Nacht von Gotham City. Dann war es wieder stockfinster. Das Rauschen von Sturm und Regen toste und als der nächste Blitz zuckte, da fuhr der Mann nur kurz zusammen, als hätte er darauf gewartet. Nur wenige Meter vor ihm hatte sich der Lichtfinger in den Waldboden gebohrt. Ein Stakkato weiterer Blitze erhellte, von gewaltigen Donnerschlägen begleitet, die Lichtung des Fichtenwaldes oberhalb des Wildenkuhlens. Ganz so, als wäre die Choreographie des Unwetters an ihrem Höhepunkt angelangt. Ein weiterer Einschlag, untermalt von tief dröhnendem Donner, genau an dem Punkt wie bereits ein paar Sekunden zuvor. Wie unwahrscheinlich mochte es wohl sein, dass ein Blitz zwei Mal dieselbe Stelle trifft? Der Gedanke drängte sich ihm auf aber mit Logik und Wissenschaft ließ sich in dieser Nacht sicher nichts mehr erklären.

Wie um dies zu unterstreichen, legte sich das Unwetter plötzlich. Rund um die Einschlagstelle standen die Bäume in Flammen, obwohl der Regen seit Stunden ohne Unterlass gefallen war. Mit tropfnassem Mantel blickte der Mann stumm in den Himmel. Er sah, dass die Wolken sich wie in einem Zeitrafferfilm auflösten und den Blick auf den riesigen Mond und die Sterne freigaben. Auch der Sturm hatte sich gelegt. Von einem Moment auf den anderen war es vorbei. Er zog den Regenmantel aus, ließ ihn auf den Waldboden fallen und ging ein paar Schritte auf die Einschlagstelle zu.

Dann zögerte er kurz, ging zurück, hob den Mantel auf und leerte dessen Taschen. Er nahm das iPhone und das kleine Buch, steckte beides in seine Hosentaschen und hängte den Mantel an den Ast einer Fichte. Hier, ein paar Meter von den brennenden Bäumen entfernt, könnte der Mantel gut trocknen, dachte der pragmatische Teil seines Unterbewusstseins, als er wieder zu der Stelle ging, an der die Blitze in den Waldboden gefahren waren. Dort war nun ein kreisrundes Loch zu sehen. Eine dampfende Flüssigkeit, dickflüssig und unglaublich heiß schwappte darin. Er hatte das Gefühl, seine Wimpern und Brauen würden versengen, so heiß war es dort. Plötzlich vibrierte es in seiner Hosentasche. Eilig trat er ein paar Schritte zurück und zog das iPhone aus der Tasche. Er wischte mit dem Finger darüber um den Anruf anzunehmen. Unterdrückte Nummer und mitten in der Nacht. Er meldete sich trotzdem mit Namen:

"Reinhard Beller hier... hallo?"„Reinhard, wo bleibst du denn? Ich mache mir Sorgen. Hier tobt ein Gewitter und du bist schon seit Stunden weg. Was ist denn los?"

Seine Frau klang besorgt.

(Doch klang sie das nicht immer?)

„Jaja..", antwortete er, wohl wissend, dass sie dies nicht mögen würde.

„Ich wurde aufgehalten und... ach, ich erzähl dir das später. Leg dich ruhig hin. Ich bin noch im Wald und in 1-2 Stunden wieder bei dir." Er atmete kurz durch und blickte noch einmal in das dampfende Loch.

„Mach dir keine Sorgen."

Er hörte ihr Seufzen und bildete sich ein, dass es ein bisschen erleichtert klang.

„Aaaaau!", schrie er auf und warf das iPhone von sich. Es war plötzlich glühend heiß und hatte ihm die Wange und die rechte Hand verbrannt. „Scheiße." Er schaute in seine Hand. Sie war rot, als hätte er sie in einen kochenden Nudeltopf gehalten. Das Handy lag zwei Meter von ihm entfernt und er sah, dass das Display zersprungen war. Er hob es nicht auf, weil es noch zu heiß war, kickte es aber vorsichtig weg vom Höllenloch, wie er es in Gedanken nannte. Es sollte erstmal abkühlen. Er würde es gleich aufheben und nach den Weihnachtstagen reparieren lassen. Wieder 80€ für den emsigen Elektroniktürken (IMPORT-EXPORT) in der Knapperstraße. Wusste er schon. War ja nicht das erste gesplitterte Display. Er wunderte sich selbst, über seine automatisch ablaufenden Gedanken. Scheiß doch auf das Handy. Er hatte jetzt etwas Wichtigeres zu tun. Langsam, aber entschlossen ging er zurück zum Höllenloch. Wieder spürte er die aufsteigende Hitze. Langsam kniete er sich hin. Der Waldboden war heiß und die abgefallenen Fichtennadeln und toten Äste dampften.

Reinhard Beller wurde schlecht und begann kalt zu schwitzen. Allerdings nicht vor Hitze. Er wusste was zu tun war, atmete noch ein paar Mal tief durch und dachte an das, was Susanne ihm heute (oder gestern) Morgen gesagt hatte. Es musste nun sein. Und er war sicher, dass er es schaffen würde. Noch einmal wandte er seinen Blick in Richtung der funkelnden Sterne, beugte sich schließlich vor und tauchte dann seine rechte Hand entschlossen in das siedende Silber. Sein Schrei schallte über die Hänge des Arneys. Ein paar Vögel flogen auf.

Bellers Augäpfel schienen wie erstarrt, doch nach wenigen Sekunden zog er die Hand aus dem Höllenloch. Seine Finger umschlossen eine glitzerne Kugel von der Größe eines Tennisballs. Vorsichtig legte er sie neben sich auf den Boden, atmete wieder und tauchte die Hand ein zweites, ein drittes, viertes und fünftes Mal in das flüssige Edelmetall. Jedes Mal holte er eine weitere Kugel heraus und legte sie zu den anderen. Fünf Mal. Dann war seine Hand so verkohlt, dass sie nicht mehr zu benutzen war. Sie schmerzte inzwischen auch nicht mehr. „Mach dir keine Sorgen", murmelte er und tauchte dann die linke Hand ins heiße Silber. Magnalia dei in locis subterraneis. Nun dachte er nicht mehr. Und er wusste auch nicht, wie lange er schon hier beschäftigt war, aber irgendwann lagen zehn silbern glänzende Kugeln nebeneinander auf dem heißen Boden. Wunderschön sah das aus, als sich die Sterne in ihnen spiegelten. Doch jetzt war nicht der Moment schöne Dinge zu bewundern. Beller zog seinen Pullover aus, dessen Ärmel bis zu den Schultern verbrannt waren. Seine Hände waren von einer schwarze Kruste überzogen, doch er fühlte sie inzwischen gar nicht mehr. Behutsam legte er die Kugeln auf den Pullover und wickelte sie ein. Als er sich wieder erhob, wurde ihm plötzlich schwindelig und er taumelte mit wackeligen Schritten den leichten Hügel hinab. Ließ die Hitze und die brennenden Bäume hinter sich. Vorsichtig, als wäre es ein Neugeborenes, hielt er das Bündel in den Armen. Als seine Füße endlich wieder den weißen Boden erreichten, verlor er schließlich das Bewusstsein bevor er in den weichen Schnee fiel.

„Die Haut ist verbrannt." Er hörte die Worte wie nebenbei.
„Ja, hab ich gesehen. Ist aber nicht so schlimm. Schneid sie einfach ab. Das Fleisch darunter ist genau richtig. Und schmeckt sehr gut. Magst du noch etwas Wein dazu?"

Susanne schwenkte die Flasche und deutete mit deren Hals auf das Glas ihres Vaters. Er nickte, hielt ihr das Glas entgegen und meckerte weiter:
„Eine Weihnachtsgans mit verbrannter Haut. Das hast du aber nicht von deiner Mutter gelernt."

„Aber Heinz-Werner, jetzt lass doch. Guck dir doch mal lieber den schönen Baum an. So prächtig dieses Jahr. Sind das echte Kerzen Susanne?"

„Fragst du doch jedes Jahr, Mama. Ja, es sind echte Kerzen. Und ja, ich habe einen Eimer mit Wasser in der Ecke stehen, falls es mal brennt.", sagte sie in Richtung ihres Vaters, der gerade einen tiefen Schluck des Weines herabstürzte.

„Wart ihr denn gestern in der Margarethenkirche?"

„Ging doch nicht Mama, Reinhard war ja gestern noch im Krankenhaus. Mit seinen Händen."

„Ach ja. Stimmt ja. Aber es war sowieso nicht so gut. Der neue Pastor. Das soll wohl alles so modern sein. Mir hat das früher besser gefallen. Woll, Heinz-Werner? Sag doch mal. Und trink nicht so viel Wein. Ich möchte, dass du uns nachher fährst. Du weißt genau, dass ich nicht so gerne im Schnee fahre."

Susanne Beller seufzte:

„Ihr könnt natürlich auch hier schlafen, wenn ihr nicht mehr fahren wollt." Hoffnungsvoll fügte sie aber schnell an:

„Aber ich glaube es hat auch aufgehört zu schneien."

„Jaja, is ja fast wie damals im Schanhollenwinter.", scherzte ihr Vater mit etwas schwerer Zunge. Dabei hielt er sein leeres Weinglas hoch und erntete dafür einen bösen Blick seiner Frau.

„Wenn wir gleich die Haustür aufmachen und da ist ein Schneetunnel, der hinab ins Hülloch führt. DANN überleg ich mir das und schlafe hier auf eurem Sofa. Sonst geht das ja mal gar nicht. Ich muss nämlich gleich noch die Hühner zu machen."

„Echt soo schön euer Baum. Hat Reinhard ihn selber aus dem Wald geholt?"

„Frag mich doch selber, wenn ich mit am Tisch sitze. Bin ja nicht hirntot.", brummte Reinhard Beller vor sich hin.

„WAS? Susanne, sag deinem Mann doch mal, dass er etwas lauter sprechen soll."

„Sag´s ihm doch selber, Mama. Noch Gans? Reinhard? Du? Soll ich dir noch ein bisschen was kleinschnibbeln?

Beller blickte auf seine bandagierten Hände.

„Ja gerne, Schatz. Die ist sehr lecker. Trotz der verbrannten Haut. Passt doch irgendwie."

„So ein prächtiger Baum. Die goldene Spitze habt ihr ja immer drauf. Die is doch von unsere Omma. Aber die silbernen Kugeln sind neu, oder? Wo habt ihr die denn her? Die sind aber auch echt sehr schön. Zehn Stück. Die waren sicher nicht billig.

Susanne und Reinhard schauten sich wissend an.

„Noch Wein?"

Als die Knibbelelfen streikten

Thomas Block

Was machen die Schanhollen am Nordpol?

Die schwere Eisentür fiel zu. Man hörte, wie von außen ein Riegel fiel und Schlüssel klapperten. Dann wurde es still.

Es war sehr kalt in dem großen, düsteren Raum, der nur spärlich von ein paar Petroleumlampen erhellt wurde. Sie waren sich nicht ganz sicher, aber die Wände schienen aus Eis zu sein. Nicht, dass sie empfindlich gegen Kälte oder Dunkelheit gewesen wären. Das kannten sie ja aus ihrer eigenen Umgebung nur zu gut. Aber hier war das anders.

Gestern noch waren sie gemeinsam in ihrer riesigen Höhle unter der kleinen Stadt im Sauerland gewesen, so wie schon seit langer langer Zeit. Dass ein gelber Rauch hereingeströmt kam, hatten sie noch bemerkt, im Nu war die ganze Höhle damit gefüllt gewesen. Lüften konnten sie ja nicht. Der Rauch verbreitete sich rasch überallhin. Er war nicht beißend oder reizend, aber er machte sehr schnell sehr müde und als sie aufwachten, waren sie schon am Nordpol.

Wie genau sie dorthin gekommen waren blieb unklar. Später berichteten einige, sie seien im Traum auf einem Schlitten hoch durch die Luft geflogen und hätten dabei fürchterliche Angst gehabt. Wie ihr euch denken könnt,

haben Wesen, die normalerweise in unterirdischen Höhlen leben, Höhenangst. Ja, Schanhollen haben Höhenangst. Zumindest fast alle Schanhollen. Die alten Lieder erzählten von EINEM Schanhollen, der eine weite Reise in einem Ballon unternommen hatte. Das war nicht normal. Und vermutlich sowieso auch nur ausgedacht. Doch das hier war real. Hier am Nordpol war es anders, als ihr euch das vielleicht vorstellt. Der Platz an dem sie sich wiedergefunden hatten, war eine riesige Ansammlung von Holzscheunen. Viel viel größer als die Scheunen der Bauern im Sauerland. Zehn mal so hoch und zehn mal so breit. Und dann unglaublich viele nebeneinander. Jede sah anders aus. Völlig unterschiedlich im Baustil und der Farbe. Als hätte ein Riese sie in allen möglichen Erdteilen zusammen-gesammelt und hier fallen lassen. Die Scheunen waren durch Gänge, Erker oder Anbauten miteinander verbunden und bildeten so einen riesigen Komplex. Vergleichbar mit den Industrieanlagen der Menschen. Aber aus Holz. Vor dem riesenhaften Eingangstor stand ein Schild, auch aus Holz. Mit Pinselstrichen war darauf geschrieben:
„N90° 0' (NORDPOL)"
„Ich würde sagen, wir sind am Nordpol", vermutete einer der Schanhollen keck.
Gemurmel begann.
„Das ist eine nicht sehr gewagte These", antwortete der Älteste. „Es ist lausig kalt, alles voller Eis und Schnee und dann steht da auch noch ein Schild. Dass wir am Nordpol sind, das sollte klar sein. Aber warum sind wir am Nordpol?"
„Ja, warum?", erklang es dutzendfach und hörbar verunsichert.

„Das werden wir bald herausfinden", sagte der Älteste.
In diesem Moment wurden die Schanhollen umzingelt. Von Wesen, die ihnen nicht unähnlich waren. Sie waren ein bisschen kleiner und schaute man genau hin, so sah man, dass diese im Knochenbau und ihrer Physiognomie grober waren, als die zarten, schönen Holden aus dem Sauerland. Diese Grobheit äußerte sich auch in ihrem Gebaren. Sie stanken, waren mit Knüppeln bewaffnet, ihre Gesichter waren voller Pickel, die Haare strähnig. Noch dazu waren sie in alberne, überwiegend in grün und rot gehaltene Gewänder gewandet, die zu allem Überfluss, mit lächerlichen kleinen Glöckchen verziert waren, die bei jeder Bewegung leise klingelten.

Ganz klar. Das hier war eine üble Horde von Wichteln. Bewaffnet und deutlich in der Überzahl.
„Igitt, Wichtel, mir wird schlecht!" sagte der kecke Schanholle und bekam dafür sogleich einen groben Stoß mit einem Knüppel in die Nierengegend.

Ja, und nun hatten die Wichtel unsere Schanhollen also eingesperrt in ein unwirtliches Verlies. Schnell war klar, dass das Tor sich nicht bewegen ließ. Es gab keine Fenster, nicht mal Luftschächte. Ohne ihre Werkzeuge wären sie auch nicht in der Lage einen Tunnel zu graben, also warteten sie. Eine Nacht und einen Tag. Und noch eine Nacht. Hin und wieder öffnete sich die Tür und ein hölzerner Servierwagen mit, zugegeben, köstlichem Essen wurde herein gefahren. Die restliche Zeit vertrieben sich die Schanhollen mit dem Erzählen von Geschichten, dem Singen der alten Lieder und mit Schlafen. Fast alle schliefen, als sich zwei der Jungschanhollen flüsternd unterhielten.
„Was glaubst du, was die mit uns vorhaben? Fressen?"
„Nein, Quatsch. Wichtel sind zwar fies, aber keine Kannibalen. Ghule machen so was. Aber Ghule erkennt man an ihren gelben Augen und den spitzen Zähnen. Nein, da mache ich mir keine Sorgen, aber irgendwas werden sie mit uns vorhaben, sonst hätten sie uns nicht durch die halbe Welt entführt."
„Ja, ich überlege auch schon die ganze Zeit. Früher hat man uns doch Geschichten erzählt, dass die Wichtel dem Weihnachtsmann am Nordpol helfen würden, Geschenke für die Menschenkinder zu basteln. Ich glaube zwar nicht an den Weihnachtsmann, aber

immerhin sind wir hier am Nordpol. Da macht man sich ja schon so seine Gedanken."

„Ja, ich ja auch. Aber im Moment können wir nur warten. Ich schlage vor, wir schlafen jetzt auch. Ich hab so ein Gefühl, als würden wir morgen mehr erfahren."

Mit einem lauten Krachen wurde die große Kerkertür aufgestoßen. Sofort waren alle Schanhollen hellwach. Es waren alle Schanhollen, die zuletzt in Kierspe gelebt hatten. Einhundert Schanhollen. Es waren immer einhundert. So lange man sich erinnern konnte. Leider kamen hier nun auf jeden Schanhollen vier Wichtel. Bewaffnete und hemmungslos grobe Wichtel, die die Schanhollen nun mit ihren Stöcken, Stäben, Knüppeln und Speeren aus dem Verlies trieben, wie eine Herde Milchkühe. Über einen breit ausgetretenen Pfad wurden sie nun zu dem riesigen Tor des Scheunenkomplexes geführt, das sich wie von Geisterhand mächtig knarrend öffnete und direkt hinter ihnen wieder ins Schloss fiel.

„Los, los, beeilt euch Hollenpack! Ihr habt lang genug gepennt! Jetzt sollt ihr arbeiten!"

Der Wichtel wies mit seinem krüppeligen Arm nach oben. Hölzerne Treppen, deren Stufen mit Seilen und Drähten zusammengehalten wurden, führten bis unter das Dach der Scheune. Ehrfurchtsvoll blickten die Schanhollen empor. Von innen war die Scheune scheinbar noch viel viel größer, als es von draußen ausgesehen hatte. Das Dach war kaum zu erkennen. Dort oben schienen sogar Wolken zu schweben. Im Inneren der Scheune. Und ebenso weit oben gab es offenbar auch eine Lichtquelle, von der aus ein gelbes Licht sich in den Raum ergoss, welches gleichzeitig Wärme spendete. Die Schanhollen kannten sich zwar

mit Gebäuden nicht so gut aus, aber eins war klar - eine normale Scheune war das hier nicht. Eher eine Stadt aus Holz, die von Straßen und Schienen durchzogen war, auf denen wiederum Fahrzeuge rollten, die allesamt mit bunten Paketen beladen waren. Die beiden Jungschanhollen schauten sich an. Und ohne etwas zu sagen, waren sie sich einig. Sie waren in der Weihnachtswerkstatt am Nordpol. Dort, wo die Wichtel die Geschenke für alle braven Kinder der Welt zusammenbauten, die der Weihnachtsmann, oder wer auch immer, mit seinem fliegenden Schlitten überallhin brachte.
„Das war der fliegende Rentierschlitten, mit dem wir entführt worden sind", flüsterte der Kleine.
„Ruhe da hinten", brüllte einer der Wichtel. „Ihr sollt die Treppe da hoch!"
Immer noch standen alle am Fuße der hölzernen und wenig Vertrauen schenkenden Aufstiegshilfe.
„Das geht nicht", sagte der Älteste mit fester Stimme. „Wir können da nicht hoch. Wir sind Schanhollen, das solltet ihr wissen. Schanhollen leben in einer Höhle. Und wir klettern nicht wie Affen auf Holzgerüsten in schwindelnde Höhen. Schanhollen haben Höhenangst."
Der Oberwichtel lachte den Alten aus und schlug ihm so heftig mit dem Knüppel in den Rücken, dass er aufschrie.
„Und wir sind die Weihnachtswichtel. Und wisst ihr was? Wir haben Höhlenangst. Und jetzt genug geredet. Hopp! Hopp!"
Wieder wurden die Hollen wie Vieh getrieben. Nun also die Treppe hinauf. Wie ihr vielleicht schon wisst, haben Schanhollen kein Zeitgefühl, aber ich kann euch verraten, dass der Aufstieg drei schweigsame Stunden

dauerte in . Es wurde kein Wort gesprochen. Doch schließlich war es geschafft. Sie waren oben angekommen. Dort wurden sie in einen Raum geleitet, in dem 100 Holztische mit 100 Stühlen standen. Neben jedem Tisch stand ein ziemlich großer Papierkorb. Sonst nichts.
Die Wichtelwärter führten sie in die Mitte des Raumes, wo die Schanhollen eine Weile zusammenstanden.
„Ich weiß, was wir hier machen sollen..." flüsterte der Kleine wieder.
„Hmmm?", antwortete der andere vorsichtig. Sie wussten inzwischen, dass es bei der kleinsten Ungehorsamkeit einen Schlag mit dem Knüppel gab.
„Ja, ist doch klar. Wir sind hier in der Werkstatt. Bestimmt müssen wir gleich Holzeisenbahnen zusammenleimen. Oder Zinnsoldaten bemalen, weil die Wichtel das alleine nicht hinkriegen..."
„Weil sie zu doof sind."
Beide kicherten leise.
Dann wurde allen Schanhollen jeweils ein Tisch zugewiesen, wo sie sich hinzusetzen hatten.
„Siehst du?"
Geschenke wurden hereingebracht.
„Siehst du, siehst du?"
Auf jeden Tisch legten die Wichtel so viele Geschenke wie nur darauf passten.
Der kleine Schanholle schaute die Dinge ungläubig an. Kartons. Große und kleine. Schwere und leichte. An manchen klebte Geschenkpapier, andere waren eingerissen. In allen befand sich Spielzeug.
Ratlos schauten die Schanhollen sich um. Auch dieser Raum war riesig. Die Tische standen so weit ausein-

ander, dass sie ihre Nachbarn kaum richtig erkennen konnten. Geschweige denn mit ihnen reden. Ihre Tische waren jeweils so groß, wie zwei Tischtennisplatten. Die Papierkörbe daneben hatten die Ausmaße von Regentonnen. Hier war alles etwas größer, das hatten sie schon bemerkt. Auch der Weihnachtsmann. Als er hereinkam, wurde es noch stiller im Raum. Er war gigantisch, bestimmt über zwei Meter, er hatte einen dichten weißen Bart und wallendes weißes Haupthaar. Sein Gesicht war stark gerötet und die riesige Knollennase von blauen Äderchen durchzogen. Aber er trug keinen roten Mantel und auch keine schwarzen Stiefel mit glänzenden Schnallen. Das war ein bisschen enttäuschend. Vielmehr war er in einen schlichten Blaumann gekleidet, dazu trug er Pantoffeln. Trotzdem konnte jeder auf Anhieb erkennen, wer er war. Keine Zweifel. Sie sahen, wie er dem Wichtelaufseher etwas zuflüsterte, dabei zuckten seine weißen Augenbrauen auf und ab, wie zwei Albinofrettchen im Liebesspiel.
Der Weihnachtsmann hatte scheinbar genug gesehen. Er lächelte einmal in die Schanhollenrunde, dann verschwand er wieder. So übel schien er nicht zu sein. Aber wieso auch? Hey, er war der Weihnachtsmann. Nur weil er sich mit stinkenden Wichteln umgab, musste er ja kein schlechter Geselle sein. Nachdem er die Tür geschlossen hatte, pumpte sich der Oberwichtel wieder voll Wichtigkeit. Er stieg auf einen Stuhl und sprach mit laut knarzender Stimme.
„Ihr fragt euch sicher, was ihr hier sollt..."
Er machte eine Kunstpause, aber niemand tat ihm den Gefallen etwas zu sagen.
„NUN! Der Weihnachtsmann und wir Wichtel..."

„Als ob..." flüsterte einer. Und ein anderer kicherte.
„...wir haben euch hergeholt, weil ihr uns helfen sollt."
Das war klar. Das hatten sie sich gedacht. Und jetzt war es ausgesprochen. Der Schanhollenkodex besagte, dass sie jedem helfen mussten, der sie brauchte. Und der Weihnachtsmann brauchte sie wohl. Also würden sie nun wohl die Sache mit den Holzeisenb...
„Wir brauchen euch zum Knibbeln", dröhnte der wichtige Wicht. Das werdet ihr wohl hinbekommen. Er schüttete den Karton aus, der ihm am nächsten war. Spielzeug und allerlei Technikkram purzelte auf die Tischplatte. Mit ausladenden Gesten nahm er ein ferngesteuertes Auto, hielt es in die Höhe und knibbelte einen Aufkleber ab. „FÜR MAX" stand darauf. Dann warf er das Auto auf den Tisch und den abgeknibbelten Aufkleber in den riesigen Papierkorb.
„UND! SO! WEITER!"
„Häh?, fragte einer der Schanhollen nach. „Aufkleber abknibbeln?"
„Ja, genau. Das wird eure Aufgabe sein. Das sind alles Umtauschgeschenke. Und da müssen dann mal eben die Aufkleber ab. Das haben vor euch, die letzten Jahre unsere Knibbelelfen erledigt. Die haben das auch nicht schlecht gemacht. Aber vor zwei Wochen waren sie plötzlich weg. Der Weihnachtsmann hatte von euch gehört, von eurer Hilfsbereitschaft und euren stabilen Fingernägeln. AUF GEHT`S!"
Der wichtige Wicht sprang vom Stuhl und ging zu Tür. Er drehte sich noch einmal kurz um und versuchte recht böse zu gucken. Dann war er weg. Die anderen Wichtel folgten ihm und schlossen geräuschvoll die Tür.

Die Schanhollen blickten sich an. Sie konnten nicht anders, als sich an die Arbeitstische zu setzen und zu beginnen. Eine stupide Arbeit. Geschenkaufkleber, Preisschilder, Dekorationssternchen, lustige Schneemänner und und und.
„Die Elfen haben es richtig gemacht", sagte einer, da war schon ein ganzer Tag vergangen.
„Das hält doch keiner aus. Und warum kommen eigentlich alle Geschenke hierher zurück?"
„Umtausch", sagte der Alte, „umtauschen gehört heute für die Menschen dazu. Früher war das nicht so."
Ein Wichtel, der gerade neue Kartons hereinschob blieb stehen.
„Das ist das Problem, ja. Früher kamen die Geschenke nicht zurück. Die Kinder freuten sich, spielten damit und gut war es. Holzeisenbahnen und Zinnsoldaten waren damals sehr beliebt. Die haben wir auch größtenteils selber hier in den Werkstätten hergestellt. Aber ihr habt ja vielleicht gesehen, als ihr hier reingeführt wurdet. Hier wird kaum noch selbst produziert. Welches Kind will heute noch eine Holzeisenbahn? Und Zinnsoldaten schon mal gar nicht. Die meisten Sachen beziehen wir von Fremdherstellern aus Fernost. Märchenbereinigt wäre der Weihnachtsmann ein größerer Versandhändler als amazon. Aber natürlich tauchen wir in den Statistiken nicht auf."
„Und die Elfen?"
„Aufgelöst, die haben sich aufgelöst. PAAAF. Ich glaube weil keiner mehr an sie glaubte. Dann lösen sie sich auf."
Mit großen Augen schauten sich die Schanhollen an. Ängstlich.

Der Wichtel verschwand mit einem Bollerwagen voller Spielzeug. Die Schanhollen knibbelten weiter. Stunden-, tage- und wochenlang. Wieder einmal kam ihnen ihr fehlendes Zeitgefühl zugute. Abends wurden sie in einen Nebenraum geführt, wo sie ein paar Stunden Freizeit verbringen durften. Einen Nebenraum in der Weihnachtswichtelscheune muss man sich recht groß vorstellen. Aber das habt ihr sicher geahnt. In dem Raum gab es alles was man sich nur vorstellen kann. Plätze zum Schlafen, zum Sitzen, zum Spielen. Sogar eine Landschaft zum Spazierengehen mit einem kleinen See, in dem man schwimmen konnte. An den Abenden vergaßen die Schanhollen, dass sie eigentlich Gefangene waren. Bevor sie sich versahen, war ein Jahr vergangen. Jeden Tag der gleiche Rhythmus von Knibbelarbeit und Freizeit, essen und arbeiten, schuften und entspannen. Doch nach und nach machte sich in ihnen ein Gefühl breit, das stärker war als Hungern und Frieren. Irgendwann sprach es einer aus.
„In mir tut es weh."
„Ja, in mir auch."
„Mir tut weh, dass wir nicht mehr daheim sind. Im Hülloch."
Die Schanhollen hatten das Heimweh kennengelernt.
Eines Abends saß eine Gruppe von Jungschanhollen am Erholungssee. Sie hatten die Füße in Wasser getaucht, ließen flache Steine flitschen und erzählten von der guten alten Zeit als sie noch in Kierspe gewesen waren, als plötzlich ein mächtiger Wasserstrahl aus der Mitte des Sees in die Luft stob. Wie ein plötzlich entstandener Springbrunnen, so gewaltig, dass er einen eigenen

Doppelregenbogen erzeugte. Und so laut wie ein geplatzter Feuerwehrschlauch. Aber schön.
„Schön", sagten die Schanhollen, als sie den Regenbogen sahen.
„Schön", sagten sie als ein mächtiger, runder Rücken aus dem Wasser auftauchte.

„Wow.", sagte sie, als sie erkannten, was da aus dem künstlichen See in ihrem Raum in der Weihnachtswerkstattscheune auftauchte. Ein richtiger, echter Wal. Und weil sie sich mittlerweile daran gewöhnt hatten, dass die Dinge hier größer waren, als sie es aus ihrer kleinen Stadt kannten, wunderten sie sich auch gar nicht, als sie sahen, WIE groß der Wal war. Er war sehr, sehr groß. Bestimmt habt ihr in der Schule auch mal gelernt, dass Blauwale die größten Tiere der Erde sein sollen. Der hier war größer. Und außerdem konnte er sprechen. Und er war freundlich.
„Ihr seid die Schanhollen, das seh ich doch.", brummte er mit einer unfassbar tiefen Bassstimme, die alles erzittern ließ, was zittern konnte. Sogar die Wasseroberfläche kräuselte sich im Takt der Worte. Doch die Schanhollen hatten keine Angst.
„Ja, sind wir. Und wir gehören hier nicht hin. Nicht in die Scheune mit einem so großen Zimmer, mit einem Teich darin in dem der größte Wal schwimmt, den jemals ein Schanholle zu sehen bekam." Die Hollen, die hinter ihrem Wortführer standen, nickten nun eifrig.

„Und wie es aussieht", fügte der Mutigste hinzu, „gehörst DU ja wohl auch nicht hierher. ODER?"

Der Wal schoss einen kleinen Strahl Wasser aus seinem Atemloch. Vermutlich lachen so Wale.

„Nein.", brummte er. „Ich gehöre hier ebenso wenig hin, wie ihr, meine kleinen Freunde. Aber jetzt sind wir hier und da es keinen Zufall gibt, wird es wohl richtig so sein. Vor langer, langer, langer, langer Zeit, als ich noch sehr viel, viel, viel kleiner und jünger war.." „Wie klein?", unterbrach der kecke Schanholle, der das Gefühl bekommen hatte, der Wal neige zu ausschweifenden Erzählstrukturen.

„So klein, dass ich in einen Eimer passte. Also lange her. Da traf ich einen von euch. Er half mir und gab mir ein neues Zuhause. Und ich versprach, mich irgendwann zu revanchieren. Ich glaube, heute und hier könnte ein guter Tag dafür sein."
Die Schanhollen atmeten hörbar auf.

„Ja, wir müssen weg hier. Weg vom Nordpol, zurück in unsere Stadt. Hast du gehört, was mit den Elfen passiert ist? Sie waren vor uns hier und dann irgendwann... puf ... haben sie sich aufgelöst, weil die Menschen sie vergessen hatten. Das soll uns nicht auch so gehen. Die Leute in Kierspe brauchen uns schließlich dringender. Da gibt es wichtigere Dinge zu tun, als dass wir uns hier die Fingernägel wundknibbeln um irgendwelche blöden Weihnachtsgeschenke..."

„Weihnachten ist nicht blöd", jammerte der allerkleinste Schanholle, mit weinerlicher Stimme.
„Nein.", brummte der Wal. „Weihnachten ist nicht blöd.

Nur was die Menschen daraus gemacht haben,
entspricht nicht mehr der ursprünglichen Idee. Schon
lang nicht mehr. Früher, als ich noch sehr, sehr, sehr viel
kleiner war, das ist also schon ganz, ganz ganz lange
her..."

Schnell unterbrach ihn wieder einer der Hollen:

„Da war das Weihnachtsfest ein Fest des Glaubens, der
Grundwerte, der Liebe. Ein Fest bei dem die Menschen
zusammenkamen und feierten."
„Und Geschenke bekamen.", mischte sich der Kleinste
wieder ein. „Geschenke gehören doch auch dazu?",
fragte er hoffnungsvoll.

„Ja schon", sagte einer der Älteren. „Aber nicht so, wie
es hier läuft. Guck dir das doch an, was wir die letzten
Wochen gemacht haben. Aufkleber von riesigen
Umtauschbergen abknibbeln. Das sind doch alles
Sachen, über die sich keiner so richtig gefreut hat.
Schrott. Und die blöden Wichtel, die *Schrottwichtel*
müssen das ausbaden.

„Was ist mit dem Weihnachtsmann?", fragte einer.
Der Wal brummte: „Darf ich offen zu euch sein? Auch
wenn Kleine dabei sind?"
„Wir bitten darum."
„Den Weihnachtsmann gibt es doch gar nicht. Der ist
eine Erfindung der Menschen, die für all den
Geschenkewahnsinn verantwortlich sind. Den
Weihnachtsmann braucht kein Mensch. Und diese ganze
kitschige Wichtelwerkstatt am Nordpol schon mal gar

nicht. Hat mit Weihnachten nichts zu tun."
„Wir haben ihn aber gesehen.", mischte sich einer ein.
Er ist hier und der Chef vom Ganzen. Amtlich."
„Ich hab euch für schlauer gehalten", sagte der Wal. „Ihr wisst doch was mit den Elfen, den Knibbelelfen geschehen ist."
„Puf!", sagte der ganz Kleine und einige lachten.
„Genau. Sie sind verschwunden. Weil sie nicht mehr für das gebraucht wurden, wofür sie einstmals jemand erdacht hatte. PUF. Sie haben sich einfach aufgelöst wie ein Gedanke." „Nicht dass das mit uns auch passiert."
„Mit euch wohl nicht. Dafür seid ihr zu munter. Und wie ich gehört habe, werdet ihr ja in Kierspe noch dringend gebraucht. Aber der Typ mit dem roten Mantel und seine fliegenden Rentiere, all der Quatsch."

„Du meinst?", fragte der Kecke.
„Ja, wenn wir uns alle anstrengen und alle ganz fest daran denken den Weihnachtsmann und das Gedöns hier zu vergessen..."
„PUF?"
„PUF!"
Die Schanhollen sahen sich an, keiner sagte was. Und dann nahmen sie sich an den Händen und bildeten einen Kreis um den See. Das hätte eigentlich nicht funktionieren können bei 100 Hollen und einem riesigen See in dem der riesigste Wal herumschwamm. Aber weil es eine Geschichte ist, und nicht nur das Zeitgefühl verloren gehen kann, funktionierte es. Der Kreis um den See wurde geschlossen. So wie auch die Augen der Schanhollen. Und dann standen sie da. Und sagten nichts und dachten nichts. Ganz schön lange. Zu hören

war nur das Plätschern, das der Wal machte, während er seine Bahnen durch den See zog.

Als sie die Augen öffneten, da war die Weihnachtswerkstatt verschwunden. Aber sie standen noch im Kreis und hielten sich an den Händen. Über ihnen leuchteten Sterne. Es war nicht so kalt, wie es am Nordpol hätte sein müssen. Das lag daran, dass sie nicht am Nordpol waren. Sie standen um eine Talsperre herum. Natürlich war es die Jubachtalsperre und es war ein Sonntag. Ein Adventssonntag.
„Was war das für ein Wal? Wo isser jetzt?", fragte der Kleinste nun.
„Ich denke, das war der Adventswal. Und er ist jetzt sicher da, wo er gebraucht wird. Hier wird er das nicht mehr. Vielleicht ist er da, wo der Weihnachtsmann und die Elfen sind."

Der kleine Schanholle war zufrieden.

Lars Eisenbär und der Adventswal in der Jubach

Ingo Jung

Eine Seefahrerschanholle kommt nach Hause

Eine steife Brise schlug mir entgegen, als ich am 20. Dezember 1798 von Bord der alten „Ingelore Borg-Hansen" ging. Zehn Jahre hatte es gedauert bis wir endlich wieder den Hafen ansteuerten, den wir kurz vor Weihnachten 1788 verlassen hatten. Ich war damals 13 Jahre alt. Und nicht einmal einen Meter groß. Na gut, nun war ich halt 10 Zentimeter größer. Einen Zentimeter pro Jahr. Immerhin.

Es war der Hamburger Hafen der mich fortbrachte und nun auch wieder zurück. Und trotz meines, Vielen außergewöhnlich vorkommenden, Aussehens, hatte ich eine verdammt gute Zeit auf See. Wenn man bedenkt, dass ich, aus diesem kleinen Dörfchen im Sauerland kam, ist es doch beachtlich, wie weit so eine Schanholle reisen konnte. Wenn ihr euch fragt, was genau oder wenigstens ungefähr, eigentlich eine Schanholle ist, so ist das gar nicht leicht zu erklären, außerdem bin ich nie wie andere Schanhollen gewesen, da Schanhollen eigentlich unsichtbar sind. Mit genau zwei Ausnahmen:

Menschen, die an einem Sonntag geboren werden, die können Schanhollen sehen. Sagte man zumindest. Und Mich, mich konnten alle sehen.
Da also noch kaum je ein Mensch eine Schanholle zu Gesicht bekommen hatte, war es also gar nicht so leicht zu beschreiben wie sie eigentlich aussahen. Wie ich aussah, das wusste ich, denn immer wenn ein hübsches Mädchen sich zu mir herunterbeugte und meine kleine runde Nase küsste, hörte ich meist Worte wie: "Oh mein Gott, bist du niedlich!" und immer dann war mir klar, dass ich nicht hässlich sein konnte. ‚Putzig', ‚süß' und so weiter, waren auch noch so Worte welche die Menschen für mich fanden. Selbst die alten Seebären haben mich angelacht wenn wir auf rauer See waren und der alte Kahn in den Wellen bedenklich auf und ab und hin und her schaukelte.

Da ich noch keinen Namen hatte als ich damals anheuerte, nannte man mich nach dem Namen des Schiffes auf dem wir fuhren. Das war eine große Ehre. Die Seemänner machten sich einen Spaß daraus, ihn immer komplett zu benutzen. So hieß ich fortan also ‚Ingelore Borg-Hansen'. Männlich oder weiblich war in dem Fall egal, Schanhollen nehmen das nicht so genau.

Der Abschied fiel uns, nach zehn langen Jahren, die wir gemeinsam an Bord des Schiffes verbracht hatten, natürlich schwer und das eine oder andere seemännische Raubein verdrückte sich doch ein Tränchen als sie mich zum Abschied drückten.
Dann stand ich schließlich alleine da, am Kai im Hafen und wusste gar nicht so recht wie ich nach Hause ins alte Kierspe kommen sollte. Ich nahm aber schließlich

meine Habe und den Eimer mit meinem Mitbringsel darin und ging einfach los. Bei nur einem Meter Größe sind auch die Schritte entsprechend kurz und so kam ich zwar zielstrebig aber doch nur recht langsam voran. Die Sonne schien, der Wind kam von Nordost und war trocken und kalt. Als ich eine Weile gegangen war, kam ich an ein Feld. Der Boden war weiß von frischem, in der Morgensonne glitzerndem Reif. In der Mitte des Feldes standen Menschen um einen Korb herum, an dem ein riesiges Tuch flatterte und sich langsam aufblähte.

"Guten Morgen, ich bin Ingelore Borg-Hansen, was ist das was ihr hier macht? So etwas habe ich noch nie gesehen und glaubt mir, ich bin schon recht weit herumgekommen."

Die Menschen sahen zu mir herüber. Ein Mann mit weißem Bart, einer Kapitänsmütze und einer Pfeife kam auf mich zu.

"So etwas wie dich hab ich auch noch nie gesehen!" Der Mann lachte freundlich. "Das ist ein Ballon. Mit dem werde ich gleich durch den Himmel fahren."

"Wie bitte? Du meinst, du willst damit zu den Vögeln fliegen?"

"Fahren, nicht fliegen. Ja, das werde ich."

Ich war fasziniert. Der Himmel. Immer schon wollte ich in den Himmel. Wenn ich an Deck die Möwen sah, hatte es mich immer ganz verrückt gemacht, dass sie einfach so durch die Lüfte fliegen konnten und mir gerade einmal nicht mehr also ein paar Hopser gelingen wollten.

"Nimmst du mich mit?

Der Mann lachte wieder. "Nein, das ist zu gefährlich und außerdem trägt der Ballon nur einen Mann."

"Gefahr macht mir nichts. Ich hab schon so viele Gefahren überstanden, ein Mann bin ich nicht. Ich bin eine Schanholle und schwer bin ich auch nicht."

Ich weiß noch wie ich den Mann mit schiefem Kopf frech angegrinst habe. Er sah mich lange an und sagte: "Eine Schanholle bist du, soso. Ich hab zwar keinen blassen Schimmer, was das sein soll aber ich glaube, du könntest mir ein unterhaltsamer Begleiter sein."

Vor Freude hüpfte ich auf und ab. Nur gut, dass ich den Eimer früh genug abgestellt hatte sonst wäre das Wasser herausgespritzt, was dem Inhalt überhaupt nicht gut getan hätte. Das Tuch blähte sich immer weiter unter der Flamme auf und wurde größer und größer. Dann hob es sich langsam vom Boden ab und wölbte sich rund über den Korb. Es war einfach riesig.

"So, Ingelore Borg-Hansen, ab ins Körbchen!" sagte der Mann damals und ich verdrehte die Augen. Wieder kein Spitzname aber egal. Ich würde fliegen. Ich käme dem Himmel so nah wie noch nie eine Schanholle vor mir. Ein anderer Mann der beim Aufbau geholfen hatte hob mich an und setzte mich in den Korb.

"Den Eimer bitte." sagte ich und man reichte mir den kleinen Zinkeimer. Mein Flugkapitän kletterte zu mir in den Korb und feuerte den Ballon noch mal richtig an, sodass es kurz ruckte und wir tatsächlich vom Boden abhoben. Ein unglaubliches Gefühl, das in meinem Bauch kitzelte. Höher und höher ging es und die Menschen am Boden wurden peu à peu so klein wie Ameisen. Und es war leise. So leise, wie ich Leise noch nie gehört hatte.

"Was machst du da mit dem Eimer?" fragte der Mann.
"Ein Mitbringsel für meine Freunde. Es ist ein seltenes Exemplar und ich Wette, so etwas haben die noch nie gesehen."
"Die? Wen meinst du?"
"Die Schanhollen aus Kierspe. Sie wohnen in einer riesigen Höhle, die das ganze Dorf unterhöhlt. Ich bin dort groß geworden. Naja, ein bisschen groß halt und vor zehn Jahren wurde es mir langweilig. Da bin ich in den Norden gewandert und hab angeheuert. So wie heute bei dir."
Wir lachten uns an.
"Wie heißt du?" fragte ich und sah den Mann lange an.
"Lars! Ich heiße Lars."
"Das ist ein schöner Name. Du erinnerst mich an eine Figur auf unserem Schiff, einen Bären. Der hatte auch so liebe Augen wie du. Es war ein Bär der an der Kajütentür unseres Kapitäns hing, so eine Art Schildfigur aus Eisen. Kann ich dich Lars Eisenbär nennen? Ich finde das ist ein toller Name und außerdem bist du ja auch der Kapitän. Lars Eisenbär der Kapitän." sagte ich.
"Das gefällt mir. Ja, das gefällt mir, Ingelore Borg-Hansen." sagte Lars und drückte mit dem Zeigefinger auf meine Nase.

Die nächsten Stunden schwiegen wir. Es war sehr schön, dem Himmel so nah zu sein, ja eigentlich waren wir sogar ein Teil von ihm, das war unglaublich. Wir überflogen Bremen, wo, ähnlich wie in Hamburg, die großen Holzschiffe im Hafen lagen. Die Dächer der Handelshäuser waren glitzernd weiß und die Menschen auf den Straßen waren winzig klein. ‚Kleiner als ich' dachte ich damals. Mein Atem machte weiße Wölkchen, was mich daran erinnerte, dass es ziemlich kalt war und bei Kälte das Wasser gefriert. Und tatsächlich, das Wasser am Rand des Eimers war schon ein wenig angefroren. Mit dem Zeigefinger rührte ich etwas hin und her um das Eis aufzulösen.

"Was ist das denn nun in deinem Eimer?" wollte Lars wissen.
"Es ist ein Wal! Oder, um genau zu sein, ein Adventswal." Ich schaute in Lars Augen und merkte, dass er mir nicht glaubte.
"Du kennst wohl keine Adventswale, wie?"
"Nein." sagte Lars und schaute in den leeren Eimer. "Ich seh´ da auch nur Wasser."

Er nahm die Pfeife aus seiner Jacke stopfte neuen Tabak hinein und hielt sie an die Ballonflamme. Dann pustete er dicke Wolken in den Ballon hinein.

"Er ist klein. Er ist sogar sehr klein. Aber das ist vollkommen in Ordnung. Adventswale sind sehr klein. Ausgewachsen kaum einen Zentimeter groß, daher findet man sie ja auch so selten. Das hier ist ein junger."
"Warum Adventswal?"
"Man kann sie nur im Dezember finden. In den anderen Monaten sind sie irgendwo, ich weiß nicht wo. Sie kommen von den Galapagosinseln und weißt du was richtig verrückt ist, Lars Eisenbär?
"Sag es mir, Ingelore Borg-Hansen."
"Du findest sie allein, Anfang Dezember. Eine Woche später nur zu zweit, darauf die Woche schwimmen sie zu dritt und in der vierten…"
"Da sind es vier." staunte Lars.

Die beiden schauten in den Eimer mit Wasser, konnten jedoch nichts erkennen.

"Schläft bestimmt!" sagte ich.

Sie überflogen Münster, dann Dortmund als die Sonne langsam hinter Holland im Meer versank. Der Vollmond übernahm die Nachtschicht und es war damals, in dieser Nacht, so hell wie am Tag. Es war Mitternacht als wir über Kierspe flogen. Ich weiß noch als ich die Kirchturmspitze sah. So viele Erinnerungen waren plötzlich wieder da. Die vielen anderen da unten in der Höhle. In der es so dunkel war.

"Hier komme ich her" sagte ich leise.
Lars sah mit mir nach unten. "Ruhige Gegend, oder?"
"Schon." sagte ich.
"Willst du landen?" fragte Lars
"Ich weiß nicht."

Kierspe sah aus als schliefe es tief und fest. Aus den kleinen verschneiten Häuschen stieg der Rauch der Kamine auf. Die Tannen waren dick eingeschneit und es war kein Weg mehr zu erkennen.

"Sieh mal da, Lars Eisenbär, siehst du das?Ich zeigte auf einen kleinen See in einem Tal. Nicht sehr groß aber umgeben von Bäumen und ein feines Rinnsal füllte ihn auf.

"Das ist die Jubach. Ein Fluss der in die Volme führt. Die Volme ist Kierspes Rhein, wenn du verstehst was ich meine."
"Was ist mit der Jubach. Etwas besonderes?"
"Noch nicht, aber sie wird es mal werden. Kannst du ein bisschen tiefer fliegen, Lars Eisenbär, am besten genau über den kleinen See."
"Na ja, weil du es bist, Ingelore Borg-Hansen."

Lars manövrierte den Ballon über den kleinen Jubachsee und als wir direkt darüber waren, nahm ich den Eimer und schüttete ihn über dem See aus. Lars sah mich fragend an.

"Was war denn das jetzt? Es war doch ein Geschenk?"
"Ja klar, ein Geschenk an Kierspe."

Ich fing damals an zu lachen und konnte kaum aufhören und Lars lachte mit.

"Der wird noch mal was ganz besonderes werden, der Adventswal in der Jubach, glaub mir."
"Willst du landen und hierbleiben?"
"Heute nicht. Ich komme in zehn Jahren wieder. Ich will mit dir weiterfliegen.

Die Welt ist zu groß um in einer Höhle zu leben."

Fallende Engel

Ingo Jung

Die Geburt einer Schneeflocke

PROLOG

Es ist kalt. Und es ist dunkel, sehr dunkel. Aber es ist windstill, sehr still.
Kein Windhauch, kein einziges Geräusch.

Absolute Lautlosigkeit.

Man könnte meinen das es sich um eine bedrohliche Umgebung handeln würde. Aber dem ist nicht so. Ganz und gar nicht. Und eigentlich ist uns diese Umgebung seit Millionen von Jahren vertraut, nur ein bisschen weit entfernt.
Obwohl, soweit nun auch wieder nicht. Von Kierspe aus gesehen etwa 10 oder 20Km, also nicht weiter als Lüdenscheid oder Gummersbach.
Windstill, leise und kalt. Was heißt kalt? 10 Grad? 0 Grad? Eine sehr interessante Kälte, nicht nur wegen der Kleidung sondern viel mehr wegen ganz besonderer Eigenschaften. Bei 0 Grad gefriert Wasser. Das bedeutet Eis auf den Straßen. Glatteis. Man kann salzen und Ähnliches um das Eis zu tauen. Und man sollte sich warm anziehen, denn die Kälte kriecht unangenehm in einen hinein. Und der Mensch mag solche Temperaturen überhaupt nicht.

Aber zurück zu diesem Ort. Es ist nicht Lüdenscheid oder Gummersbach aber diese Geschichte beginnt trotzdem 15,3Km entfernt von der Stelle an der wir heute sitzen.
Kierspe selbst spielt dabei natürlich auch eine Rolle. Zum Zeitpunkt des Geschehens ist die Stadt eingetaucht in eisiges Weiß, nur noch die Sendemasten der Radio- und Fernsehstationen kann man aus den riesigen Schneemassen erkennen. Die Menschen haben sich in ihren Häusern in Sicherheit gebracht. Sie haben Gräben und Tunnel zueinander gegraben und sich in einer großen Höhle versammelt.

Weil heute Weihnachten ist und die Welt, die Welt ist begraben im Schnee!

Nun die Geschichte:

„Herzlichen Glückwunsch! und willkommen in der Utopie!"

Die Worte drangen leise zu mir - wie durch Watte. Wobei ich weder sagen konnte was Watte war und schon gar nicht was Utopie!. Ich fühlte mich leicht, das weiß ich noch. Sehr leicht. Um mich herum war es still. Kein einziges Geräusch. Es war kalt aber für mich wunderbar angenehm. Hätte man hier die Temperatur gemessen, so läge diese bei nicht einmal 50 Grad minus. Später musste ich feststellen, dass das sehr kalt war.

„Du wirst schön! Das seh` ich schon - sehr schön!"

Ich konnte diese Worte hören, aber war nicht in der Lage zu antworten. Es riss an meinem Körper, aber nicht schlimm - es war nur ein Kribbeln und Kitzeln, und es machte mich schwerer. Wobei schwer ein relativer Begriff in meinem Zustand war.
Ich weiß noch genau, dass es an sechs Stellen meines Körpers zuckte. Und genau dort entwickelten sich kleine Arme. Hätte ich damals gewusst was Spinnen waren hätte ich sicherlich Angst bekommen eine von ihnen zu werden. Wobei die so schlimm gar nicht sind und außerdem acht Beine haben, aber das ist eine andere Geschichte.

Wer ein Freund von Symmetrie ist, dem hätte meine Entwicklung gefallen. Alle sechs Arme waren in exakt gleichem Abstand zueinander. Und plötzlich konnte ich sehen wo ich war.

„Herzlichen Glückwunsch zur Geburt! Bin ich die erste Stimme die du hörst? das würde mich freuen. Du wirst schön, das erkenne ich jetzt schon - du schimmerst irgendwie anders als die anderen.
Das ist schon mein siebenundsiebzigster Fall in diesem Jahr, keine Ahnung wie viele das im Ganzen waren. Wie oft warst du schon unten?"

Ich weiß noch das es mir schwerfiel zu antworten - ich hatte es noch nie gemacht, und ich war so unglaublich klein. Und ich wusste nichts. Rein gar nichts, da ich eben erst geboren worden bin und dies zum ersten Mal „Wer bin ich?"

Es klang leise, zart und zerbrechlich. Doch für gerade einmal 0,1 Gramm eine deutliche Frage an die Welt. Die Welt in der ich nun war. Zum ersten Mal.

„Alter! sag jetzt nicht, dass du ein Erstling bist. Das glaub ich nicht - ich bin mittlerweile echt ein paar Millionen Tage, Jahre oder was auch immer unterwegs, aber einen Erstling habe ich noch nie gesehen. WOW! Mann, Alter – Halleluja! Zur Zeit ist es ja echt verrückt! Unten drehen sie voll durch, alles ist anders als die letzten 10.000 Jahre und ich beginne den Fall mit einem Erstling. Krass Alter, echt Krass!"

Nun. Jetzt war mir klar was ich war. Ein Erstling. Was auch immer das sein mochte.
Ich merkte das ich schwebte. Angenehm leise, ruhig und sanft. Aber in eine Richtung. Die Ärmchen kitzelten weil sie immer größer wurden und selbst wiederum eigene Ärmchen bildeten, und dann passierte es, dass die Richtung sich änderte und ich statt nach vorn nun nach hinten getrieben wurde. Meinem Begrüßer ging es ähnlich und so trieben wir gemeinsam in die neue Richtung.

„Oh oh ohhh! Keine Sorge, das ist normal. Hier beginnt die erste Thermik. Unsereins kann auf diese Art und Weise 5 cm groß werden im Durchmesser. Für dich Winzling unvorstellbar, denke ich. Aber glaub mir - gleich geht's wieder nach unten!"

„Nach unten" dachte ich. „Was ist dann oben – oben,

unten...?" Ich sah zu ihm. Es war das Erste was ich überhaupt jemals sah und es war traumhaft schön. Er glitzerte in bunten Farben, ein helles Licht schien hinter ihm und ließ seine Form erstrahlen. Hunderte kleiner Partikel flogen auf ihn zu und gleichzeitig von ihm fort. Als wäre er ein magischer Anziehungspunkt. „Wenn ich selbst nur annähernd so schön wäre wie er." Das dachte ich damals bei mir.

„Grüezi alle! Habt ihr etwas Neues von unten gehört? Es will und will nicht aufhören. So was hab ich noch nie erlebt, ich war in Schweden, lange Zeit und auch am Nordpol aber das hier ist anders, stimmt's? Wie lang soll das noch so weitergehen?"

Ich drehte mich nach links, von wo die neue Stimme kam. Sah sie aber nur an uns vorbeiziehen. Nach oben, wie ich nun gelernt hatte.

„Was meint es - ich meine sie oder er - oder wer...?"

In mir drehte sich alles und ich selbst mit. Ich war in den letzten Sekunden gefühlt um das 100-fache gewachsen. Und dennoch wusste ich nichts von meiner Situation.

„Hey du! - was ist das hier? Wer sind wir und wo sind wir?"

„Ja, Erstling! Ich denke, du solltest Einiges erfahren. Und ich fühle mich sehr geehrt, dass ich dein Pate sein darf. Immerhin bist du mein erster Erstling."

In diesem Augenblick trieb uns ein Windstoß auseinander. Über mir leuchtete ein gleißendes Licht. Die Strahlen kamen aus dem Mitte eines weiß leuchtenden Balles, der umgeben war von sattem Blau. Weiter oben war es noch recht dunkel, aber hier war es sehr sehr hell und es wurde wärmer, gemessen an der Temperatur meines ersten Seins.
Mein Sein! Das war es. Wer war ich denn jetzt. Der Einzige der mir das hätte erklären können ist weg. Einfach so weg. Ich schaute nach ihm, nach oben. Und jetzt wo ich mich an das Licht gewöhnt hatte, sah ich, dass es nicht nur einen Begleiter gab. Es waren hunderte, nein tausende oder noch viel viel mehr und alle hatten eine gemeinsame Richtung.

„Du bist schwarz!"
Es klang wie ein empörter Aufschrei. Der Begleiter sprach so leise, so beruhigend aber dies war eine ganz andere Dimension. Neben mir fiel sanft ein Wesen mit mir hinunter. Ganz nah.

„Warum bist du schwarz - wir sind alle weiß!"

Es klang nun sanfter und weit vertrauter, und es kam ganz aus der Nähe. Eine wunderschöne Gestalt, ebenso glitzernd und leuchtend wie mein erster Begleiter. Vielleicht ein bisschen dicker - aber dennoch symmetrisch.

„Ich weiß nicht was ich bin," antwortete ich „ich bin ein Erstling, glaub ich."

Eine Pause entstand. Und hätte man ein Gesicht auf der anderen Seite erkennen können, so wäre es sicherlich verwundert gewesen.

„Ein Erstling! - unglaublich...! Ich dachte es gäbe keine mehr!"

„Hör mal. Mir reicht es jetzt. Kann mir bitte mal wer sagen, was, wo, wie oder wer ich bin. Erstling hin oder her - WAS BIN ICH???"

„Eine Schneeflocke! Du bist eine Schneeflocke..."

Auch wenn ich damals froh war zu wissen, wie man mich nennt, war ich genauso schlau wie vorher. Ich war eine Erstlingsschneeflocke oder höchstwahrscheinlich irgendwie anders.

„Oh! Eine Schneeflocke - da hätte ich auch selbst drauf kommen können. Und was machen Schneeflocken so in ihrem Leben?"

„Nun ja, Schneeflocken entstehen, wenn sich in den Wolken Staubteilchen anlagern und dort gefrieren. Das passiert bei Temperaturen unter −12°C. Die dabei entstehenden Eiskristalle, weniger als 0,1mm groß, fallen durch ihr zunehmendes Gewicht nach unten und wachsen weiter.
Es bilden sich sechseckige Formen aus. Wegen der besonderen Struktur der Moleküle sind dabei nur Winkel von exakt 60° bzw. 120° möglich. Jede Flocke,

die entsteht, ist einzigartig. Ein Markenzeichen in der Flockenwelt.
Die unterschiedlichen Stammformen der Schneekristalle hängen von der Temperatur ab. Wenn sich Schneekristalle bilden, steigt in der Wolke auch die Temperatur, denn beim Gefrieren geben die Kristalle Wärme ab, während sie beim Verdampfen Wärme aufnehmen."

„WAS?"

„Ich sage es mal anders. Unten ist der Planet, der heißt Erde. Hier oben ist die Atmosphäre die meisten sagen Himmel. Wir sind Wasserteilchen und wir bewegen uns dazwischen. Immer rauf und runter - schon seit Millionen Jahren."

„Immer rauf und runter, wieso das denn? Was macht das denn für einen Sinn?"

„Nach dem Sinn des Lebens musst du mich jetzt wirklich nicht fragen. Und du bist Erstling? Stimmt das?"

„Nachdem ich bis eben nicht mal wusste, dass ich eine Schneeflocke bin...
Ein Kollege von dir oder von uns meinte ich sein ein Erstling - was heißt denn das überhaupt?"

„Naja, Erstlinge waren noch nie im Kreislauf. Sie kennen das noch nicht. Normalerweise ist es so, dass man als Wassermolekül auf diesem Planeten erwacht ist. Man kann flüssig sein, man kann gefrieren aber man

auch auch gasförmig sein und fliegen. Wenn du gerade mal wieder im Meer unterwegs bist, und das sind Millionen und Billionen Kollegen von uns und eine Welle schlägt uns in die Luft, dann zerspringen wir in feine Tröpfchen. Und wenn es dann auch noch heiß ist, verdampfen wir."
Ich hörte gespannt zu. „Und dann?"
„Naja, der Wind und die Wärme treiben uns dann nach oben, weit in den Himmel hinauf, immer weiter, in kleinen einzelnen Wassermolekülen und da oben angekommen, suchen wir nach winzig kleinen Staubteilchen, die uns zurück zur Erde bringen. Du musst eines wissen. Wir Wassermoleküle sind die bedeutendsten und wichtigsten Teilchen im ganzen Universum. Und das ist wirklich richtig groß!"

„Das heißt, ihr wart schon immer hier und bewegt euch zwischen - wie hieß das noch, Erde und Himmel? Wie oft macht ihr das denn?"

„Ja, das ist richtig. wir können nicht zerstört werden. Wir sind immer existent, nur unsere aktuelle Form kann sich verändern. Wir können auch in anderen Formen bestehen, auch in sehr komplexen, nicht nur so wie du als Schneeflocke - du bist übrigens ganz schön dick geworden - aber was ich nicht verstehe ist, weshalb du schwarz bist...?"

„Warte, warte, warte! Wir waren schon immer hier, richtig? Wir verändern uns - mal fest, mal fliegend, mal schwimmend...?
Wir können in anderen Formen leben, die selber auch

wieder leben? In Körpern? Ist das richtig?"

„Hej Flöckchen, es geht sogar viel viel weiter. Da unten leben Menschen, das sind Formen die die Erde gestalten und verändern. Diese Menschen entwickeln zum einen eine Intelligenz, die viele neue Dinge und Möglichkeiten erschafft, aber viel wichtiger ist es, dass diese Menschen durch ihre Gedanken eine Seele entwickeln. Frei von Wassermolekülen. Aber diese Seelen sind wichtig für unser Universum. Genau wie wir es sind, das Wasser…!
Ohne Wasser können diese Menschen nicht leben. Sie verdursten. Das ist biologisch so aber das ist auch so, weil wir ihre Seelen mit Leben befüllen.
Flöckchen, was ich dir sagen will, besonders da du ein Erstling bist: WASSER IST LEBEN! Und somit bist du ein bedeutender und wichtiger Baustein in unserem Universum Herzlich Willkommen!"

Das war das erste Mal in meinem noch kurzen Leben, dass ich mich richtig wertvoll fühlte. Wir sprachen noch einige Zeit miteinander. Er erzählte mir, dass wir mit 4Km pro Stunde zu Boden sinken, es über 5000 Schneekristallfotografien gibt und jeder von uns ein Unikat ist. Aber er erzählte mir auch vom Ende. Das Auftreffen auf dem Boden, und das machte mich nachdenklich.
Bei all dem Schönen, was ich nun von mir wusste kam nun eine andere Seite auf, die mich weiter erfrieren ließ. Irgendwann ist der Weg durch den Himmel vorbei. Wir treffen auf die Erde. Schön, wir können nicht sterben, werden irgendwann wieder geboren oder hinauf-

katapultiert in den Himmel, aber was für eine Funktion haben wir auf der Erde? Das muss doch einen Sinn haben. In der Zwischenzeit habe ich noch andere Flocken getroffen. Sie kamen aus der ganzen Welt und haben mir von ihren Erlebnissen berichtet.

Eine erzählte von einem riesigen Schiff, sie war damals Teil eines großen Eisbergs und sah wie es unterging und tausende dieser Menschenwesen starben. Eine andere erzählte von einem Erlebnis als sie Teil des Meeres gewesen ist. Eine kleine Erschütterung am Boden habe sie damals aufgeschaukelt und sie prallte mit so heftiger Wucht auf eine Küste, dass auch dort die Menschen starben, die uns doch eigentlich brauchen. Am meisten haben mich aber die Erzählungen beeindruckt, die von den großen Schneebergen handelten. Zum Einen fahren die Menschen darauf herum, mit langen Schienen unter ihren Füßen - aber bedrohlicher empfand ich die Geschichte von unseren Massen, die den Menschen die Luft zum Atmen nahmen. Schneemassen, welche sie erdrückten und erstickten.
Ich war nun in tieferen Zonen der Welt, die ich durch tausende von Molekülen und somit Artgenossen zu verstehen gelernt hatte. Und je tiefer ich sank, desto klarer war mir das Schicksal, dem ich entgegen schwebte.

Epilog (Kierspe)

„Du bist Schwarz!"

Wir waren nun schon so weit gefallen, dass wir unseren Ankunftsort sehen konnten. Einige Schneeflocken, die das Land bereits kannten, berichteten von der aktuellen Situation.

„Warum bist du schwarz, wir sind alle weiß? Ich habe noch nie ein schwarze Schneeflocke gesehen. Was ist mit dir? Bist du krank? Bist du Böse?"

Die Schneeflocke die neben mir nach unten sank war kantig und komplex. Sie war sicherlich darauf vorbereitet einen großen Verbund zu unterstützen.

„Ich hab keinen Spiegel, daher weiß ich nicht ob ich schwarz oder weiß bin. Ich bin noch nicht lange im Universum. Ein Erstling. Warum ist es so wichtig welche Farbe ich habe?"

„Naja, wir waren hier immer weiß und in den letzten Wochen sowieso. Wir schneien das hier zu!"

„Was meinst du mit ,wir schneien das zu!'?"

„Das Land, diese Zwerge, diese Höhlen dieses ,Kierspe', das ist Murks, einer muss die mal aufrütteln. Diese Schanhollen - ich bitte dich! Sie haben gesagt, dass sie kein Wasser bräuchten. Nicht von uns! Sie hätten Höhlenwasser, millionen Jahre alt. Unser Schnee könnte sie nicht vernichten. Ach scheiss drauf, wir haben diese Weltwesen immer kontrolliert, wir haben sie ersticken, ertrinken und ersaufen lassen, da kann jetzt nicht auf einmal so ein Zwergenvolk ankommen und...!"

„Wie treffen wir auf die Welt?"

Meine Worte unterbrachen meinen letzten Flugbgleiter

„WAS?"

„Wie treffen wir auf die Welt?
In der ganzen Zeit habe ich nur darüber nachgedacht, ob es weh tun könnte, der Aufprall. Ich bin immer nur durch die Luft geschwebt aber wie ist der Kontakt?"

Ich sah die kleine Stadt oder besser, ich vermutete sie unter den Schneemassen. Nichts war zu erkennen, als kleine Schlote aus denen Rauch hervorquoll. Ich wusste von den anderen Schneeflocken, dass Weihnachten war - ein wichtiges Fest für die Menschen.
Warum war ich schwarz? Warum war ich nicht wie die Anderen?

Der letzte Gedanke, der mir kam nach meiner langen Reise.
Ich landete sanft auf einem gewaltigen Schneeberg, der alles unter sich hätte begraben müssen, doch das Schwarz meiner Substanz sickerte grau und dann grün durch die Schneeberge und befreite die kleine Stadt von ihren Massen.

Epilog II

Tauwetter setzte ein nach dieser Zeit. Ich bin nun lang kein Erstling mehr.

Diese Stadt ist befreit - der Zorn den diese kleinen Schanhollen auf sich gezogen hatten ist vergangen und mein Schicksal ist ungewiss. Weshalb ich eine schwarze Flocke war, worauf ich allerdings stolz bin, ist mittlerweile geklärt:
Ein Staubpartikel, das nicht aus der Erdatmosphäre kam, sondern aus den Weiten des Universums, war meine Keimzelle.

Und auch wenn mich das anders macht, so will ich gut sein!

ERKENNTNIS

Ingo Jung

Was geschieht mit den Tieren?

Es schneite. Es schneite schon seit Tagen. Aus dem alten Schornstein stieg Rauch auf. Der Himmel hatte diese typische Winterfarbe, die immer dann zu sehen ist, wenn viele Schneeflocken aus ihm geboren werden. Es war so ein Grauweiß, ein bisschen durchzogen von einem leichten abendlichen Orange das durch die Wolken schlich. Eine leichte Abendröte am späten Nachmittag, die Sonne würde bald untergehen, sie ließ sich zu dieser Jahreszeit eh nur selten sehen, die Wintersonnenwende stand kurz bevor.

Das Kaminfeuer knackte und aus den dicken, schweren Holzscheiten züngelten warme gelbrote Flammen hervor. Ein großer Kamin, in dem meterlange Holzscheite ruhen konnten. Er war genau in die Mitte des Hauses gebaut worden, sodass sich die Wärme ringsherum ausbreiten konnte. Die Feuerstelle befand sich in der unteren Etage. Aber auch für die zwei darüber liegenden Stockwerke blieb noch genug Wärme, selbst in den kalten Wintern.
Ein angenehmer Nebeneffekt war, dass der Kamin auch für Licht sorgte. Die Flammen spendeten dem gesamten Erdgeschoss eine behagliche Atmosphäre. Gepaart mit dem letzten Sonnenlicht war es einfach ein wunderschöner Nachmittag, so wie es seine Bewohner seit

Jahren gewohnt waren. Herrliche Tage in Ruhe und tiefer Zufriedenheit.

Auf der breiten Fensterbank, die aus altem Naturholz gefertigt war, lag die schwarze Katze. Sie schnurrte wohlig. Das leise, konstante Geräusch, gab der Szenerie eine beinah hypnotisierende Wirkung - nur das Prasseln des Feuers durchbrach die Stille.

Eine Tür wurde geöffnet. Herein kam ein Mann mit großen Holzscheiten auf den Armen. Die Schuhe weiß von Schnee, ebenso sein Haar. Er struwwelte sich den lockeren Schnee aus den schwarzen Haaren und brachte das Holz zum Kamin. Die Katze begutachtete das Geschehen ohne ihr Schnurren zu unterbrechen.

„Du könntest mir besser helfen, statt nur aus dem Fenster zu starren und die Schneeflocken zu verfolgen! Vielleicht sollte ich dir einen Schlitten bauen, den du dann ziehen könntest, wäre das was?"
Der Mann lächelte der Katze zu, die ihm zu antworten schien, indem sie ihre weißen Pfoten nach vorn streckte, ihr kleines Mäulchen zu einem weiten Gähnen öffnete, um dann einen gewaltigen Katzenbuckel zu machen, sich umzudrehen und sich anschließend wieder ganz ihrer vorherigen Tätigkeit hinzugeben.

„Das hat aber gedauert, wo warst du denn noch? Ich bin schon soweit mit dem Teig und brauch jetzt noch ein bisschen mehr Hitze. Du warst wieder bei Tieren stimmt's?"

Ein liebevolles junges Gesicht schaute mit zerzausten blonden Locken um die Ecke des Kamins, die Finger voller Teig und die Wangen weiß vom Mehl.

„Leg das Holz auf die Seite, dann kann ich die ersten Plätzchen in den Ofen legen."
Der Mann lächelte ihr entgegen.
„Der große Teller ist umgefallen, vielleicht der Wind - alle Maronen und Eckern sind in den Schnee gefallen. Du hättest die Gesichter der Rehe sehen sollen. „HÖ WAS SOLL DENN DAS? WER WAR DAS DENN? HÖ, MANN - KANNST DU UNS DAS MAL WIEDER HINSTELLEN?" - Mit verstellter Stimme klang er wie der Weihnachtsmann persönlich und verdrehte dazu die Augen.
Die Frau musste lachen. „Das kann ich mir lebhaft vorstellen. Hast du denn alles wieder in Ordnung gebracht?"
Sie strich sich eine Haarsträhne aus den Augen und schmierte sich dabei noch mehr Kuchenteig in ihr Haar als eh schon darin klebte. Dabei schob sie das erste Brett mit einer großen Lage Plätzchenteig in die Feuerstelle, der Rückseite des Kamins der im Haus auch als Ofen genutzt wurde.

„Es liegt ziemlich viel Schnee. Da hatte der Eine oder Andere schon ganz schön Hunger. Der große war auch mit dabei. Weißte noch? Der, den wir im Sommer auf dem Hügel gesehen haben, mit dem riesigen Geweih. Ein traumhaft schöner Hirsch. Manchmal frag ich mich, wie er mit diesen riesigen Gehörn durch den Wald kommt."

„Weil er weiß wie es geht! Er ist damit geboren und kennt seinen Weg. So wie es sein soll!"

Die Frau flötete diese Worte, weil sie sich innerlich freute, dass der größte Waldhirsch zu ihnen kam, dorthin, wo sie, wie jeden Winter, Essen für Rehe, Hirsche, die wilden Schweine, Hasen und alle Bewohner des Waldes vorbereitet hatten.

„Wann gehen wir morgen los?" Fragte der Mann.
„Ich denke, wie immer - so bei Sonnenaufgang, oder?" Antwortete die Frau.
„Im Dunklen loszugehen macht keinen Sinn, dass stimmt, aber wir werden dieses Jahr ein bisschen länger brauchen. Der Schnee liegt sehr hoch. Vielleicht nehmen wir ein oder zwei Pferde mit, nur für den Fall der Fälle!" Die Frau sah ihn misstrauisch an. „Was sollen die Pferde machen?"

Der Mann legte das Holz Scheit um Scheit in den Kamin und das Feuer empfing die neuen Gäste, begrüßte sie mit aufgeregtem Knistern und Knacken.

„Erstens bringen die Anderen auch ihre Pferde, Esel, Hunde und Katzen mit. Und zweitens könnten sie uns ja mal helfen falls wir im Schnee steckenbleiben sollten. Das ist doch nicht zu viel verlangt!"
„Das ist nicht zu viel verlangt" sagte die Frau lächelnd, ohne den Mann anzusehen.
„Wir nehmen sie mit in die Höhle?"
„Ja!"

Es schneite weiter und eine kaum wahrnehmbare Dämmerung legte sich über das Land.
Um das Haus herum standen noch weitere Häuser. Vielleicht sieben oder acht. Teilweise waren sie schneebedeckt. Der Wald erstreckte sich beinah endlos bis an den Horizont. Kleine Trampelpfade verbanden Hütten und führten in den Wald.

Ich stand vor der dicken Eichentür. Eingepackt in eine dicke Felljacke und mit Handschuhen aus pieksender Wolle. Ich glaub, meine Nase war rot und meine Füße mit Sicherheit nass. Der Nachmittag heute gehörte nämlich dem kleinen Hügel hinter dem Haus, den wir mittlerweile drei Stunden lang ausgiebig mit unseren Schlitten befahren hatten. Ich drückte die schwere Tür auf und eine wundervolle Wärme zog mich sanft ins Haus.

„Ich bin wieder da!" rief ich in den Flur, zog meine Schuhe aus und stellte sie auf ein Holzgitter, damit Schnee und Wasser aus den Sohlen abtropfen konnten. Die Jacke zog ich auf einen Holzbügel und hängte sie zum Trocknen an einen Haken über dem ein hölzernes geschnitztes Gesicht angebracht war. Mein Gesicht.

„Das Wasser ist warm, wenn du willst kannst du baden - und komm dann in die Küche!" rief die Frau aus der Ecke hinter dem Kamin.
Das ließ ich mir nicht zwei Mal sagen. Die Wanne stand oben. Ein Kessel mit Wasser, der mit Schnee gefüllt und mithilfe des Kaminfeuers erhitzt werden konnte, hing darüber. Man musste nur an einer Leine ziehen und das

heiße Wasser ergoss sich in die Wanne.

Ich zog also meine restlichen Sachen aus, legte diese über die Stangen am Kaminschlot zum Trocknen und legte mich ins warme Wasser. Herrlich! Ich schloss die Augen und dachte an die letzten Stunden. Vier Kinder waren wir. Der Junge von nebenan, und die beiden Zwillinge die mit ihrer Familie in der riesigen Scheune lebten.

Und ich weiß nicht wie viele Hasen und Rehe uns zugesehen haben. Sicherlich haben sie sich gefragt ob wir eigentlich total durchgedreht seien. Was für ein schöner Tag im Schnee! Und morgen geht es in die Höhle...

Der Dampf stieg auf und meine Gedanken mit ihm. Mein wievieltes Höhlenfest war das jetzt eigentlich? Erinnern konnte ich mich an fünf. Aber ich war a auch schon dabei als ich noch kleiner war. Ich freute mich riesig darauf und seit Tagen schon konnte ich kaum mehr einschlafen. Der riesige Baum in der Höhle, das Eis auf dem man laufen konnte und der Schokoladenbrunnen in der Mitte. Und alle werden da sein. Die ganze Welt wird da sein.

Meine Gedanken formten sich aus meinen Erinnerungen der letzten Jahre. Alle sangen diese Lieder und das Allerschönste war, die Menschen sahen so zufrieden aus. Ich weiß nicht warum aber sie waren glücklich. Sie sahen dann so unbeschwert aus. Und diese Energie verbreitete sich irgendwie in der ganze Höhle. Man konnte sie geradezu atmen.

„Kommst du gleich runter, das Wasser muss doch schon kalt sein!" Die Frau rief hinauf in den ersten Stock.
„Ja - ich bin gleich soweit."

Schade, dass ich die Wanne schon verlassen musste, wenngleich das Wasser tatsächlich bloß noch lauwarm war. Ich zog meine Stubensachen an und nahm noch eine Decke mit. Mit nackten Füßen ging ich die Treppe hinunter. Es war mollig warm, die Katze schnurrte auf der Treppe an mir vorbei und, als würde ich es nicht merken, rieb sie kurz noch ihr Fell an meinem Bein.

Als ich in die Kochecke kam, begannen meine Augen zu leuchten. „Weihnachtsplätzchen! Du hast gebacken!"
Die Frau nahm mich in die Arme und wirbelte mich durch die Stube.
„Ja, hab ich, während du mich hier alleingelassen hast um mit deinen Freunden zu spielen!"
Dabei lachte sie und gab mir einen Kuss auf die Wange!

„Du kannst mir bestimmt helfen" frohlockte der Mann, „ich will noch ein bisschen die Schlafplätze und das Futter herrichten. Es haben sich eine ganze Menge Vögel im Scheunendach eingenistet und der Dachs und das Wiesel haben es mittlerweile auch verstanden sich zu benehmen!"
„Oh nein, nicht wieder in die Wintersachen. Wenn du hier schon Arbeiten verteilst, dann bitte welche im Haus." warf die Frau ein. „Die Waldbewohner musst du heute allein besuchen. Und schau doch bitte nach ob die

Pferde da sind. Letzte Woche waren sie die ganze Zeit im Haus am Berg oben."

Sie wusch ihre Hände und trocknete sie am weißem Leinentuch ab.

„Und ich muss noch ein paar Dinge für morgen erledigen, dazu brauche ich meine Wolle und meine Ruhe!" Sie blinzelte den beiden zu, die nur zu gut verstanden.

„Dann trennen sich hier wohl unsere Wege. Ich draußen, du drinnen." Er zwinkerte. „Aber kannst du mir einen Gefallen tun? Ganz oben ist eine alte Kiste mit Glaskugeln. Wir wollen doch morgen den Weihnachtsbaum aufstellen. So wie letztes Jahr – dann machen wir uns, wenn wir aus der Höhle zurückkommen, eine richtig schöne Zeit."
„Ja! mach ich gern. Und streichle bitte ganz lieb das kleine Reh von mir. Sag ihm, ich komme bald wieder."

Die Menschen verließen einmal im Jahr, wenn die längste Nacht des Jahres bevorstand, ihre Häuser und ihre Wälder. Sie gingen immer zu Fuß und nahmen ihre Pferde, Ziegen oder Katzen mit, damit die nicht allein bleiben mussten. Der Fußweg dauerte, je nach Schneehöhe, etwa einen halben Tag. Sie versammelten sich dann in einer Steinhöhle und die älteren von ihnen erzählten sich im engen Kreis Geschichten. Geschichten von früher. Diese Geschichten wurden nur an diesem einen Abend erzählt und nur wenige waren dazu auserkoren, ihnen zu lauschen. Die Menschen, welche sie hören durften, hatten immer graue Haare und kannten die Zusammenkunft in der Höhle schon seit sehr langer Zeit.

Die Jüngeren hatten in dieser Nacht unendlich viel Spaß. Es kamen so viele von ihnen zusammen wie sie sich das ganze Jahr über nicht hätten vorstellen können. Und es war immer ein großes Wiedersehen. Natürlich wurden sie älter und somit staunten einige nicht schlecht, als sie sahen, was während des vergangenen Jahres aus den anderen geworden war.

Die Höhle war die einzige Stätte in der man so zusammenkam. Und das auch nur ein einziges Mal im Jahr. In der übrigen Zeit lebten die Menschen jeweils für sich, in ihren kleinen Siedlungen mit zumeist nicht mehr als zehn Häusern. Jeder brauchte Boden, denn der Boden ernährte sie. Und eines war für sie sehr bedeutend...

Ihre aufrichtige Liebe zu den Tieren.

Ich ging fast nie die drei Treppen nach oben rauf. Es war dort dunkel, es gab keine Fenster und es war auch sehr staubig. Aber es wurden dort nunmal alle Sachen verstaut, die in den unteren Räumen nur unnütz Platz gebraucht hätten. Ich war nicht ängstlich, weil ich nämlich keine Angst kannte. Ich suchte nach der Kiste mit den Glaskugeln. Da wir sie jedes Jahr benutzten, wusste ich natürlich wie sie aussah aber ich konnte sie nicht finden und hier oben gab es kein Licht. Einmal hatte ich gedacht wir könnten doch ein Feuer hier entzünden. Anschließend war mir klar, dass wir eher verbrennen würden als mit dieser Methode ein gescheites Licht zu bekommen. Daher musste das wenige Restlicht von Sonnenuntergang und Mond, das durch die Ritzen des Daches kroch, ausreichen.

An der Seite stand ein altes Regal. Vielleicht hatte ja dort jemand die Kiste oben darauf gelegt.
Ich stützte mich ab, ich glaub es war der Kaminschlot der hier oben aus dem Dach ragte, denn es war schön warm, doch mit einem Mal fiel das Regal nach hinten um und krachte auf den Boden.

Oh nein - Schubladen waren zerbrochen und tausende kleine Dinge fielen durcheinander.

Winzig kleine Dinge. Kleine gebogene Drähte, so groß wie Daumennägel, die an papiernen Blättern befestigt waren. Nägel, die rundherum geriffelt waren, Ein Stück Metall mit einem Loch in der Mitte, und auch so einer Riffelung im Inneren. Es war so viel Kram, den ich noch nie gesehen hatte aber das seltsamste war ein ganz besonderes Stück Metall das anders aussah als die anderen.

Es hatte einen kleinen Griff, eine Platte - dann eine kurzes Röhrchen und am Ende ein gezacktes Metallstück. Schaute man von vorn war es oben Rund und darunter rechteckig. Die gleiche Form wie der große Metallkasten vorn auf der Front hatte, der mit einem Poltern von dem alten Regal gefallen war.

Ich hatte so etwas noch nie gesehen, weder die ganzen kleinen Teile aus dem Regal, noch so einen Metallkasten. Die Form des Loches mit Kasten und die des Metallteiles schienen irgendwie zusammen-zugehören. Das war klar. So wie dieses kleine Loch an der Schuhmanschette zu den Schnüren und so.

Ich steckte das Metallstück in die Öffnung. Aber es passierte nichts. Aber was hätte schon auch passieren sollen?

Etwas vergleichbares hatte ich noch nie gesehen. Alle Dinge die ich in meinem Leben bewegt hatte, ob groß oder klein, hatten keine Metallteilchen oder etwas ähnliches. Ja, wir hatten Kisten, aus Holz. Nicht aus Metall. Aber die hatten einen Deckel, eine Tür, aber die drückt man auf.

Dieser rätselhafte Gegenstand sah aus wie das Gesicht von den Kühen, die im Sommer bei uns waren und die ihren von unzähligen Fliegen umschwirrten Kopf heftig hin- und herwendeten um die Plagegeister loszuwerden.

Ich drehte ihn in diesem Loch des Metallkastens und tatsächlich - der Deckel sprang auf und gab den Inhalt preis: ein buntes Papierbündel. Auf der Oberseite waren Bilder die aussahen wie echt. Draußen oder Drinnen. Nicht wie gemalt. Nicht wie die Bilder, die ich gemalt hatte oder andere. Genauso wie - wie die WELT!.

Aber nicht wie meine Welt, nicht wie es hier aussah. In echt! Ganz vorne war das Bild einer Kuh.
Ich kannte Kühe. Sie kamen im Sommer zu uns und manchmal waren sie sogar den Winter über da.

Aber als ich die erste Seite umblätterte, blieb mir die Luft weg und ich begann am ganzen Leib zu zittern. Ich wollte Luft holen aber es war mir nicht möglich. Das schwache Licht zeigte ein mir unvorstellbares Bild. Es mussten Kühe sein, die an einem Haken hingen, aber keine von ihnen hatte mehr ein Fell. Sie waren rot und weiß und ihre Köpfe lagen neben ihnen. Menschen wie ich sie kenne, standen mit Sägen, wie man sie für Bäume benutzt, daneben und zerteilten sie in jeweils zwei Hälften.

Mit Tränen im Gesicht blätterte ich weiter. Ein Bild von Hühnern. Aber nicht so wie ich sie kannte. Bei uns liefen die frei herum. Überall. Manchmal fanden wir ihre Eier in Nestern und aßen sie auf. Wir fragten uns oft ob das richtig war, aber die Nester waren verlassen. Diese Hühner hier hatten keine Federn, sie saßen in Käfigen und konnten nicht raus. Sie konnten nicht leben, so wie wir - warum nicht?

Ich musste weinen. Ich hatte noch nie Angst, aber ich glaube, damals war es das erste Mal. Wo kamen diese Bilder nur her? Das Papier schien schon alt zu sein. Ich nahm mir ein anderes Stück davon. Die Papiere waren zusammengebunden. Die Bilder zeigten riesige Berge, gerade ganz symmetrisch. Hunderte davon. Und auf manchen konnte man sehen, dass Menschen davor waren. Sie liefen davor rum. Ich fragte mich, was das war, und was das für Türme da mittendrin waren?

Ich schaute mir noch mehr von den Papierbündeln an. Und ich war wie gelähmt. Es waren Bilder von langen Linien mit Metallkörpern, oder kleineren Kästen, Menschen bewegten sich darin völlig selbstverständlich. Kein Bild, erinnerte mich an an die Wirklichkeit.

War das eine Vision, eine Vorstellung? Letztes Jahr in der Höhle hatte ich davon gehört. Ich konnte das nicht verstehen. Aber das hier, diese Bilder – die konnte ich auch nicht verstehen.

„Wir essen" kam der Klang von unten.
Ich hörte die Tür und das Abklopfen von Schnee.

Die Unordnung ließ ich zurück und ging nach unten. In einer Ecke des großen Raumes war der Tisch gedeckt. Die Frau stellte Teller drauf, drei Stück.

Der Mann hatte seinen Mantel auf den Haken im Flur gehängt und seine Schuhe darunter zum Abtropfen der Schneereste abgelegt.

„Essen wir zu zweit - oder zu dritt?" Der Mann rief es mit einer nachsichtigen Stimme bewusst entsprechend laut. Verwirrt, kam ich zum Essenstisch.

„Was gibt es?" fragte ich leise.
„Heute ist der letzte Tag vor der Höhlenreise, daher gibt es heute unser traditionelles Essen."
„Haben wir Rehe, Hasen, Schweine, Rinder, haben wir die gegessen?"

Eine Katze streckte ihre Pfoten nach vorn und schaute auf die Antwort.

„Warum fragst du das? Du bist zu jung, glaub mir das. Du bist noch zu jung!
„Ich habe diese Kiste gefunden, oben auf dem Dach. als ich die Glaskugeln gesucht habe"

Das Feuer loderte im Ofen. Alle drei saßen am Tisch und ebenso fanden drei Katzen ihren Platz, sodass sie dem Gespräch lauschen konnten. Ihre Köpfe waren, wie so oft, dem Geschehen abgewendet aber die Ohren waren auf das ausgerichtet was kommen mochte und ihre Schwanzspitzen bezeugten ihre Aufmerksamkeit.

„Haben wir Sie gegessen?" Ich fragte deutlich und mit harter Stimme danach.
Die Frau schaute den Mann unsicher an.
„Diese Kiste habe ich von meinem Vater bekommen und der von seinem Vater und so weiter. Du hättest sie nicht sehen sollen bevor du grau bist, eigentlich.
Ich kenne die Vergangenheit auch nicht, es ist zu lange

her. Es ist die Geschichte, die sich die Alten in der Höhle erzählen. Wenn sie alt genug sind."

„Wenn wir alt genug sind?" Die Frau unterbrach die Stille.
„Ich möchte die Geschichte auch gerne hören - ich wusste nicht, dass du sie schon kennst!"
„Kommt! Wir gehen zusammen vor den Kamin und ich erzähle euch was ich weiß.

Der Lodenmantel aus der Kölner Strasse

Ingo Jung

Ein Mantel auf Maß
Teil 1

Kapitel 1

Die alten Spulen, Spindeln und Knäuel von Garn und Wolle, in den alten Eichenregalen, waren sauber aufgereiht. Der Gussofen knackte und machte auch dieses bollernde Geräusch. Das Holz war gerade frisch nachgelegt und neue Wärme breitete sich in der Schneiderwerkstatt von Wilhelm Crummenerl aus. Seine mittlerweile in die Jahre gekommenen Finger stachen in den Saum einer Tuchhose ein. Wieder und wieder. Eine sich ständig wiederholende Bewegung, die aufgrund der langen Jahre als Schneider eine makellos exakte Linie hinterließen. Das Schnurren des alten Katers und das Ticken der Standuhr waren die harmonische Ergänzung zu den dicken Schneeflocken, die seit den frühen Morgenstunden die Kölner Straße bedeckten. Kein Pflasterstein war mehr zu sehen und die Pferdegespanne hatten bereits große Mühe die wenigen Wagen den Berg hinauf zu ziehen. Doch auch

der Weg nach unten zum Tannenbaum war nicht einfach. Immer wieder rutschten die Pferde auf ihren Eisen und die Holzräder der Gespanne glitten auf dem vereisten Pflaster gefährlich hin und her.
Die Kiersper, die am Fenster vom Schneider Crummenerl vorbeigingen, waren in dicke Mäntel gehüllt. Das stetige Schlagen des Hammers brachte den Schneider manchmal aus dem Rhythmus. Der Hammer vom Lüsebrink nebenan. Dem Schmied. Die Schmiede lag direkt neben seinem Laden, aber so war es halt - der eine schmiedet das Eisen, der andere fügt das Tuch.
Tick, tick, tick... und dann ein einzelner Schlag. Der Schlag für die halbe Stunde. Der Kater kannte das Geräusch der Standuhr seit vielen Jahren, denn die Uhr war sehr viel älter als das Tier.
Wilhelm war seit vielen Jahren allein. Die Eltern früh gestorben. Seine Schwester hatte einen Schmied und Fabrikanten aus Altena geheiratet. Er selbst hatte nie die passende Frau gefunden. Der Kater war jetzt seine Familie. Die Nähstube mit der Uhr sein Zuhause. Hier an der Kölner Straße.
Heute, an diesem verschneiten Samstagmorgen würden sicherlich auch wieder keine Kunden kommen. Der Saum den er nähte war mehr eine Flickarbeit, nicht gerade das, wozu er eigentlich imstande war. Aber solche Ausbesserungsarbeiten waren einfach nötig um über die Runden zu kommen und ihm das einfache Leben zu sichern welches er führte. Und doch wollte er nie mehr, als hier zu Sitzen, mit seinem Kater und seiner Beschäftigung die er liebte. Es schneite weiter.
Er lugte über seine runde Brille, als vor der Metzgerei Hoffmann, direkt gegenüber, ein Gespann zum Stehen

kam. Ein Mann sprang vom Kutschbock und ging zum hinteren Teil des Wagens. Er wuchtete eine Schweinehälfte auf die Schulter und trug sie in die Metzgerei während Frau Hoffmann ihm die Tür aufhielt. Selbst diese wenigen Sekunden im Freien reichten aus um sie alle in ein dünnes aber dichtes Weiß zu hüllen. Die Pferde schüttelten sich den Schnee von ihren Köpfe, um besser sehen zu können.

Noch drei Wochen bis Weihnachten, dachte Wilhelm und bis dahin gabs noch einiges zu tun aber er hatte noch nicht einen Auftrag, der ihm den Januar sicherte, der ihm das Essen und die Miete im neuen Jahr einbringen würde. Nicht einen einzigen Auftrag. Er drehte sich um und sah auf seinen Kater. ‚Rauk' hatte er ihn genannt. Nach dem Kiersper Raben, weil er so schwarz war wie ein Rabe. Und doch nicht fliegen konnte. Er war Freund, Berater und Lebensinhalt für den Schneider. Er war alles was er hatte. Und die Spulen, Spindeln und Knäuel in den Regalen.

Den ganzen Tag über schneite es weiter und weiter. Und der Schneider drehte bei Einsetzen der Dämmerung den Docht seiner Petroleumlampe etwas höher, um sich des Kragens an dem weißen Sonntagshemd anzunehmen, den es zu wenden galt.

Der alte Boshamer ging am Fenster vorbei, um die Straßenlaternen anzuzünden, den langen Stab mit dem Anbrenndocht in den Händen. Die verschneite Straße wurde nun in ein flackerndes honiggelbes Licht getaucht.

„Was für ein Unsinn, das Öl könnte sich die Stadt sparen." sagte der Schneider zu seinem Kater. „Wer soll denn jetzt noch herkommen?" Von draußen wischte

jemand den Schnee vom Fenster, um zu erkennen ob die Schneiderei besetzt war. Nur Sekunden später erklang die Zugglocke der Tür. Rauk hob neugierig den Kopf.
Der Schneider schaute aus dem Fenster und sah eine schwarze Kutsche mit zwei großen, schwarzen Pferden davor, deren Nüstern dicke Wolken ausstießen. Der Schneider legte das Hemd nieder und ging zur Tür. Am unteren Rand war bereits Schnee und Eis an der Türkante und als er die Tür öffnete wehte es kalt herein. Ein Mann stand vor ihm. In einem lange Kutschermantel. Hinter ihm sah er die geschlossene schwarze Kutsche mit den zwei Pferden davor. Die Kutscherlampen rechts und links beleuchteten auch die schwarze Tür mit dem kleinen Fenster, hinter dem der Schneider ein Gesicht sehen konnte.
„Habt ihr noch geöffnet und mögt ihr über einen Auftrag reden?"
Der Kutscher brüllte gegen den Schneesturm an.
Rauk richtete sich auf und machte einen Buckel. Die Uhr schlug Acht.
„Dafür bin ich doch da! Wer verlangt nach meinen Diensten? Kommen sie doch bitte rein!"
Der Schneider bückte sich ein wenig und machte eine einladende tiefe Geste um den Fremden hereinzubitten.
„Nicht ich! Es ist mein Herr, der ihre Dienste benötigt. Sie kennen ihn. Es ist Franz Linde."
Franz Linde. Die Knie wurden ihm weich und der Mund trocken. Natürlich war ihm der Name ein Begriff, jeder in Kierspe kannte den. Linde gehörten, im Grunde, alle Felder, alle Wiesen, jedes Stück Land von Kierspe bis Rönsahl und wer weiß wie viel sonst noch. Doch fast niemand hat ihn jemals gesehen. Der Name war

omnipräsent, aber nicht die Person. Man sagt, er säße im Rat der Gemeinde, doch auch dort kannte man nur seine zahlreichen Vertreter, nicht ihn selbst.

„Natürlich! Natürlich was kann ich für sie tun? Treten sie bitte ein oder …" Der Schneider zögerte kurz.

Doch in diesem Moment öffnete sich die Tür der Kutsche. Erst ein Stock, dann ein Stiefel und dann ein … Ja, was war es, ein Kind? Die Person die den Wagen verließ, war nicht größer als ein Kleinkind. Wer war das? Mit einem Hopser von der letzten Stufe der Kutsche sprang sie in den mittlerweile dicken Schnee. Bekleidet mit einem leichten Gehrock und einem weißen Hemd. Ein goldener Ring funkelte an einem der kleinen Finger.

Mit kurzen Schritten, mit den von teuren Lackschuhen bekleideten Füssen stand er nun da. Mitten in der Schneiderei. Rauk versteckte sich. Es war als würde der Gast leuchten aber ohne Licht. Als würde er duften aber ohne Geruch. Und als wäre er mit Pauken und Trompeten herangekommen aber lautlos. Es war eine geheimnisvolle Aura, die diese kleine Person umgab. Und der Schneider musste sich setzen.

„Du bist der Schneider!" Der Schneider nickte. „Weißt du was Loden sind?"

Der Schneider wusste natürlich was Loden sind. Ein Material das hier in der Umgebung üblicherweise nicht verarbeitet wurde. Seine Schwester aus Altena sprach allerdings letztes Jahr darüber. Auf ihrer Hochzeit. Ihr Mann hatte eine Fabrik in Altena und stellte Draht her. Der Schneider fragte sich immer, was man mit diesem spröden Zeug machen sollte, aber es schien ihnen gut zu ergehen und der Mann reiste in der Welt herum. Er hatte

einen Kunden in München. So berichtete er bei der Hochzeit. Und dort in München bei seinem Geschäftspartner sah er zum ersten Mal einen Lodenmantel. Und genau so einen Lodenmantel musste er haben. Und bekam ihn. Zu seiner Hochzeit.
Der Schneider bewunderte das Material. Es war anders. Es war warm, aber auch leicht. So besorgte ihm seine Schwester ein Stück Loden. Nur so. Und der Schneider behandelte es wie pures Gold. Prüfte seine Eigenschaften, die Verarbeitung die Zusammensetzung und fertigte dann sein Meisterstück. Einen Lodenmantel. Perfekt gearbeitet, warm, leicht, das perfekte Kleidungsstück. Alle Raffinessen hatte er eingebunden. Ein wertvolles Futter. Taschen. Perfekte Säume, und die besten Knöpfe, die er in vielen Jahren gesammelt hatte. Silber und Hirschhorn. Es war das Schönste, was er jemals hergestellt hatte.
Aber leider hatte er nur wenig Stoff zur Verfügung gehabt, und so wurde es ein Meisterstück, das zwar die Fertigkeiten des Schneiders zur Schau stellte, aber nicht zum Tragen geeignet war. In passender Größe hätte dieser Lodenmantel ihn für ein bis zwei Jahre ein sorgloses Leben in seiner Schneiderei mit seinem Rauk ermöglicht. Aber dieses Meisterstück war eher für ein Kind gemacht. Ein kleines Kind. Niemand würde ihm je so viel Geld dafür zahlen. Der Lodenmantel war gerade so groß, dass er diesem Menschen passen könnte, der nun in seiner Schneiderei stand.
„Ja, ich kenne Loden, warum fragt ihr?"
Der Kleine baute sich gewichtig vor den Schneider auf. Eine fast schon amüsantes Bild, wenn ihn nicht diese kalte und überlegende Aura umgeben hätte. Es schien

als wäre es drinnen trotz Holzofen kälter als draußen geworden. Und so antwortete der Schneider nun kleinlaut.

„Meine Schwester. Sie brachte mir das Material. Ich kenne es. Was interessiert sie so sehr daran?"

„Sie haben einen Mantel gefertigt! Ich will ihn!"

Der Schneider wusste nicht mehr, was er denken sollte. Woher wusste er das? Er hatte immer allein daran genäht. Kannte er seine Familie in Altena?

„Er ist nicht verkäuflich - er passt ja auch niemandem."

Des Schneiders Worte wurden immer leiser während sie aussprach. Er schaute auf die kleine Figur vor ihm. Seine Ausstrahlung machte ihn groß aber er erkannte doch, wie klein er war.

Es klopfte an die Tür. Der Kutscher: „Herr, es schneit mehr und mehr. Wir kommen gleich die Straße nicht mehr hinauf. Wir müssen uns beeilen - Bitte!"

„Ich habe Loden verarbeitet. Ich habe mein Meisterstück daraus gefertigt. Nur um zu probieren, was ich kann. Aus den besten Materialien, mit den besten Garnen. Alles was ich gelernt habe, alles was ich weiß, …"

„Ich weiß" sagte sein Gegenüber. „Ich weiß, bringt ihn mir!"

Langsam ging der Schneider zum Eichenschrank, öffnete mit starren Augen die Tür, nahm einen Bügel von der Stange. Auf dieser Stange ruhte das wahrhaft meisterliche Kleidungsstück. Perfekt in den Details und von Form und vor allem Material, einzigartig. Der Schneider nahm es heraus.

Es würde einem Schulanfänger passen, dachte er bei sich. Es vereint alles was ich kann. Was ich weiß. Es waren zwei Monate an denen ich jeden Abend mehrere Stunden an ihm gearbeitet habe. Der Schneider nahm den kleinen Mantel heraus und der Mann am Eingang sah ihn. Das Gesicht veränderte sich in diesem Moment. Glückseligkeit, Begeisterung ja fasst weinerliche Freude umgaben die kleine Gestalt. Sofort reckte sie die Arme in die Höhe.

„Ja. Ja. Ja. Den meinte ich." Er griff nach dem Mantel und wieselflink zog er diesen an.

Er passte. Ja, er passte als hätte er als Schneiderpuppe dafür Model gestanden. Und er kleidete ihn so ungemein fein. Kosmopolit, belesen, charmant, und... und groß! Er wirkte groß! Es war unfassbar! Aber diese doch kleine Gestalt in dem doch kleinen Mantel wirkte groß. Selbst Rauk machte große Augen und bekundete mit einem „Mau" seine Anerkennung.

Der Schneider stellte fachmännisch fest: „Der Mantel steht Ihnen ausgezeichnet, wirklich ausgezeichnet."

Der kleine Mann drehte sich, lachte und sprang sogar einmal von einem Bein auf das andere!

„Spiegel! mein Lieber, einen Spiegel, ich brauche einen Spiegel."

Der Schneider zog einen Vorhang zu Seite hinter dem sich der Spiegel befand.

„Er ist es. Er ist es. Es ist unglaublich. Ich nehme ihn!"

„Aber Herr. Er ist unverkäuflich. Er ist nicht für den Verkauf. Es ist ein ... Meisterstück..."

„Unsinn!" Der kleine Mann zog einen Beutel hervor. „Hier! Das reicht für dich und deine Katze für den Rest eures armseligen Lebens. Nimm es!"

Die Summe war wahrlich großzügig bemessen und reicht mit Sicherheit für viele, viele Jahre, wenn nicht sogar bis zu seinem Ende.

„Ich werde großartig auf meiner Hochzeit aussehen. Meine Braut wird mich bewundern. Und ebenso ihre Leibesfrucht!"

Kapitel 2

Und er war großartig. Selbst vor dem Altar behielt er den Mantel an. Auf Lindes Wunsch vollzog man die Trauung in der alten Kiersper Höhle, die sich weit in den Arney erstreckte und deren viele Gänge ins Ungewisse führten, da noch niemand sie je betreten hatte und wohl auch nie betreten würde. Viele Gänge waren zu tief oder zu schmal, als dass man sich hindurchzwängen konnte. Lediglich Kinder wären dafür klein genug aber natürlich wollte man die erst recht nicht in die unbekannten Tiefen schicken.
Es gab einen großen Raum, nicht weit vom Eingang der Höhle. Und in eben diesem Raum baute man für die Hochzeit einen prachtvollen Altar mit einer Stufe davor auf. Und wer genau hinsah, bemerkte einen Höhenunterschied zwischen der rechten und der linken Seite. So sah es beinah aus, als wäre die zukünftige Gemahlin von Franz Linde nur unwesentlich größer als der große Gutsherr selbst.
Die Halle war beleuchtet von Fackeln und Feuern. Eine Tafel für knapp hundert Personen war aufgestellt und auf einem Spieß am Höhlenrand drehten sich Ferkel und Rinder über flimmernder Glut. Ein Streichquartett aus Köln spielte während der Zeremonie und bis spät in die Nacht. Die Gäste, die aus der weiter Umgebung angereist waren, zeigten sich tief beeindruckt von dieser überwältigenden Atmosphäre.
„Und willst du, Charlotte, dem Ehesakrament folgen und Franz Linde zu deinem rechtmäßig angetrauten Ehemann nehmen, so antworte mit: ‚ja, ich will'!"

Die Frau sprach die Worte mit fester Stimme, die sich mit einem leisen Echo an den Wänden duplizierte. Franz war so stolz. Ihr goldenes langes Haar fiel weit über ihr schneeweißes Kleid ,dessen Schleppe zehn Meter weit vor dem Altar aufbereitet ruhte. Ihr kleiner aber dennoch sichtbarer Bauch lugte keck herausgestreckt dem Pfarrer entgegen. Keine Scham oder Peinlichkeit, weil sie doch noch nicht verheiratet waren, als sie von Franz schwanger wurde war in ihrer Haltung oder besser in ihrer Ausstrahlung zu erkennen. Franz nahm die schweren goldenen Ringe die auf einem Seidenkissen auf dem Altar ruhten und steckte ihr einen davon an ihren schmalen Ringfinger. Den anderen gab er ihr und sie folgte seinem Beispiel.
„Sie dürfen die Braut nun küssen.",flüsterte der Pfarrer. Und der kleine Mann reckte sich den erwartungsfrohen Lippen seiner bezaubernden Gattin entgegen.
Die Leute tobten und die Musik spielte auf. „Und nun nehmt Platz und feiert so lange ihr nur könnt! Der Herr freut sich, euch heute als seine Gäste hier in dieser alten Höhle bewirten zu dürfen! Esst soviel ihr könnt und trinkt bis euch schwindelig wird, diesen Abend sollt ihr nie vergessen!" So rief es der Gutsverwalter und engste Vertraute Franz Lindes in die Menge. Und die Menge rief „Hoch! Hoch lebe das Brautpaar!"
So feierten sie ausgelassen bis in die frühen Morgenstunden. Während der ganzen Hochzeitsfeier zog Franz den Lodenmantel nicht aus. Er fühlte sich einfach so unglaublich gut darin. Zu später Stunde stand er mit zwei Großgrundbesitzern aus Meinerzhagen und Valbert zusammen. Es dauerte nicht lang, bis sie auf das Thema kamen.

„Herr von Linde, lieber Franz, bitte sag uns woher hast du diesen wundervollen Mantel, der dich so außerordentlich gut zu kleiden vermag?"
„Ja, bitte verrat es uns, wir müssen ebenfalls einen solchen haben." Kam es von dem anderen. „Sicherlich sündhaft teuer, aber das wird dir egal gewesen sein."
Franz überlegte. Die Vorstellung, dass ein Zweiter ‚seinen' Mantel trug, gefiel ihm ganz und gar nicht. Womöglich sogar eine exakte Kopie davon, nur in doppelter Länge.
„Aus Paris! Er ist aus Paris. Ein Einzelstück. Man sagt, das Material stamme aus Indien!"
„Paris!" Die beiden schauten begeistert und entsetzt. Eine Reise nach Paris war selbst für sie ein fast unmögliches Unterfangen.
„Respektabel. Respektabel!" Mit diesen Worten schlug ihm der Valberter, der ihn an Kilos sicherlich fünf Mal aufwiegen konnte, auf die schmächtige Schulter.
Drei Tage nach der Hochzeit klagte Franz' Frau über Schwindel und Übelkeit. Sie war zwar im achten Monat schwanger aber die Geburt seines Kindes lag wohl noch in einiger Ferne. Das Weihnachtsfest sollte in wenigen Tagen stattfinden und ein Geschenk musste her. Ein wundervolles Geschenk für eine wundervolle Frau. Die nun bei abgedunkelten Fenstern im Schlafzimmer des Gutshauses lag.
„Die Kutsche ist bereit, die Pferde angespannt, ich bin in ein paar Stunden wieder da!", sagte er mit seiner hellen Stimme. Doch die Frau hörte ihn nicht sondern atmete hektisch und flach, ihre Stirn war feucht und heiß.
Der Weg führte Franz nicht in die Stadt nach

Lüdenscheid, sondern zum Schneider in die Kölner Straße. Wieder schneite es dicke Flocken und der Weg hinauf war selbst mit seinem Sechsspänner mühsam. Der Kutscher trieb die Pferde unermüdlich mit der Peitsche an. Immer wieder rutschten Kufen oder die Eisen auf dem Eis aus und ließen die Kutsche hin- und herschütteln.
„Beeil dich, verdammt!" rief Franz aus der Kutsche. „Ich will so schnell wie möglich wieder bei meiner Frau sein."
Aber alles Zetern war vergebens, denn sie kamen nur langsam vorwärts. Plötzlich krachte es und ein gleißender Blitz erhellte den Himmel. Die Pferde wieherten und bäumten sich auf. Nur wenige Meter von ihnen war ein Blitz in einen alten Baum gefahren.

Rauk lag am Kamin und erschrak, als der Himmel für eine Sekunde weiß wurde.„Ein Gewitter, es ist ein Gewitter mein Alter. Ein ziemlich heftiges, gebe ich zu, aber nur ein Gewitter." Der Schneider stach die dicke Nadel in ein Leder. Es sollten Handschuhe werden. Ein Auftrag den er, neben einigen anderen, noch unbedingt bis Weihnachten erledigen musste. Die Petroleumlampe flackerte und nur dank seiner langen Erfahrung vermied es der Schneider, sich in das eigene Leder zu stechen.
Die Straßen waren leer. Aus dem Fenster konnte er sehen, wie sich das Pflaster unter den Schneeflocken verabschiedete. Die Metzgerei war heute geschlossen, es wurde ohne Verkauf gearbeitet und sicherlich wurden Würste gekocht und das Fleisch gepökelt und geräuchert. Wer zum Teufel sollte bei so einem Wetter vor die Tür wenn er nicht unbedingt musste. Es klopfte.

Es dröhnte beinah, da jemand mit fester Faust auf die Holztür einschlug. „Mach auf Schneider, hier draußen geht die Welt unter!" Und jetzt hörte er auch das Wiehern der Pferde.

Als er die Tür öffnete huschte sein Meisterstück mit kleinen aber schnellen Schritten an ihm vorbei. Der Mann den er kannte. Dem er zuvor den Lodenmantel verkauft hatte. Der Schneider erschrak. Hoffentlich war noch alles zu seiner Zufriedenheit - hoffentlich ist keine Naht aufgegangen, hat sich kein Knopf gelöst, war das Futter nicht gerissen oder, oder, oder... Oh hoffentlich nicht... bitte, Lieber Gott, lass diesen Mantel tadellos gewesen sein - bitte! So schoss es dem Schneider durch den Kopf.

„Habt ihr noch mehr von diesem Loden?" Kam der kleine Besucher sofort zur Sache.

„Nein, nein, mein Herr. Ich sagte doch er ist sehr teuer, daher ja auch …" stammelte er und wurde sofort unterbrochen.

„Kannst du mehr davon besorgen?" Der Kleine sah ihn mit schmalen funkelnden Augen an.

„Ich weiß nicht, vielleicht. Er ist, wie gesagt, teuer und man bekommt es nur von weit her."

Genau das wollte Franz nicht hören. Wenn er es besorgen könnte. So konnten seine reichen Nachbarn ebenfalls ein solch wundervolles Kleidungsstück in Auftrag geben.

„Hör mir gut zu, Schneider. Ich mache dir jetzt ein Angebot, welches du auf gar keinen Fall ausschlagen solltest."

Als die Kutsche die Fahrt zurück zum Gutshof aufnahm und die Pferde wegen des Schneegestöbers und der

Blitze noch immer kaum zu bändigen waren, rannte der Schneider von einer Ecke seiner Werkstatt zur anderen um sein Hab und Gut in Säcke zu packen.

„Sag ‚Adjüss Keispe!', mein lieber Rauk, wir werden diese Stadt nie wieder sehen. Bepackt mit zwei dicken Säcken die der Schneider kaum tragen konnte und den alten Kater unter dem Mantel schloss er zum letzten Male die Tür der Schneiderei. Als er in Richtung Volme ging schaute er nicht mehr zurück. Seine Gedanken waren bei dem Lederbeutel den er sich an seinen Gürtel gebunden hatte, welcher zwei Mal um seine Hüfte lief und in dessen Inneren sich so viel Gold befand, wie er mit der Schneiderei in 20 Leben nicht hätte verdienen können.

„Nimm es, und geh soweit du nur kannst und lass dich nie wieder im Volmetal - nein, auch nicht im ganzen Ruhr- und Rheinland sehen!" So viel war es dem kleinen Mann wert, dass niemand ein solches Mantel besitzen würde wie den, der ihn so groß und so respektabel gemacht hatte.

Nach vier Stunden hatten sie es endlich zurück geschafft. Für den, den er sonst in weniger als einer Stunde schaffte benötigte er an diesem Abend vier. Als er ankam ärgerte er sich über das viele Licht am Gutshof. Was für eine Verschwendung dachte er bei sich und klopfte mit dem silbernen Knopf seines Gehstockes an die riesige Eichentür.

Als sein Gutsverwalter die Tür öffnete erschrak er. Der Pfarrer stand vor ihm neben ihm die Amme mit blutverschmierten Händen. Das gesamte Personal war im Spalier aufgereiht und schaute betroffen zu Boden. Es war totenstill außer dem Schreien eines Neuge-

borenen. Ein helles Schreien aus einem Bündel Laken welches die Amme in Händen hielt.
„Du bist nun Vater, mein Sohn. Vater und Witwer!" Sagte der Pfarrer in leisen Worten.

Der Lodenmantel aus der Kölner Strasse

Ingo Jung

Charlotte und Fritz
Teil 2

Kapitel 3

Die Jahre gingen dahin. Es kamen Sommer und Winter. Doch in den Winterzeiten war Franz immer von tiefer Trauer gefangen. Eine Mutter bekam der kleine Fritz nie. Sein Vater schaute sich nie mehr nach einer anderen Frau um. Und da er genug mit seinen Geschäften und den Tieren und dem Land zu tun hatte, sahen sich die beiden nur selten. Das Personal kümmerte sich um den kleinen Fritz der schon in ganz jungen Jahren stundenlang am Fenster sitzen konnte um den Wolken, den Blättern oder den Tieren auf der Weide zuzuschauen.
Im Alter von sechs Jahren war er nur noch einen Kopf kleiner als sein eigener Vater. Worüber dieser sehr froh war. Der Junge kam im Wuchs nach der Mutter. Abends,

wenn die beiden gemeinsam bei Tisch saßen, schaute Franz zu ihm rüber. Ohne Worte sah er in die Augen seines Kindes und sah darin die Augen seiner Frau, die er immer noch so sehr vermisste.

Zu seinem sechsten Geburtstag bekam Fritz von seinem Vater eine Feder und ein Tintenfass geschenkt, dazu einen Sekretär wie man ihn aus Kontoren kannte, nur halt auf die Größe des Sechsjährigen angepasst.

„Du bist nun sechs Jahre alt und es ist an der Zeit, dass du dich auch mit den wichtigen Dingen des Lebens beschäftigst. Du wirst irgendwann das Gut übernehmen, da ist es wichtig, dass du lesen, schreiben und vor allem rechnen lernst. Benutze die Feder daher mit Respekt und übe mit ihr. Ab Montag werden dich zwei Lehrer in allem unterrichten was du brauchen wirst, das Gut eines Tages angemessen weiterführen zu können."

Es war eine Ansprache die im Ton eher für einen 16jährigen getaugt hätte. Es war außerdem seltsam, wenn man die beiden gesehen hätte. Der Vater nur einen Kopf größer als sein kleiner sechsjähriger Sohn. Fritz war jedoch für einen sechsjährigen untypisch. Er wirkte erwachsener als seine Altersgenossen, wenn auch sehr verträumt. Immer, wenn er an seinem Fenster saß und die Natur bewunderte, wirkte er nachdenklich und versank völlig in seine eigene Welt.

„Wie viel Milch geben 12 Dutzend Kühe in einer Woche, wenn eine Kuh pro Tag 5 Liter Milch gibt?"

Herr Bernhard sah Fritz durch seine Nickelbrille an. Dabei fasste er sich an seinen weißen Spitzbart. „Fritz? Wie viel?"

„Gibt denn jede Kuh gleich viel Milch? Jeden Tag? Was ist, wenn sie mal keine Lust hat Milch zu geben?" Fritz

sah den alten Bernhard fragend an. „Oder was ist, wenn ein Kälbchen mal was braucht? Zählt das dann mit oder nicht?"
„Das interessiert hier nicht! Das ist Mathematik!"
„Na ja, ich denke das ist schon wichtig. Wenn es den Kühen nämlich nicht gutgeht geben sie weniger Milch, das weiß ich genau! Robert, unser Melker, hat es mir gesagt und der muss es wissen."
Fritz schmunzelte. Er wusste genau was der Lehrer von ihm wollte aber er liebte es, ihn aus der Fassung zu bringen.
Viel mehr mochte er aber Sophie. Sie war sein Kindermädchen seit er denken konnte und unterrichtete ihn in Sprache. Sie sollte dafür sorgen das er eine umfassende Kenntnis der deutschen Sprache erlangte und das nicht nur im Bereich der Grammatik sondern auch in Angelegenheiten der Rhetorik, darin also, andere Menschen mit seinen Worten zu beeinflussen.
„Das A und O in der Geschäftswelt!" hörte er seinen Vater einmal sagen als der mit Sophie sprach.
Um das zu erlernen, besprachen sie Gedichte. Die Melodie der Sprache. Fast wie Gesang aber dennoch gesprochen. Die Wörter fanden zueinander, ja, sie passten einfach irgendwie. Sie gehörten zusammen. Es war fantastisch. Fritz konnte ihr stundenlang zuhören, ihren Worten lauschen und ihrer Stimme, die ihm immer schon eine Art Heimat gewesen war.
Im Sommer, als er nun zwölf Jahre alt war, tippelte er von einem Bein auf das andere, nervös wie nie zuvor hatte er die letzte Nacht kaum geschlafen. Sophie kam wie immer pünktlich um acht Uhr zur Lehrstunde und er

konnte es kaum erwarten. Heute würde es anders sein. Heute, ja heute.

Seine Begeisterung für die Sprache und die Lyrik war in keiner Weise gewichen, ganz im Gegenteil, sie hatte sich noch weiterentwickelt. Und so schrieb Fritz schon seit einiger Zeit eigene Zeilen. Eigene Gedichte. Er erdachte Geschichten während er aus dem Fenster schaute und verwob die Schöpfung seiner Phantasie mit der Schöpfung der Natur. Niemand wusste davon. Er tat es heimlich. Hätte sein Vater davon erfahren, er hätte ihn in den Stall gesperrt, für mehrere Tage bei Wasser und Brot.

Aber er musste sich endlich mitteilen. Jemand musste von seiner heimlichen Leidenschaft erfahren. Und wer konnte dafür besser geeignet sein als Sophie?

Ihr konnte er vertrauen und so holte er zu Beginn der Stunde vorsichtig ein Blatt Papier aus der Tasche und begann seinen Vortrag. Zunächst leise und stockend trug er Sophie sein schönstes Gedicht vor und wurde von Zeile zu Zeile, von Strophe zu Strophe sicherer und mutiger, da er an ihrem Lächeln sah, dass es ihr zu gefallen schien.

„Es ist unglaublich schön, Fritz." Sophie hatte echte Tränen in den Augen. „Du hast ein großes Talent! Es ist als würde man alles direkt vor sich sehen wovon du erzählst!" Sie drückte ihn herzlich an sich und Fritz wurde rot, es war der bislang glücklichste Moment seines Lebens, als plötzlich die Tür aufgerissen wurde.

„Herr, bitte kommt schnell, ein Kurier ist im Hof." Der Gutsverwalter war erkennbar nervös und aufgeregt. Sophie und Fritz folgten ihm hinaus in dem Hof, wo ein Mann mit seinem Pferd stand, ein Bündel in der Hand.

Es war ein Lodenmantel. Verschmutzt, voll Lehm und Tang. Aber Fritz erkannte den Mantel sofort. Es war der seines Vaters, der ihn auf all seinen Reisen begleitete. Vor zwei Tagen war er aufgebrochen zu Verhandlungen, um Korn und Tiere zu verkaufen, Fritz wusste nicht wohin. Warum war nun sein Mantel hier? Er hätte ihn niemals weggegeben oder in einem Gasthof vergessen. Fritz' Mund wurde trocken. Nicht auch noch sein Vater. Bitte nicht!

Doch Franz Linde kam nie wieder. Der Mantel wurde am Volme Ufer in Hagen gefunden. Die Papiere, die darin steckten, führten die Finder nach Kierspe. Er selbst blieb allerdings verschollen und sein Schicksal ungewiss. Fritz, der nun alleiniger Erbe des Gutes, des Hofes mitsamt aller Tiere und Ländereien war, stand allein da. Mit nur zwölf Jahren war er zwar der reichste Mensch in Kierspe aber auch der einsamste und vor allem der hilfloseste.

Der Gutsverwalter half so gut er konnte, ebenso die Knechte und Mägde. Doch fehlte es an einem Menschen mit genügend Sachverstand, der die wichtigen Entscheidungen treffen, die Fäden zusammenhalten und den Gutshof führen konnte. Fritz musste nun von einem auf den anderen Tag erwachsen werden. Für Kindheit und Jugend blieb ihm in Zukunft keine Zeit mehr

Jeden Sonntag ging er in die Margarethenkirche. Gott gab ihm den Halt den er jetzt brauchte. Er war ihm nicht Böse, dass das Schicksal ihm so übel mitgespielt hatte. Nein, er bedankte sich für die Kraft die ihm von Gott verliehen wurde, um das alles zu bewältigen, die Kraft welche ihm diese, für einen zwölfjährigen Jungen unmenschliche Aufgabe abverlangte.

Jeden Sonntag im Gottesdienst betete er für seine Mutter, die er nie gesehen hatte und für seinen Vater, in der Hoffnung, er würde noch leben. Irgendwo. An einem anderen Ort aber vielleicht glücklich, da er hier in Kierspe nie wieder glücklich geworden war.

Und jeden Sonntag trug er den Lodenmantel seines Vaters. Der aufgrund seines Wachstums immer enger wurde. Aber er gab ihm ein gutes Gefühl. Er gab ihm Schutz, nicht nur vor der Kälte.

Die nächsten Jahre vergingen. Sommer folgten auf Winter, wie die Winter auf die Sommer folgten.

Als er 17 Jahre alt war, meinte es die Natur schlecht mit den Menschen. Erst blieb der Regen aus und es herrschte eine monatelange Dürre, sodass die Felder vertrockneten, jeder Windstoß Unmengen von Staub mit sich wehte und die Tiere schon vor Durst schrien weil auch die Brunnen trocken gefallen waren. Danach goss es unentwegt und die ausgedorrten Böden konnten die Wassermassen nicht aufnehmen. Sie wurden mitsamt der Saat davongespült.

In den letzten Jahren schon war das Gut immer kleiner geworden, da sie einiges Land und etliche Tiere verkaufen mussten um zu überleben. Das Geschick der Verhandlung und der Bauerei welches sein Vater besaß war Fritz nie zuteil geworden.

„Hätte ich doch nur besser auf den alten Bernhard gehört und hätte Zahlen mehr geliebt als die Worte", dachte Fritz wenn er aus dem Fenster schaute. Die Natur war ihm immer noch ein Trost, bei jedem Wetter und zu jeder Jahreszeit.

Er musste die meisten seiner Angestellten entlassen, da nicht mehr genug für alle da war. Das verheerende Jahr

hatte viel Kraft, Aufwand aber auch Geld gekostet. Fritz war froh das er trotz allem viele der Tiere halten konnte. Aber der Knecht war nicht mehr da, sie jeden Tag auf die Weide zu führen.
„Dann mache ich es eben selbst." Sagte er sich, „der Schlaf in den Nächten wird kürzer aber das Leben geht halt weiter."
Und die Nächte wurden kurz. Weit vor Sonnenaufgang trieb er die Tiere auf die Felder und kurz vor Sonnenuntergang zurück in die Ställe. Dazwischen mussten die Felder wieder bestellt, die Geräte gewartet, unzählige Dinge gekauft und auch verkauft werden, um sein Leben wie auch das der wenigen noch verbliebenen Arbeiter zu sichern.
Es war ein Sonntagmorgen im Sommer, als es dann passierte. In dieser Nacht träumte er von seinem Vater, von Sophie, die für ihn immer wie eine Mutter gewesen war und von dem Mann der in ihrem Hof stand, das Bündel mit dem Lodenmantel im Arm. Und er verschlief. Er verschlief den Morgen. Er verschlief es, seine Tiere auf die Weide zu bringen.
Als er die Augen öffnete und die Sonnenstrahlen sah, durchfuhr es ihn wie ein Blitz. Er sprang aus dem Bett, griff sich Hemd, Hose und Schuhe, zog sich hastig an und rannte die Treppe hinunter über den Hof zu den Ställen.
Leer. Sie waren leer!
Fassungslos stand er vor dem ersten Stall und auch der zweite bot kein anderes Bild.
Seine Tiere. Sie waren weg. „Oh Gott, was habe ich getan?" rief er, reckte die Hände zum Himmel und fiel auf die Knie.

Doch dann sah er ein Stück weiter auf die Felder. Eine seiner Kühe stand friedlich in der späten Morgensonne. Eine zweite dahinter. Und als er zu ihnen hinüberrannte, sah er all seine Tiere friedlich auf den Weiden grasen.

Zurück im Hof fragte er alle, wer denn die Tiere auf die Weiden geführt hätte. Aber niemand von denen, die noch für ihn arbeiteten wollte es gewesen sein.

Und genau so wie am Morgen passierte es auch am Abend. Als er die Tiere von den Weiden holen wollte, waren diese bereits in den Ställen. Nicht nur an diesem Tag. Nein, an allen nächsten Tagen, in allen nächsten Wochen, sogar im nächsten Jahr und dem darauf folgenden und so weiter.

Das furchtbare Dürrejahr war endgültig überstanden. Fritz konnte das erste Mal seit langer Zeit wieder mehr Menschen eine Arbeit auf seinem Hof geben als in den Vorjahren. Er war nun Anfang Zwanzig, als eine junge Dame sich bei ihm vorstellte. Als Köchin, Haushälterin oder aber für das Melken der Kühe. Sie war die Tochter von Sophie. Nie hätte er gedacht, dass Sophie auch ein Kind haben könnte. Sophie sprach nie darüber, sie sprachen sowieso nie über persönliche Dinge und ihre Tochter war schön. Wirklich schön.

Durch den glücklichen Umstand, dass die Tiere wie von Zauberhand auf die Weiden und zurück geführt wurden, erstrahlte der Hof zu neuem Glanz. Nicht mehr in der Größe wie ihn der Vater noch geführt hatte aber respektabel für alle umliegenden Grundbesitzer.

Fritz stellte Sophies Tochter, sie hieß Charlotte, nicht ein,. Statt sie zu beschäftigen, verbrachte Fritz Zeit mit ihr. Erst die Sonntagnachmittage. Dann auch die Samstagnachmittage und dann eigentlich auch alle

Nachmittage. Sie half ihm bei seinen Arbeiten auf dem Hof und bei seinen Geschäften. Im Gegensatz zu ihm konnte sie jeden Käufer für Getreide, Gemüse oder Tiere um den Finger wickeln und beste Preise erzielen. Sie fand die richtigen Worte und hatte den Charme aber auch das nötige Stehvermögen, um das Beste für den Hof zu gewinnen.

Es war die Mittsommernacht, in der Charlotte zum ersten Mal nicht nach Hause zu ihrer Mutter fuhr sondern bei Fritz blieb.

„Wer bringt die Tiere zurück in die Ställe?" fragte sie am Abend.

Fritz schaute sie lange an.

„Ich weiß es nicht - es klingt unglaublich aber sie finden ihren Weg, jeden Abend, jeden Morgen."

„Hast du das schon mal gesehen?" Fragte Charlotte

„Ich sehe das jeden Tag! Die Tiere gehen jeden Morgen auf die Weide und kehren Abends zurück. Wie an einer unsichtbaren Schnur gezogen."

„Ich will das auch sehen. Geht das?"

„Natürlich geht das" Fritz lächelte „Komm wir setzen uns ans Fenster. Es dauert noch knapp eine Stunde, dann gehen sie in die Ställe."

Die beiden saßen am Fenster. An dem Fenster an dem Fritz so viele Stunden, Tage ja beinahe Jahre allein verbracht und in die Natur geschaut hatte. Einen Menschen hier an seiner Seite zu haben, einen Menschen der ihm soviel bedeutete, den er liebte. Das war...

Charlotte schrie. Es war ein kurzer Aufschrei. Eher ein Erschrecken. Und sie reckte die Nase bis an die Glasscheibe.

„Was ist?" fragte Fritz. „Ich hab doch gesagt, die Kühe finden allein in die Ställe!"

„Ja, die Kühe. Aber wer sind die kleinen Wesen die sie führen?"

Kapitel 4

„Was für Wesen meinst du? Ich sehe nur Kühe!" Fritz sah abwechselnd zu den Kühen und zu Charlotte.
„Sie sind klein indes sieht es so aus als würden sie irgendwie leuchten. Da ist so ein flimmern drumherum." Sie sprach langsam, als wenn sie durch ein Fernglas schauen würde und man das was sie sah mitschreiben sollte.
„Charlotte, ich bitte dich. Willst du mich foppen? Oder halluzinierst du?"
„Nein, bestimmt nicht, ich sehe sie ganz deutlich. Sie sind so groß wie Kleinkinder und sie führen die Kühe. Sie gehen an den Seiten und öffnen die Gatter."
Jetzt sah auch Fritz, wie sich ein Gatter scheinbar von allein öffnete. Warum ist ihm das vorher nie aufgefallen?
Sie saßen noch bis nach Sonnenuntergang am Fenster. Die Kühe waren schon längst in den Ställen und die kleinen Wesen verschwunden. Niemand sagte ein Wort. Schließlich waren sie so müde, dass sie sich auf das Bett fallen ließen und sofort einschliefen. Doch in Charlottes Kopf kreisten die Bilder von den kleinen Wesen.
„Warum seh' ich sie nicht?" dachte Fritz noch, bevor der Schlaf ihm die Sinne nahm. „Was würde ich darum geben sie auch sehen zu können."
Der Morgen kam schnell. Als Fritz erwachte war niemand mehr neben ihm. Charlotte war gegangen. Traurig sah er auf die leere Bettseite. Es dämmerte und als er sich die Augen rieb und zum Fenster ging, sah er an den Ställen Charlotte. Sie war noch früher aufgestanden. Sie wollte das Geschehen ganz nah

miterleben. Sie hatte sich hinter den Ziehbrunnen gehockt und wartete. Gleich sollten sie erscheinen. Vom Hügel herab kamen drei Wesen, nur schemenhaft in der Morgendämmerung zu erkennen. Und wieder umgab diese Wesen eine Aura, dieser seltsame Schein, der sie ein wenig verschwommen erscheinen ließ. Sie konnte es nicht genau sehen, aber es sah aus als wären sie nackt.

Das Stalltor öffnete sich und die Tiere trotteten hintereinander auf die Wiesen, stupsten sich gegenseitig an und sprangen dann und wann vor Freude auf die saftigen Wiesen und genossen die wärmenden Sonnenstrahlen.

Charlotte faszinierte dieses Schauspiel so sehr, dass sie fortan versuchte jedes Mal dabei zu sein. Sowohl abends als auch morgens. Fritz war das sehr recht, weil sie so immer in seiner Nähe war. Die beiden wurden ein Paar, ein unausgesprochenes Paar. Kein Liebespaar und schon gar kein Ehepaar. Es war als gehörten sie einfach unzertrennlich zusammen. Sie aßen gemeinsam, arbeiteten gemeinsam, ja sie gingen sogar sonntags gemeinsam in die Kirche.

Und sie waren das Stadtgespräch in Kierspe. Die einen fanden ihr Verhalten unsittlich und ungehörig die anderen gönnten es Fritz, endlich auch mal glücklich zu sein und waren mit ihm und Charlotte glücklich, denn das musste man einfach sein wenn man sie sah. Wenn Charlotte Fritz ansah, lächelte sie ihn so glücklich und froh an, dass es ansteckend war. Und oft lachten die beiden bis in den späten Abend.

„Ob sie wohl Namen haben?" fragte sie eines Abends.

„Frag sie doch einfach!", sagte Fritz.

Und Charlotte schaute ihn fragend an. Ja warum eigentlich nicht, warum nicht einfach fragen? Dachte sie für sich.

Der Hof hatte sich wieder zu einem beträchtlichen Gut entwickelt. Die Ernten waren prächtig und auch die Tiere waren fruchtbar und sie mehrten sich.

Als Charlotte eines Abends am Brunnen wartete ging sie einen Schritt nach vorn, als sich die Tür des Stalles öffnete. Ein Wesen stand vor ihr, nackt, blass und geschlechtslos. Freundlich und so selbstverständlich vertraut als kannten sie sich schon seit Jahren, schauten sie sich in die Augen. Das Wesen lächelte sanft.

„Wie heißt ihr?" fragte Charlotte so leise und so zerbrechlich, dass man es kaum hören konnte.

„Schaan...håll...ennnnnn" Sagte das Wesen. Nur ein Wort, gehaucht aber wie von einer Melodie getragen. Ein Gesang, mit nur einem Wort. Es lächelte und ging an ihr vorbei, gefolgt von den Kühen.

Eine wohlige Wärme ging von diesem kleinen Wesen aus. Und eine unglaubliche Faszination bewegte Charlotte ob der direkten Begegnung mit dem Schanhollen.

„Sie heißen Schanhollen" sagte sie sie zu Fritz.

Fritz wusste nie, ob sie ihm nur etwas vorflunkerte oder ob sie nicht doch ein bisschen phantasierte, dass sie sah was sie wollte, aber nicht das was da war. Aber das sagte er ihr nicht.

„Und sie sind nackt?" fragte er. „Dann werden sie im Winter bestimmt frieren."

„Sie haben uns so viel Gutes getan. Ich glaube wir sollten uns irgendwann bei ihnen bedanken."

Der Sommer ging vorbei und der Herbst kam mit Regen und Wind von Norden.

Charlotte bürstete die Kleider von Fritz auf. Seinen Sonntagsgehrock und nähte einen der Knöpfe wieder an, der schon bedenklich lose schien.

Als sie den Anzug in den Schrank hängte, fiel ihr ein kleiner Mantel auf, der nur einem Kind passen konnte. Sollte Fritz einen solch hochwertigen Mantel schon als Kind besessen haben? Die von Lindes waren reich, das wurde ihr dabei wieder sehr deutlich.

Der Mantel war verstaubt und ein bisschen schmutzig. So machte sie sich daran ihn so gut es ging zu reinigen und aufzubessern.

Als Fritz am Abend aus Valbert zurückkam, sprach ihn Charlotte auf den Mantel an.

„Ich habe ihn in deinem Schrank gefunden. Er ist wundervoll, ich hab ihn ein bisschen entstaubt, hast du ihn als Kind getragen? Das ist ein besonderer Stoff oder?

Fritz sah den Mantel und begann zu weinen. Charlotte hatte ihn noch nie weinen sehen, sodass auch ihr unweigerlich die Tränen in die Augen stiegen.

„Hab ich etwas falsch gemacht? Das wollte ich nicht, wirklich nicht!"

„Nein, du hast gar nichts falsch gemacht. Im Gegenteil."

Und so erzählte Fritz ihr die ganze Geschichte und Tragödie seiner Familie.

Still und traurig saßen die beiden am Tisch. Den ganzen Abend hatte es gedauert, die Geschichte in jedem Detail zu erzählen. Vieles davon kannte Fritz nur von den Erzählungen des Personals oder der Kiersper Bürger.

„Charlotte." Sagte er dann. „Wir sprachen doch darüber das es den Schnahollen kalt werden würde. Meinst du, der Mantel wäre groß oder besser klein genug? Dann könnten wir damit beginnen, sie etwas zu wärmen. Ein erstes Stück und ich könnte nach und weitere davon machen lassen."

„Das ist ein wunderbarer Gedanke." Sagte Charlotte.

Und so legten sie den Mantel auf einen Zaunpfahl, an dem die Schanhollen jedes Mal vorbeikamen wenn sie die Tiere auf die Weiden führten.

Wie zwei Kinder vor der Bescherung saßen Fritz und Charlotte am Fenster und warteten auf die Morgendämmerung.

„Da, sie kommen." sagte Charlotte.

Fritz sah nichts. Einen Augenblick dachte er daran was passieren würde, wenn der Mantel dort liegenblieb. Ob Charlotte denken könnte, dass sie sich dies alles doch nur eingebildet hatte. War es wirklich eine so gute Idee gewesen den Mantel dort hinzulegen? Bis jetzt lebten sie sehr gut mit der Geschichte der unsichtbaren Wesen und Fritz zeigte Charlotte nie seine Bedenken darum.

„Da sieh, er nimmt ihn!"

Wie immer sah Fritz nichts. Was auch? Doch plötzlich hob sich der Mantel vom Zaun und füllte sich mit, ja mit Luft. Er schwebte in der Luft und bewegte sich zum Stall.

Fritz' Augen wurden größer und größer und der Mund wurde ihm trocken.

„Er hat ihn genommen." Sagte Charlotte und gab Fritz, der sie ungläubig anschaute, einen Kuss auf die Wange.

Das war das letzte Mal, dass Charlotte die Schanhollen sah. Sie kamen seither nie wieder.

Als Fritz Linde schon ein alter Mann war, erinnerte er sich an die Zeit mit Charlotte und den Schanhollen. Er schrieb ein Gedicht darüber das die Kiersper heute noch lesen.

Und manche Menschen erdenken sich heute noch Geschichten um die sagenhaften Schanhollen.

Hartmut das Eichhörnchen

Thomas Block

Wo ist eigentlich Jana?

„Oh, guck mal. Das Eichhörnchen, wie süüüß!", Jana war völlig aufgeregt. Mit einer Tasse gerade noch warmen Kakaos saß sie schon eine Stunde in der Fensterbank und schaute hinaus in den tristen Garten. Der Herbst war in diesem Jahr lang, stürmisch und sehr feucht gewesen. Dementsprechend sah der Garten jetzt aus wie eine farblose Sumpflandschaft. Jetzt war schon Anfang Dezember und geschneit hatte es, sehr zu Janas Betrübnis, noch GAR nicht. An ihrer Seite lag Mogli, der kleine Familienhütehund. Er interessierte sich nur sporadisch für Eichhörnchen, aber er wusste, dass er sich an Jana halten musste, wenn er hin und wieder ein Stück von dem sehr leckeren Spritzgebäck haben wollte. Ihre Mutter kam ins Wohnzimmer.
„Ach Jana! Sag bloß... Lass mich raten, ist es das Eichhörnchen, das sich jetzt wieder eine Nuss von Papas Walnussbaum holt und dann wieder in die andere Richtung verschwindet?"
„Wir wollen mal sehen", sagte Jana ernst.
Ihre Mutter verdrehte die Augen. Ihre Vermutung war nicht ganz unbegründet, denn die Nusssammelaktion des Eichhörnchens hatte eigentlich schon im September angefangen. Seither verging keine Stunde in der das

Eichhörnchen nicht durch den Garten flitzte. Am Anfang hatten sie noch mit der ganzen Familie Anteil genommen und genau beobachtet, wie das kleine Tier wieselflink von Strauch zu Strauch huschte, sich kurz versteckte und dann weiterrannte, bis es schließlich am Walnussbaum angekommen war.

„Daaaaaa, jetzt kommt es zurück. Es hat eine NUSS. Schnell, ich mache ein Foto."

Schnell machte Jana ein Foto.

Ihre Mutter lächelte.

„Mensch, Jana. Das ist bestimmt schon das tausendste Foto das du gemacht hast. Das ist bestimmt das meistfotografierte Eichhörnchen von ganz Kierspe."

Insgeheim war sie natürlich froh, dass sich die 5jährige so für das Tier begeistern konnte. Besser als den ganzen Tag vor dem Fernseher zu sitzen.

„Nicht 1000... warte."

Jana drückte an den kleinen Knöpfen der Digitalkamera herum, die sie ihrem Vater (der sie ja sowieso nicht brauchte) zu diesem Zwecke enteignet hatte. „9...8...4. Wie heißt die Zahl Mama? 984. Ich habe 9, 8 und 4 Fotos vom Eichhörnchen. Papa soll mir die heute ausdrucken. Das hat er VERSPROCHEN."

„Dann musst du ihn aber sicher nochmal dran erinnern. Er vergisst ja so was leicht mal. Außerdem ist er nicht so gut auf das Eichhörnchen zu sprechen. Er hatte sich ja selbst so auf ein paar Walnüsse gefreut. Und dieses Jahr sind die Viecher so emsig, dass sie die Nüsse gar nicht erst runterfallen lassen, sondern direkt am Baum abernten."

„Aber die sind doch sooo süß, Mama. Papa kann sich ja seine Nüsse auch im REWE XL holen. Vielleicht ist

Hartmut ja auch dieses Jahr so fleißig, weil er schon weiß, dass es dieses Jahr besonders viel Schnee gibt. Und da braucht er ja seinen Vorrat. Das haben wir ja im Kindergarten gelernt."
„Wer ist Hartmut?", fragte die Mutter.
„Na, der da." Sie deutete mit dem Finger auf das Eichhörnchen, das schon wieder in Richtung Walnussbaum unterwegs war.
„Magst du noch einen Kakao, Jana?"
Busch 1. Kurz Deckung. Blick nach hinten, Blick zum Haus. Keine bedrohlichen Bewegungen. Licht, Menschen hinter den Fenstern. DER HUND auch hinter dem Fenster. Alles sicher. Weiter, weiter. In Zickzacksprüngen weiter zu Busch 2. Dann über das Rasenstück zur Birke. Hier ein Stückchen den Stamm hinauf. SICHER. In alle Richtungen blicken, durchatmen. Noch zwei Büsche als Stationen, dann bin ich am WALNUSSBAUM. Gute Walnuss aussuchen, abpflücken und zurück ins Versteck. Zwischendurch Deckung suchen, nicht über freie Flächen laufen. Nuss verstecken und wieder los.
Immer und immer wieder. Stunde auf Stunde, Tag auf Tag. Wie von einem Programm, einem äußeren Zwang bestimmt.

Auch Janas Tagesabläufe waren immer gleich: Kindergarten, Mittagessen bei Oma und dann Nachmittage am Fenster. Hartmut beobachten, dabei ein bisschen mit Playmobil spielen und den Familienhütehund mit Spekulatius (das Spritzgebäck war inzwischen längst leer) füttern. Die Wohnung war mittlerweile immer weihnachtlicher geschmückt, Janas Mutter brachte immer wieder neue Deko mit. Die Fensterbank, in der Jana immer noch am liebsten saß, musste sie sich nun mit der Krippe und vielen Holzfiguren teilen. Am Adventskranz brannten nun abends schon drei Kerzen.

„Mamaaaaaa… ich habe neue Fotos von Hartmut gemacht. Es sind jetzt 1...0...2...9. Meinst du Papa druckt mir die heute? Dann kann ich die morgen mit in den Kindergarten nehmen. Ich soll sie da mal zeigen. Haben alle gesagt."
„Bestimmt, Jana. Papa hatte doch versprochen, dass er heute die Farbpatrone aus dem Büro mitbringt und dann deine Fotos druckt."

Jana verzog den Mund, als zweifelte sie ein bisschen. Doch irgendetwas schien sie außerdem noch zu beschäftigen. Mit starrem Blick schaute sie nach draußen in den Schnee. Ja, gestern hatte es endlich so richtig angefangen zu schneien. Den ganzen Tag. Und erst am Abend hatte es wieder aufgehört. Jetzt schien die Sonne. Absolutes Postkartenwetter, würde Papa sagen. Dabei gab es, wenn man mal ehrlich war, eigentlich gar keine Postkarten mehr. Ja gut, bei Timpe, in Kierspe Dorf, gab es einen Ständer mit welchen. Aber benutzt wurden sie wohl schon länger nicht mehr. Moritz, der Junge von nebenan, er war immerhin schon in der Schule, hatte ihr erklärt, dass man schöne Bilder bei Facebook und Instagram posten musste. Also müsste es ja demnach richtiger „Facebookbilderwetter" heißen. Doch das war es nicht, was ihr in diesem Moment Sorgen bereitete. Ihre Mutter setzte sich zu ihr auf die Fensterbankkante.

„Was ist denn los, mein Schatz? Hast du Bauchweh? Ist dir nicht gut? Soll ich dir mal einen Tee machen?"

Jana schüttelte den Kopf und ein paar Tränen sammelten sich in ihren blauen Augen

„Hartmut ist heute noch gar nicht gekommen. Ich mache mir Sorgen."

Ihre Mutter lächelte und strich ihr übers Haar.

„Ach Jana, das brauchst du nicht. Eichhörnchen sind doch wilde Tiere. Die können gut auf sich selber aufpassen. Bestimmt braucht Hartmut mal eine Pause. Oder es sind schon alle Nüsse weg. Würde mich auch nicht wundern. Oder er hat bei dem ganzen tollen Schnee kalte Pfötchen bekommen. Kann doch sein."

Jans schluchzte ein bisschen.

Ihre Mutter schaute auf ihre Uhr. Eigentlich hatte sie jetzt keine Zeit, aber...

„Ach komm, Jana. Ich zieh dir jetzt deine Wintersachen und die Handschuhe an und wir bauen einen Schneemann. Was glaubst du, was der Papa sich freut, wenn er nachher nach Hause kommt?!"

Und so bauten sie fast zwei Stunden lang eine ganze Schneefamilie im Vorgarten. Dazu einen Schneefamilienhütehund und ein Schneeeichhörnchen. Allerdings kein Colosseum aus Pappschnee oder eine fliegende Boeing aus Eis, wie der verrückte Oliver Krummenerl es für seine Familie gemacht hatte.

So langsam, es ging schon auf den späten Nachmittag zu, begann es zu dämmern. Und Janas Mutter fiel ein, dass sie morgen auch noch einen Kuchen für das Kindergartenfest mitbringen musste.

„Jana, wir müssen rein gehen. Ich muss ja noch den Kuchen backen. Komm, es ist auch kalt."

„Ooooh nein. Ich muss noch ein paar kleine Schneehörnchen bauen. Für Hartmut. Ich bleibe noch ein bisschen. Geh du rein zu dein Kuchen."

„Ja gut, aber bleib hier im Garten. In 20 Minuten rufe ich dich. Dann mach ich dir schon mal die Badewanne voll und du kannst da auftauen. OK?"

„OK."

Und so ging Janas Mutter in die Küche, suchte nach dem Rezept, begann die Sachen für den Kuchen zusammenzusuchen, telefonierte zwischendurch, und als sie schließlich aus dem Fenster in den Garten schaute, konnte sie so gerade eben noch die Schneemänner erkennen.

Jana aber nicht mehr.

Polizeihauptkommissar Rövenstrunck wollte sich seine Ratlosigkeit nicht anmerken lassen. Aber genau das war er jetzt, rat- und hilflos.

Er war mit den Eltern des verschwundenen Mädchens noch einmal alles durchgegangen, hatte alles protokolliert und sie waren auch zusammen mit Taschenlampen durch den Garten, bis zum Waldrand gelaufen. Natürlich waren jetzt noch viele Polizisten, Feuerwehrmänner und Freiwillige draußen unterwegs und suchten die Fünfjährige. Aber der dichte Schneefall, der kurz nach Sonnenuntergang eingesetzt hatte, erschwerte sie Spurensuche zusätzlich. Gegen Mitternacht, so hatte man ihm versprochen, sollte der Hubschrauber kommen. Das wäre in einer halben Stunde. Doch das nützte ihm im Moment wenig.

Als Jana das letzte Schneeeichhörnchen fertiggestellt hatte, betrachtete sie stolz ihr Werk und machte auch gleich noch ein Foto davon. Mit Blitz. Das hatte Papa ihr neulich erklärt, wie das ging. Und weil es ja jetzt schon ziemlich dunkel wurde…

Jana merkte, dass ihr auch ziemlich kalt war und dass sie Hunger hatte. Sie konnte sehen, dass in der Küche Licht brannte. Mama wollte ja backen. Sie würde nun reingehen und erst einmal die Schüssel mit dem Kuchenteig auslecken. Ein guter Plan. Doch plötzlich erschrak sie. Etwas war direkt vor ihr durch den Schnee gehuscht. „Haaaartmuuut." Natürlich, ihr kleiner Eichhörnchenfreund. Mit einer Nuss. Und wie immer in Eile. Jana war so erfreut, dass sie hinterherrannte. Ein ganzes Stück, obwohl das nicht leicht war mit ihrem dicken Winterzeug. „Hartmut warte, ich komme.", rief sie. Und wie es schien, wartete Hartmut auch tatsächlich. Immer wenn sie ihn aus den Augen verlor, blieb er für einen Moment sitzen und rannte erst dann hektisch weiter, wenn Jana ihm wieder folgte. So führte sie ihr Weg von der Windfuhr, den Timmerberg hinab durch den Lerchenweg. Und weil es schon ziemlich dunkel war, wurde sie von niemandem gesehen. Schließlich folgte sie dem Eichhörnchen sogar über die viel befahrene L528, auf der ihr Papa immer nach Meinerzhagen fuhr. Auf der anderen Seite der Hauptstraße lag der Schanhollenweg und vor allen Dingen der Eingang zum Hülloch. Hier war Jana sogar schon mal mit ihrer Kindergartengruppe gewesen und hatte die alte Geschichte von den Schanhollen gehört. Jana blickte sich um. So weit war sie noch nie alleine von Zuhause weggelaufen. Noch dazu im Dunklen. Na, ganz allein war sie ja nicht. Sie sah wie das Eichhörnchen Hartmut vor dem geöffneten Höhleneingang hockte und auf sie zu warten schien. Langsam folgte sie ihm in die Höhle. Erstaunlicherweise war es hier weder kalt noch dunkel. Die Wände schimmerten und es war so warm, dass sie ihre Winterjacke direkt auszog und auf den Boden warf. Im selben Moment schloss sich das schwere Tor zur Höhle wie von selbst.

Am dritten Tag war die Hoffnung der Trauer gewichen. Janas Eltern hatten alle Unterstützung erhalten, die man sich denken konnte. Die Freiwillige Feuerwehr hatte Suchtrupps organisiert, die Polizei, das THW und auch viele Bürger hatten gemeinsam gesucht. Doch nirgends war ein Lebenszeichen der Fünfjährigen zu finden.

Auch die Aufrufe in der Presse und all den Medien hatte nichts gebracht. Nach drei Tagen war sogar ein Team von RTL da gewesen.
Jana blieb verschwunden.
Alle im Ort nahmen Anteil. Die Weihnachtsmärkte waren abgesagt worden und fast jedes Gespräch, das in Kierspe geführt wurde begann mit dem Drama um Jana. Und dann kam die Zeit, in der Kierspe unter dem Schnee verschwand…

Jana folgte dem Eichhörnchen, das Papas Walnussbaum wochenlang geplündert hatte, immer weiter durch die Höhle. Komischerweise ohne Angst. Sie mochte 15 Minuten unterwegs gewesen sein, als die enge Höhle schließlich in eine große unterirdische Halle mündete. Von sanftem Licht erhellt und angenehm warm war die riesige Halle in die Jana nun ungläubig blickte. Für Jana unbeschreiblich groß, als Erwachsener könnte man vielleicht zum Vergleich die Fläche des Sportgeländes am Felderhof heranziehen. In der Mitte der Halle, vielleicht so groß wie vier Fußballfelder, war ein riesiger See. Jedoch nicht gefüllt mit Wasser, sondern mit Walnüssen. Sowas konnte es eigentlich nicht geben. Jetzt sah Jana, wie das Eichhörnchen Hartmut auf einem Baum (oder einer Art Baum) zurande des Walnusssees hockte. In den Pfötchen die letzte Nuss, die es heute von Papas Baum erbeutet hatte.
Jana hob die Ärmchen und begann zu lachen. So sehr, wie sie es schon lange nicht mehr getan hatte. Ihr Lachen wurde von den hinterleuchteten Felswänden zurückgeworfen und verstärkt. Vermutlich konnte man es sogar über der Erde hören, irgendwo da oben musste

die Kreuzung am Wildenkuhlen sein. Doch dort oben lag ja die dicke Schneedecke, die Kierspe gerade praktisch hatte verschwinden lassen.

Das Eichhörnchen Hartmut drehte die letzte Walnuss in seinen Pfötchen und ließ sie dann fallen. Hinein in den Walnusssee. Als die Nuss eintauchte, war es, als sei etwas vollendet worden. Eine geheimnisvolle Melodie erfüllte die Höhle und innerhalb von Sekunden gefror alles zu Eis. Der Walnusssee, die Höhlenwände, Das Eichhörnchen und auch Jana. Immer noch mit erhobenen Armen und lachend wurde sie zu einer Eisskulptur am Rande des Sees. Dann wurde es dunkel.

Wie die Geschichte von der zugeschneiten Kleinstadt im Sauerland ausging, wisst ihr ja noch aus der ersten Geschichte - Alles eingeschneit, geheimnisvolle Tunnel durch welche die Menschen in die Unterwelt geführt wurden und so weiter. Natürlich ging auch für Janas Eltern das Leben weiter. Irgendwie. Und als sie durch einen Eistunnel aus ihrem Haus gerettet wurden, waren sie einfach gegangen, auch wenn sie keine Hoffnung in ihr eigenes Leben mehr hatten.

Am Heiligabend standen sie nun mit tausenden Kierspern in der unglaublichen Höhle, dem Hülloch, tief unter der Stadt. Und wie alle anderen staunten sie über den gefrorenen See, die Kakaobrunnen und die leuchtenden Höhlenwände. Als der riesige, schwebende Weihnachtsbaum sich von irgendwo oberhalb herabsenkte, hatten sich Janas Mama und Janas Papa an die Hände genommen.

Ein kleines Mädchen, das vorher niemand bemerkt hatte stand nun vor dem gewaltigem Baum, ihm rannen dicke

Tränentropfen aus den großen, braunen Augen. Es waren keine Sorgentränen sondern Tränen der Freude, weil ihr so warm um ihr kleines Herzchen wurde. Die Stunden oder Tage zuvor hatte sie sich wie ein Eiszapfen gefühlt. Oder war sie vielleicht sogar einer gewesen? Sie schaute nach oben in den Baum und sah ein weißes Päckchen mit einer dicken roten Schleife. Und obwohl es so weit oben in den Ästen lag, konnte sie den Namen lesen, der darauf stand. Und es war ihr Name. Jana.

Ihre Eltern kamen angerannt. Auch weinend, vor Erleichterung. Sie hatten sich fast damit abgefunden ihr Kind nie wieder zu sehen. Doch nun stand sie da. Einfach so. Sie fragten nicht, sie waren nur glücklich.

Ganz leise fing Jana an zu singen, kaum hörbar und wie von selbst. Und die Wände verstärken ihren süßen Gesang wie in einer Kathedrale, und alle sangen mit. So endete der wundersamste Weihnachtsabend aller Zeiten.

In Weihnachtsgeschichten und im echten Leben passt alles zusammen.

Das glaubt ihr nicht?

Doch so war es in unserer heutigen Geschichte ja auch. Und wenn ihr es immer noch nicht glaubt?

Dann schaut noch einmal in den schwebenden Weihnachtsbaum. Dort, ganz weit oben in der Tannenspitze sitzt etwas. Es ist Hartmut das Eichhörnchen. In seinen Pfötchen hält er eine Walnuss. Wie ein Geschenk.

BURGFRIEDEN

Ingo Jung

Mein Haus, mein Auto, mein Schneemann!

PROLOG

58, 59, 0!
Der Sekundenzeiger rastete für eine Sekunde in einer Ruhestellung ein und begrub dabei seinen Mitarbeiter. Beide bildeten mit ihrem dritten Kollegen eine schöne gerade, vertikale Linie auf dem alten orangen Wecker, der sofort damit begann seinen kleinen goldenen Hammer wie ein wild gewordenes Kaninchen gegen die beiden üppigen Glocken zu schlagen.

„Guten Morgen, meine liebe Frau!" sagte Oliver, der bereits beim ersten Anschlag wie ein Klappmesser vom Ehebett der Familie Krummenerl hochschnellte. Kurz reckte er theatralisch beide Arme in die Höhe, so dass sein sorgsam gebügelter Streifenpyjama adrett den durchtrainierten Oberkörper erahnen ließ.

„Guten Morgen Oliver!" sagte die sportliche junge Frau neben ihm und schlug keck die Bettdecke nach vorn, um ihre Beine schwungvoll über die Bettkante zu werfen und exakt in die darunter liegenden Pantoffeln zu gleiten.

„Wer als erster in der Küche ist macht heute Kaffee!"
flötete sie und sprang zur Tür. Oliver, ein bisschen
überrumpelt, rutschte beinah auf dem geöltem
Dielenboden aus, als er ihr nachhechtete.
„Na warte, ich krieg dich noch!" Aber Claudia, Olivers
Frau war bereits in drei lässigen Sprüngen die Treppe
hinunter gesprungen und stand grinsend in der Tür zur
Küche.
„Du bist zu langsam! Das musst du noch üben!" sagte
sie im Ton einer Oberlehrerin.

Routiniert, als hätten die beiden die nachfolgenden
Aktionen für einen Wettbewerb geübt, deckten sie den
Küchentisch mit einer weißen Tischdecke. Gefolgt von
Körben, Teller, Tassen und vielen anderen Dingen, die
es für ein perfektes Frühstück braucht. Parallel dazu
dampfte das Wasser für Frühstückseier mit einer Pfanne
für Spiegeleier daneben. Im Toaster versanken zwei
Brotscheiben während Claudia eine Kaffeemühle mit
kolumbianischen Hochlandbohnen befüllte und kräftig
zu mahlen begann!

„Sind noch genug Bohnen für morgen in der Tüte oder
muss ich später nochmal los? Ich würde die „columbs"
ungern am Samstag kaufen, die liegen dann schon die
ganze Woche im Top-Coffee-Shop - das macht das
Aroma nicht besser."
„Kein Problem Oliver, ich habe sie letzten Montag
abgezählt, genug für jeden Wochentag!" Gewissenhaft
schaufelte sie das Pulver mit einem vergoldeten
Löffelchen in die Schale ihrer Gaggia Siebträger-

maschine und schaute skeptisch auf den Kompressionsdruck des Manometers und die Temperaturanzeige.

Oliver sah seiner Frau dabei fasziniert zu und legte ihr ihren Morgenmantel von H&M über ihre Schultern, der sonst in einem kleinen schmalen Schrank in der Küche auf seinem Zirbelholzbügel ruhte. Gleiches tat er mit seinem Eigenen.

„Komm, lass uns den ersten Ristretto allein trinken, bevor die Kinder kommen!"
„Du Schlingel!" sagte Claudia, deutete einen Kuss mit spitzem Mund an, drehte den Siebträger in die Maschine und ließ mit einem kessen Tippen ihres manikürten Zeigefingers das Wasser zähflüssig aus den Edelstahlröhrchen sickern.
Bei 9 bar - exakt bei 9 bar.
„Emma? Paul? In zwei Minuten gibt es Frühstück!" rief Oliver die Treppe hinauf. „Und ich will keine Zahnpastaspritzer auf euren Schlafanzügen sehen, also aufpassen beim ZÄHNEPUTZEN!"

Es waren noch sieben Tage bis Heiligabend. In den letzten Tagen hatte es begonnen zu schneien. Claudia und Oliver verfolgten schon seit 14 Tagen alle Wetterprognosen, da sie sich nicht sicher waren, ob sie nach den Feiertagen noch kurz zum Skilaufen nach Winterberg oder vielleicht sogar in die Berge fahren sollten. Oliver schaute auf seine Maurice Lacroix aus Edelstahl, hob den Blick auf das neue Bedienpanel, das sein Elektriker im Spätsommer eingebaut hatte.

Dessen Worte „Damit werden sie nicht nur enorm viel Energie sparen, ihre Nachbarn werden beeindruckt sein, wenn sich alle Jalousien gleichzeitig in Gang setzen!" ihn noch heute mit unverhohlener Freude erfüllen konnten.

Der Minutenzeiger seiner Armbanduhr bildete einen rechten Winkel mit dem Stundenkollegen. (Nicht ganz 90°, aber wir wollen hier nicht spießig sein) und ein leises Surren ließ die Lamellen an den Rollos des Hauses nach oben heben.

Ohne ‚dass Claudia hinsehen musste, spürte sie das zufriedene Lächeln ihres Mannes, mit dem sie nun schon zehn Jahre so glücklich verheiratet war!

Gleiches begab sich wochenends regelmäßig im Haus der Vloswinkels auf dem gegenüberliegenden Hang, jedoch wurde dort statt italienischer Kaffeespezialitäten in einem Samowar indonesischer Palmweintee zubereitet und die Morgenmäntel waren von Pierre Cardin aus einer Edelboutique von einem Wochenendtrip nach Paris - aus einem Sonderangebot aber das wusste niemand außer den Vloswinkels. Ach so - der wichtigste Unterschied jedoch war, Herr Vloswinkel trug eine OMEGA Seamaster!

17.12. 06.00
Was die Kinder der Vloswinkels und der Krummenerls betraf, gab es ebenfalls einen maßgeblichen Unterschied. Die Kinder der Vloswinkels trugen Doppelnamen.

Dies sei zum einen aristokratischer und zum anderen hätten sie in ihren jeweiligen Karrierephase die Möglichkeit sich entsprechend anreden zu lassen. Das galt sowohl für die jeweiligen Einzelnamen als auch die Kombinationen. Demnach hießen die Kinder der Vloswinkels Chris Hendrik und Sylvie Christine. Das „Chris" in den beiden Namen war den Vloswinkels wichtig, da sie katholisch waren. Ein weiterer Unterschied zu den Krummenerls, denn diese waren evangelisch oder protestantisch, wie die Vloswinkels sagten.

Aber kommen wir auf den Samstag, den 17, Dezember 2016 zurück. Es war 06.15 Uhr. Die Familie Krummenerl saß vollzählig am Frühstückstisch. Paul, der Stammhalter war sieben und Klassenbester der 2. Klasse an der Pestalozzischule. Emma würde im nächsten Jahr eingeschult werden und die Krummenerls überlegten, ob sie für Emma die Schanhollenschule auswählen sollten. Der Nachteil an dieser Überlegung war, dass sie es mit dem selben Schulleiter zu tun hätten.

„Darf ich aufstehen, Papa?" fragte Paul.
„Warum? Du hast doch nicht mal deinen Toast bestrichen, der wird doch kalt."
„Ich will nur ganz schnell sehen, wie sehr es geschneit hat! Schau doch mal selbst, die Äste hängen ja schon ganz weit herunter!"

Oliver schaute über die Schulter durch das große Küchenfenster. Es war noch stockdunkel aber die LED-Fassadenbeleuchtung, die zur selben Zeit eingeschaltet wurde zu der die Jalousien hochfuhren, zeigte, dass es in dieser Nacht enorm geschneit hatte. Die Eiche, welche die Vloswinkels pflanzen ließen als sie das Haus bauten, war damals bereits 15 Jahre alt und über 3 Meter hoch. Daher zierte sie mit ihren starken Ästen heute die gepflasterte Einfahrt. Und einer davon, bog sich durch die Schneelast enorm nach unten.

Oliver befürchtete, dass die Eiche vom Schnee hätte schaden nehmen können. daher brach er die eiserne Regel vom gemeinsamen Frühstückstisch aufzustehen und die anderen allein sitzen zu lassen.

„Komm", sagte er mit einem väterlichen Lachen, „lass uns das kurz ansehen und den Frauen dann berichten!"
„Nach draußen?" fragte Paul.
„Ja, ganz kurz!" sagte Oliver und zwinkerte seinem Sohn zu.

Emma sah zu ihrer Mutter die sofort verstand was ihre Tochter dachte.
„WIR bleiben schön hier und machen unseren beiden Abenteurern einen warmen Toast, wenn sie in einer Minute wieder hereinkommen." Dabei sah sie Oliver lächelnd an.

Als Oliver und der kleine Paul draußen unter dem Ast standen, war ihnen klar wie sehr es heute in Kierspe geschneit hatte. Noch nie hatten sie solche Schneemengen in einer Nacht gesehen. Paul begann sofort damit, zu prüfen ob der Schnee sich zusammenpappen ließ. „Das müsste einen ziemlich guten Schneemann geben" dachte er.

Oliver indes, schüttelte mit einem Schneeschieber den Schnee vom Ast seiner Eiche ab. „Bei mehr als tausend Euro für den Baum, wäre es fatal wenn der beste Ast abbrechen würde." dachte er für sich.

Es war gerade mal halb sieben Uhr morgens, als die Familie Krummenerl wieder an ihrem Tisch saß, und die restlichen 15 Minuten wortlos gemeinsam frühstückte.

17.12. 08.00
Samstagmorgens war es bei den Krummenerls üblich, dass jeder bis 8.00 Uhr einigen Aufgaben nachging. Oliver ging nach dem Frühstück in sein kleines Arbeitszimmer und erledigte dort Dinge für die kommende Woche.

Er arbeitete im größten Unternehmen der Region als Abteilungsleiter, ein sehr anspruchsvoller und fordernder Job in der Produktion. Kein Vergleich zu dem womit sein Nachbar seine Brötchen verdiente. Herr Vloswinkel, der zu allem Übel ebenfalls Olliver hieß, war „Verkäufer" wie Oliver es nannte. Oder noch lieber „Klinkenputzer" wenn er mit Claudia über ihre Nachbarn beim Abendbrot lästerte.

Claudia indes, kümmerte sich um die Küche. Diese konnte nie sauber genug sein. Ebenso wie die Wäsche.

„Papa .... können wir einen Schneemann bauen?" Emma stand in der Tür zum Arbeitszimmer.
„Ist es euch nicht zu dunkel draußen?"

„Nein, alles gut!" sagte Paul - „Dein Fassadenlicht macht es möglich - bitte Papa!"
„Ja – Ok, baut einen Schneemann - aber denkt daran, dass wir heute noch nach Lüdenscheid fahren wollen. Spätestens um 9.00 Uhr - sonst ist das Sterncenter wieder voll mit all den Schlafmützen."

Paul und Emma stürmten sofort zu den Schneeanzügen die im Flur hingen.
„Papa hat ‚ja' gesagt" riefen sie zu Claudia, die, wie an jedem Wochenende, die Gläser aus dem Vitrinenschrank polierte.

17.12. 09.00
Es schneite weiter und die Straßen in Kierspe waren noch nicht geräumt. Der Audi A4 von Oliver hatte zwar neue Winterreifen aber er war auch frisch poliert. Die letzten Tage war es trocken gewesen, daher ließ Oliver seinen Wagen nochmals polieren, da am kommenden Donnerstag die Firmenweihnachtsfeier war und er nicht wusste, ob er es bis dahin noch zur Wagenreinigung schaffen würde.
„Kinder - ich glaube wir bleiben heute hier - bei diesem Schmuddelwetter, ich werde wahrscheinlich heute besser Schneeschieben als zum Shoppen zu fahren."
„Es ist der letzte Samstag vor Weihnachten, das weißt du!" sagte Claudia mit Nachdruck.
„Wir haben längst noch nicht alles erledigt und ich habe keine Lust nächste Woche alles alleine zu machen!"
Ein bisschen Stille kehrte ein.
Oliver ging zu seiner Frau und sagte leise in ihr Ohr: „Du schreibst auf was wir noch brauchen und ich

besorge es in der nächsten Woche, versprochen aber den Wagen lassen wir heute stehen, ok?"

„Wenn`s so ist, ok!" sagte Claudia beinah gleichgültig!

„Komm Papa, schau dir mal an was wir gebaut haben - einen riesigen Schneemann! Den größten überhaupt!" Sagte Paul.

„Na dann lass mal sehen!", sagte er und schaute aus dem Fenster, um vorab das Ergebnis seiner Nachkommen zu begutachten.

Als er im schwachen Morgenlicht über das schmale Tal auf den Hügel sah, auf dem die Vloswinkels ihr Heim hatten, sah Oliver eine Formation, die er vorher noch nie gesehen hatte. Das Licht war immer noch zu dunkel, daher ging er zum Wohnzimmerschrank und holte sein Nachtsichtfernglas heraus, um das Objekt besser erkennen zu können.

Auf dem Vorplatz der Vloswinkels, der Platz auf dem sonst der 3er BMW von Olliver Vloswinkel parkte, stand ein Iglu. Kein Haufen Schnee, sondern ein sauber gestaltetes, zwei Meter großes Schneeiglu.

Es gab keinen Zweifel. Dieses Ding musste in den letzten 24 Stunden gebaut worden sein. Schnee gab es genug, das war nicht das Problem, aber wer war in der Lage soetwas zu bauen, „Niemals dieser Klinkenputzer!"

„Papa, komm mit - du musst unseren Schneemann sehen!"

Paul und Emma postierten sich stolz vor ihrem Schneemann den sie in der frühen Morgenstunde gebaut hatten. Paul hatte es geschafft, den Kopf des Schneemannes so hoch zu wuchten, dass dieser seine eigene Größe überstieg. Er hatte Emma hochheben müssen damit sie zwei schwarze Kiesel in die oberste Schneekugel drücken konnte.

Oliver sah auf den Schneemann mit dessen stolzen einmeterfünfzig. (Circa, er hatte noch nicht nachgemessen). Der Blick wanderte unwillkürlich auf den gegenüberliegenden Hügel der Vloswinkels.

„Und Papa, was sagst Du - ist er nicht riesig?"
Paul und Emma hüpften in ihren gelben Gummistiefeln um das neue Familienmitglied herum.
„Jaaaa, das habt ihr toll gemacht, wirklich." Die Worte kamen nur zögerlich aus seinem Mund.
„Habt ihr ihm schon einen Namen gegeben?"
Emma und Paul schauten sich an.
„Fred Frost?" Sagte Emma leise und schaute Paul fragend an.
„Ja er heißt Fred!" Sagte Paul stolz.
„Was haltet ihr davon, wenn wir Fred heute ein eigenes Zuhause bauen?"
„Ein richtig schickes Iglu - das groß genug für ihn ist!"
Die Kinder hüpften vor Freude und quiekten wie kleine Ferkel.
Es kam nicht so oft vor dass sich ihr Vater lange Zeit für sie nehmen konnte, daher waren sie glücklich und freuten sich auf einen Familientag im Schnee.

17.12 18.00
Um sechs Uhr Abends freuten sie sich nicht mehr, sondern waren eher erschöpft. Außer einer kurzen Mittagspause um 12.00 Uhr hatten sie den Samstag mit

ihrem Vater im Vorgarten des Hauses verbracht. Ihre Schneekleidung mussten sie das erste Mal um 11.00 Uhr das zweite mal um 14.00 Uhr wechseln, da sie jedes mal vom Schnee durchnässt war, der unentwegt vom Himmel fiel und die Sicht auf weniger als 20 Meter begrenzte.

Oliver rollte die Kabeltrommel aus, kaschierte die Leitung die vom Haus zum Garten führte mit etwas Teichfolie und bedeckte diese mit Schnee. So wie die Trommel selbst und richtete den zweiten Außenstrahler aus um das neue Iglu anzuleuchten, in dem nicht nur Fred Frost Platz gefunden hätte, sondern die gesamte Familie Krummenerl. Inklusive Oma.
Oliver stellte sich mit verschränkten Armen vor das Iglu um das Bauwerk zu betrachten. Er war Ingenieur und das sah man dem Produkt an. Ja, das sah man!

„Claudia, Kinder - kommt raus das müsst ihr euch ansehen!"
Die beiden Kinder, mittlerweile in Wolldecken gehüllt, um sich vom Arbeitstag im Freien aufzuwärmen kamen mit Claudia nach draußen.
„Oliver, das ist fantastisch! Dieses Riesending habt ihr an einem Tag gebaut?"

Die Szene erinnerte unwillkürlich an Chevy Chase in ‚Schöne Bescherung', als er mit der Familie seine Weihnachtsbeleuchtung bewunderte. Aber das war Oliver in diesem Augenblick egal. Für ihn war nur eines wichtig. Der freie Blick vom Hügel nebenan, wenn sich der Schneefall beruhigte. Denn dann würde Olliver

Vloswinkel sehen, was deutsche Ingenieurkunst hervorbringen kann!

18.12. 05.59
Am Sonntag Morgen hatte der orange Wecker schlechte Karten. Oliver war bereits um viertel vor sechs aufgestanden, da er nicht mehr schlafen wollte. Es zog ihn in die Küche, um zu sehen, ob sein Nachbar heute morgen die Chance haben würde, sein gestriges Bauwerk zu sehen. Im Morgenmantel stand er in der dunklen Küche und suchte auf dem Bedienpanel die Funktion der manuellen Jalousieöffnung. Es surrte und die Fenster gaben den Blick in die dunkle Nacht frei. Ohne hinzusehen nahm Oliver das Fernglas aus dem Schrank. Doch das war nicht nötig, denn Licht fiel unmittelbar von außen in die unbeleuchtete Küche der Krummenerls.

Licht, das von einem gewaltigen Schneeberg reflektiert wurde, der auf dem gegenüberliegenden Hang lag. Aber es war nicht einfach ein Berg, das gestrige Iglu war zu einem Vorbau für ein dahinter liegendes Schneehaus geworden. Von mehreren Scheinwerfern wurde dessen Fassade angestrahlt und strahlte glitzernd zum Haus der Krummenerls hinüber. Ein leichtes Beben durchfuhr die Finger von Oliver und das Fernglas zitterte ein wenig.

Das meiste Licht kam jedoch nicht von der Fassade. An der rechten Seite des Gebäudes erhob sich ein schlanker zylindrischer Turm, der wie bei einem Minarett in einer Spitze auslief. Im Kopf des sicherlich fünf Meter hohem Turmes saß eine Art Leuchtfeuer wie bei einem

Leuchtturm. Olivers Mund war trocken. Mit starrem Blick schaute er auf die neue Aussicht. Die Schneeflocken glitzerten im Himmel durch das Licht und weil es wahrscheinlich zwischendurch ein wenig geregnet hatte doch dann wieder gefroren, glitzerte das Gebäude als wäre es aus Glas.

„Kinder! Aufstehen, wir wollen doch den herrlichen Schnee nicht verschlafen!"

18.12. 23.00
Oliver steckte die Leiter zusammen die er sonst für das Säubern der Dachrinnen im Frühling benutzte. Er schaute auf den tief eingefallenen Weg, der wie ein Kanal den Berg herauf führte. Er hatte seit 13.00 Uhr nicht mehr mitgezählt, wie oft er mit der Schubkarre den Weg auf und ab fuhr um immer neuen Schnee in den Vorgarten zu bringen. Die Temperaturen wechselten von mäßigen minus zwei Grad immer wieder bis zu zehn Grad unter Null. Das Wasser für die Gartenbewässerung im Sommer und das Gardena Sprühsystem, verhalfen seiner neuen Iglu Konstruktion zu ganz neuen Dimensionen.

Das kugelige Iglu war nun ein scharfkantiger Quader mit einer Kantenlänge von drei Metern. Mehre ähnliche Baukörper bildeten ein abgestimmtes Ensemble. Das Highlight der Konstruktion war jedoch der seitlich aufragende Turm von etwa sechs Metern, gekrönt von einer ein Meter langen Eisnadel. Seit der Mittagszeit besprühte Oliver immer wieder die vom Lichtschlauch umwickelte Eisenstange und hatte so diese bizarre glitzernde Nadel an der Spitze des Turmes, die Ihresgleichen suchte, geschaffen.

Das Highlight des Turmes jedoch war, dass er in seiner Form eine exakte Nachbildung des Burj Kalifa von Dubai war. Dem höchsten Gebäude der Welt.
Oliver programmierte noch die Gardena Sprinkleranlage mit Hilfe der Wetter App und ging dann erschöpft zu Bett.

19.12. 04.00
Unruhige Träume ließen Oliver in der Nacht von Sonntag auf Montag nicht zur Ruhe kommen. Schlaftrunken stieg er um vier Uhr morgens aus dem Bett und ging in die Küche. Er nestelte wieder an der Jalousiesteuerung herum und ließ dieses Mal nur das Rollo in der Küche hochfahren, um den Blick auf den benachbarten Hügel zu haben. Doch gegenüber war alles schwarz. Er konnte rein gar nichts erkennen, nicht einmal sein Nachtsichtfernglas konnte ihm dabei helfen. Völlige Dunkelheit, Nebel und Schneeflocken verschleierten jeden Blick auf den benachbarten Hügel. Oliver hatte heute morgen eine Jahresabschlusssitzung und die Kinder hatten ihren letzten Schultag.
Er schlich leise die Treppe hinauf um noch eine Stunde zu schlafen. Er träumte unruhig vom Burj Kalifa.

19.12 6.00
Um sechs Uhr morgens war immer noch nichts auf dem Nachbarhügel zu erkennen. Es schneite und es war stockdunkel, abgesehen von seinem beeindruckenden Gebäudeensemble, das strahlend den Vorgarten füllte.

Claudia würde heute die Kinder zur Schule bringen. Oliver saß bereits um 6.30 in seinem Audi und fuhr mit einem unruhigen Gefühl zur Arbeit. Der Montag war wie schon die letzten Tage durch Schneefall und kalte Temperaturen geprägt. Olivers Gedanken waren während der schier endlosen Sitzung nicht da wo sie hätten sein sollen. Außerdem schmerzten seine Muskeln wie die Hölle. Und das, obwohl er regelmäßig ins Fitnessstudio ging. Daher machte er auch früher Feierabend und fuhr um 17.00 Uhr nach Hause.

Bereits auf dem Weg, längst bevor er daheim war, sah er auf dem Hügel der Vloswinkels eine gewaltige Szenerie. Sein Mund wurde trocken und sein Genick schocksteif. Beinah wäre er vom Weg abgekommen und den Abhang hinab gefahren.

Das Gelände der Vloswinkels war mit hohen Lichtmasten bestückt, die ein Schneegebilde beleuchteten, dass jenseits seiner Vorstellungskraft war. Es erinnerte ihn an Schloss Neuschwanstein oder besser noch an das Cinderella-Schloss in Disneyland. Ja das war passend. Das Schloss in Disneyland. Und ebenso illuminiert und darunter weitere kleine Häuser, die alle perfekt beleuchtet waren. Und es sah so aus, als würden sich viele Menschen dort befinden. Das war kein Wunder, sicherlich wollte jeder Kiersper dieses Wunderwerk mit eigenen Augen sehen.
Ein lang anhaltender lauter Schrei, erfüllte den Audi.

19.12 20.00
„Ja Rainer, ich weiß es ist schon Abend. Kannst du mir helfen? Ich brauche einen Bagger! Ach so, und kannst du mir bitte zwei, drei Lastzüge Schnee bringen?
Ja wirklich ... schon morgen!"

In der kommenden Nacht baute Oliver nicht weiter. Die Nacht nutzte er dafür sich im Internet über Schneebauten zu informieren. Wie die Schneehotels im Norden gebaut wurden, Fragen zur Statik, über Eis etc. Um 3.00 Uhr schlief er erschöpft vor dem PC ein, um 7.00 Uhr rief er im Büro an, dass er die Tage bis Weihnachten nicht kommen würde. Mann solle seinen Urlaub des kommenden Jahres berücksichtigen.

23.12 08.00
Bagger, Kipper Bauarbeiter die ja eigentlich in „Schlechtwetter-Zeit" hätten sein sollen, versammelten sich in den Tagen von Dienstag bis Freitag auf dem Grund der Krummenerls. Oliver hatte mittlerweile die Funktion eines Bauleiters. Sogar einen befreundeten Architekten hatte er gebeten, ihn bei seinen weihnachtlichen Aktivitäten zu helfen. Ebenso war ein Lichtplaner damit beschäftigt, Bühnentechnik zu installieren, die auch im Außenbereich bei Minusgraden funktionierte.

Allein aus Schnee und Eis ließen sich manche Bauhöhen nicht umsetzen. Als Oliver am Donnerstag Morgen zwei Schneekanonen installieren ließ, für die er eine eigene Baustromversorgung benötigte, fragte er sich sogar, ob statt der Holzkonstruktion nicht Stahl vielleicht besser gewesen wäre.

Die Familie war ab Mittwoch zu Claudias Eltern gezogen, da ein normales Leben aktuell sehr schwer realisierbar war.
Dadurch, dass die angrenzenden Nachbarn im Winterurlaub waren, war es einfacher - temporär auch deren Grundstück in die vorweihnachtlichen Maßnahmen einzubeziehen.

Der Hügel der Vloswinkels indes, war nur schemenhaft zu erkennen, die Lichtmasten bildeten mit ihren Strahlern mehr eine künstliche Sonne im Nebel, als dass Details zu erkennen gewesen wären.

23.12 21.00
Am Abend vor Heiligabend war es dann soweit. Alle Fahrzeuge, Helfer und Baumaterialien waren verschwunden. Claudia und die Kinder wollten erst am kommenden Morgen zurück kommen. Daher stand Oliver allein vor seinem Bauprojekt.
Die versäumte Weihnachtsfeier, Besorgungen, selbst die Familie waren in diesem Moment nicht existent. Mit Tränen in den Augen sah er unendlich stolz auf seine Eislandschaft, die ER erschaffen hat. Olliver Vloswinkels Schloss war eben nur „DISNEYLAND".

Neben der beleuchteten Teilfassade des römischen Colosseum, an deren Boden die venezianischen Eisschiffe ankerten grenzte das kleine Brandenburger Tor und der Eiffelturm - wenn auch nicht 300 Meter

hoch, dafür aber mit einem besseren Beleuchtungskonzept.
Der Ramses Tempel zur rechten korrespondierte sachlich inkorrekt mit der Oper von Sidney und der stilisierten chinesischen Mauer, zu deren Füßen zumindest 100 Eiskrieger zum Kampf bereit waren.
All diese architektonischen Details waren wunderbar komponiert und beleuchtet. Aber sein persönliches Highlight, war die Inszenierung der Boeing aus Schnee und Eis die in 20 Metern Höhe die Eislandschaft überflog.

24.00 00.00
Völlig erschöpft aber glücklich und voller Selbstbestätigung fand Oliver Krummenerl Ruhe in der kommenden heiligen Nacht.

... In der Tauwetter und Dauerregen einsetzte.

So wie es vorher schneite, so regnete es unentwegt, bei angenehmen 15 Grad plus.

24.12. 08.00
Als Claudia und die Kinder um 8.00 Uhr mit dem Auto in die Garage fahren wollten, versperrten Holzbalken und Eisengitter den Weg. Sie ließ den Wagen am Weg stehen. Als sie in die Küche kam traf sie fast der Schlag. Ein Chaos aus Müllbergen begrüßte sie. Unzählige Pizzakartons, PET-Flaschen, geöffnete Dosen…

Hier mussten hunderte von Menschen regelrecht gehaust haben.

„Oliver? Bist du da?" Klang es deutlich, energisch durch den Flur.

28.12. 13.00 Winterberg
Man entschied sich, zwischen den Tagen nun doch nach Winterberg zu fahren. Schon allein als Ausgleich für die reduzierten Geschenke der Kinder. Auch die Alpen, hätten das Budget zu sehr belastet, daher fuhren die Krummenerls vor dem Jahreswechsel nach Winterberg, wo dank der Schneekanonen auch eine nette weihnachtliche Stimmung herrschte. Paul, Emma, Claudia und Oliver kauften gerade Karten für den Lift. Als sich eine bekannte Stimme hervortat. „Ja was ist das denn - Familie Krummenerl in Winterberg - ich glaub es nicht!"
Die Vloswinkels kamen an den Ticketstand.
Chris Hendrik und Sylvie Christine rannten zu Paul und Emma - die sich in den letzten Tagen in Schule und Kindergarten nicht gesehen hatten, sich aber bestens kannten und sich umso mehr über das unerwartete Treffen freuten.

„Was macht Kierspe?" Begann Olliver Vloswinkel dessen Frau Petra Claudia umarmte und auch fragte wie die Feiertage bei den Krummenerls waren.
„Du glaubst es nicht!" sagte er, „wir kommen gerade aus Ischgl, und da waren wir zwei Wochen. Eine völlig verrückte Story! - Den Urlaub hat uns RTL geschenkt.

Irre, ich wollte es dir erzählen, aber das ging zack zack!"

Er macht eine kecke Bewegung mit der Hand. Oliver Krummenerl sah seinen Nachbarn ungläubig mit offenem Mund an.
„Ende November kam RTL zu uns und fragte, ob es vor Weihnachten möglich wäre, auf unserem Grundstück eine Schneeinstallation für einen Film zu errichten. Die faselten was von richtigem Licht, Einstrahlung, perfekter Lage, Wettervorhersagen ... all so ein Zeug - Egal. Dafür gab es ein gutes Geld!" Olliver Vloswinkel grinste „ein sehr gutes Geld!" und drückte Oliver Krummenerl die Faust in den Bauch.

„Hauptsache sie räumen danach alles weg und alles ist wie immer! Hab ich gesagt."

„Und - wie war euer Weihnachten?"

Olli Schanolli

Ingo Jung

Die Kiersper Zirkusschanholle auf Welttournee

Und dann könnte ich noch eine Geschichte von einem Klon erzählen. Du kennst doch die Klons? Die sind bunt und fallen über ihre viel zu großen Schuhe. So wie der große, unvergessene Olli.

Die Klongeschichte von Olli Schanolli

Es war in den 70ern, oder waren es die 80er? Olli zog mit seinem Einmannzirkus von Kierspe aus durch die ganze Welt. Sein Zelt fasste 20.000 Besucher, die er immer als seine Gäste Willkommen heißen durfte, jeden Abend in einer anderen, fremden Stadt. Unvergessen war seine Klonnummer. Doch bevor er diese darbot, welche ja die Attraktion des Abends war, brillierte er als Dompteur. Da er den kleinen Zirkus ganz allein führte und weder Partner noch Angestellte hatte, trat er zuerst als Dompteur in einem langen, silbernen Mantel auf und ließ seine lange Peitsche ordentlich krachen. Dann verschwand er blitzschnell und huschte in sein Leopardenkostüm, das ihm der bekannte Mantelmacher aus der Kölner Straße maßgefertigt hatte. In seinem Kostüm schlich er dann mit weitem Hüftschwung an den unteren Rängen entlang, fauchte dabei wie eine Katze, und versetzte die Besucher in Angst und

Schrecken. Über eine Stunde ging er im Kreis, sodass auch die Besucher der hinteren Reihen genug Zeit fanden, seine Vorstellung zu bewundern. Anschließend wechselte er behände nochmals sein Kostüm in das des Dompteurs und verbeugte sich vor dem tobenden Publikum. Oft tat ihm am Abend der Rücken weh, nicht nur wegen des anstrengenden Bewegens auf Armen und Beinen, sondern auch vom schweren Ziehen seines alten Karrens, der seit langem sein Zelt und seine Requisiten trug. Tiere hat er ja keine und auch kein Transportfahrzeug.

Ein weiteres Highlight welches die Besucher aus den umliegenden Dörfern anzog, war seine ungeschlagene Seilakrobatik. Am Ende einer überlangen Haushaltsleiter, befestigte Olli so geschickt ein Seil, dass er sich vom oberen Ende in etwa zwei Meter Höhe, mit nah angezogenen Beinen von eben diesem Seil zu Boden gleiten lies. Noch nie zuvor ist dies in einer Menage oder Manege gezeigt worden. Um Kosten und Zeit zu sparen trug Olli dabei ein zweites Mal das Leopardenkostüm, jedoch ohne Schwanz, um nicht Gefahr zu laufen mit dem Leoparden verwechselt zu werden. In den Pausen ging Olli allein mit seinem selbstgebauten Bauchladen durch die Reihen und verkaufte Kastanien und Kieselsteine mit seinem Namen. Ein zusätzliches Beibrot, welches die Kosten seines Einmannzirkus mit deckte. Oft kam er gar nicht bis in die hinteren Reihen, da die Kiesel und die Maronen sofort ausverkauft waren. Nach etwa drei Stunden war es dann soweit. Die große Olli Schanolli Klon Nummer stand an. Viel zu große Schuhe , ein buntes Gewand mit Fransen und ein Zylinder waren Olli auf den Leib geschneidert worden.

Ein dicker rot geschminkter Mund zierte sein Gesicht und eine viel zu große Brille verdeckte seine Augen. Langsam ging er in die Mitte der Manege. Es herrschte Totenstille. Langsam, nur Schritt für Schritt, zentrierte er sich im Doppelhalbkreis. Unauffällig zog er blitzschnell eine kleine Taschenlampe hervor und schaltete diese noch in der Bewegung ein. Er hielt sie etwa 9,5 Zentimeter unter sein Kinn, so dass sein Gesicht mystisch ja beinah bedrohlich aussah. Die Zuschauer erschraken. Einige Frauen schrien kurz auf, verharrten dann aber in Schockstarre. Mit großen Augen wanderte Ollis Blick durch die vorderen Reihen, wo seine kapitalkräftigen Gäste verweilten. An einem Abend auch der Präsident und dessen Gattin, sowie der Minister und sein neuer Freund, ein Kleidermodell aus Italien. Olli Schanolli dehnte die Zeit, schaute nach rechts und wieder nach links, nach rechts und nach links. Die Spannung im Zelt war bis zum Zerreißen gespannt. Und dann, nach einer gefühlten Ewigkeit, .. schaltete Olli die Taschenlampe wieder aus. ... Und ! Gleichzeitig erlosch das Licht im Zelt. Es dauerte noch etwa zwei Sekunden bis die Zuschauer merkten was passiert war. Dann brach ein Orkan der Begeisterung los. Die Menschen tobten, standen auf den Stühlen und applaudierten. Olli, Olli riefen sie, der Präsident weinte und der Minister hielt seinen neuen Freund schweigend im Arm, gerührt, fassungslos aber begeistert. Olli bedankte sich mit nicht weniger als zehn Vorhängen, die er aufgrund des optimierten Budgets so auf und wieder zuzog, indem er ein altes Bettlaken an einer Stange von links nach rechts bewegte und immer wenn er zu sehen war sein entzückendes Lächeln aufsetzte und einen tiefen Diener darbot. Erst als er die Manege verließ gingen die Zuschauer aus dem Zelt, es dauerte meist eine Stunde bis alle gegangen waren und Schanolli mit dem Abbau des Zeltes beginnen konnte. Bis in die Nacht verstaute er alles in seinen kleinen Karren und zog in die nächste Stadt. So wie jeden Tag. Und auch morgen werden wieder zig tausende Menschen kommen, um ihn zu sehen. Ihn Olli Schanolli, den größten Klon der Weltgeschichte.

Zugabe: Durch die ganze Welt ist er getourt. Seine schwerste Performance jedoch, lieferte er für eine exklusive Vorstellung für den Dalai Lama und 19.999 Mönchen auf dem Dach der Welt, in Tibet. Diesmal brauchte er zwei Tage, um den Karren heraufzuziehen und das Zelt aufzubauen. Es war Winter, daher trug er unter seinem Leopardenkostüm wollene Unterwäsche von im Mondlicht geschorenen Himmelsmähschäfchen. Das Seil war gefroren, als er daran hinunter glitt, was eine zusätzliche Gefahr bedeutete. Olli arbeitete nie mit Handschuhen, daher waren seine Finger rot und hart vor Kälte. Was diese Darbietung noch einzigartig machte, war der Trick mit der Taschenlampe. Der Dalai Lama war ein Freund von erneuerbaren Energien und effizientem Umgang mit Ressourcen. Daher wandelte Olli sein Programm um und benutzte statt der batteriebetriebenen Stablampe eine Kerze. Ansonsten sollte alles so ablaufen wie immer. Sollte. Die 9,5 Zentimeter waren jedoch definitiv zu wenig. Schanollis Bart fing Feuer. In wenigen Sekunden. Olli sprang wie ein Derwisch durch den Schnee in der Manege, während die Mönche vor Freude über diese Darbietung tobten. Auch das Oberhaupt lächelte. Nachdem der Gesichtsschmuck weg gezündelt war, kühlte Olli das rote Gesicht im Schnee, was die Mönche als Demutsgeste verstanden und ihm folgten. So kam es, das an einem dunklen Winterabend im Tibet, 19.999 Mönche und ein Klon ihre Gesichter in den Schnee steckten und ein verzückter Dalai Lama dazu lächelnd applaudierte.

Klingt komisch, war aber so!

Lord Sockwalkers Notlandung

Thomas Block

Der Sagenschatz der Schanhollen

Es war einmal vor langer, langer Zeit, in einer nicht sehr weit entfernten Galaxis: Erdenjahr 2285.

Lord Soxley, der Königslord der Marskolonie #New_Rönsahl war mit seinem Raumschiff auf dem Weg zur VI. Königslordkonferenz der Vereinigten Planeten, die alle 4 Jahre in Lüdenscheid, der vorläufigen Erdenhauptstadt, stattfand. Doch beim Landeanflug geschah etwas Unerwartetes:

Das Kompaktraumschiff des Marslords kollidierte mit einer kleinen Wolke. Dachte der Lord zunächst.

Wie sich aber später herausstellen sollte und der Leser jetzt schon mal von mir erfährt, war es in Echt gar keine Wolke, sondern ein fliegendes Schaf. Zusätzlich kann ich an dieser Stelle schon einmal für die weiblichen Leserinnen ganz deutlich sagen: dem Schaf ist nichts passiert. Es geht ihm gut.

Ganz anders das Raumschiff. Da es glücklicherweise mit allen Sicherheitssystemen ausgerüstet war, gelang eine Notlandung ohne Personenschäden. Das Schiff kam auf einer, von einem Waldgebiet umgebenen, großzügig angelegten und weitläufigen Betonplatte zum Stehen. Die Betonplatte war eigentlich ein Deckel, den die Menschen vor Jahrzehnten als Abdeckung für die Kerspetalsperre gebaut hatten. Der Grund dafür war heute nicht mehr ganz klar, aber man erzählte sich, der damalige Sektorleiter von K597//Erde hätte nicht gewollt, dass jeder die schöne Talsperre einfach so habe anschauen können.

Der Lord jedenfalls war über die gute Landemöglichkeit recht froh. Er war ausgestiegen und stand nun auf der Kunststeinfläche. Über ihm leuchteten die Sterne, neben ihm sämtliche Warnleuchten seines Raumgleiters. Die Selbstschadensdiagnose hatte umgehend begonnen.

Gerade waren leistungsfähige Bakterienchips dabei, Ersatzteile anzufordern. Als Kompaktraumpilot kannte sich Lord Soxley nicht besonders gut mit den technischen Dingen aus (Hauptsache es fliegt, sagte er immer) aber dass irgendwas durchgeschmort war, konnte er riechen. Es roch ganz deutlich nach Durchgeschmortem. Soxley überflog die Infozeilen, die ihm auf die Innenseite seines Helmvisiers projiziert wurden. Aha, das System hatte ein paar Kabelsätze bei BREMICOM_Electrics in K597 bestellt und einige Karosserieteile bei FOX im Nachbarsektor MZ599.

Gerade kam die Meldung rein, dass die Teile in etwa 10 Stunden geliefert werden würden, als auf einen Schlag alles erlosch. Alle Blinklampen, alle Infodisplays, sämtliche Kommunikationskanäle und das Standbysummen der Kosmoturbine. Nur die Sterne leuchteten weiter.

Lord Soxley hielt die Luft an und wartete darauf, was geschehen würde. Doch es geschah nichts, selbst als er die Luft eine Minute anhalten konnte. Nichts geschah. Er schaute auf seine implantierte Armuhr. Aber sie war natürlich ebenfalls ausgefallen. Er seufzte schwer, nahm seinen Helm ab, der aussah wie ein eleganter Zylinder aus Leichtmetall, ließ ihn achtlos fallen und wanderte zwei-, dreimal um das Kompakttraumschiff herum. Vorsichtig trat er mit seinem Stiefel dagegen. Aber auch das änderte nichts. Alles war aus, es war dunkel, es war kalt und er war allein. Allein auf dem dünn besiedelten Planeten Erde.

Soxley fluchte. Dann beschloss er, sich für ein paar Einheiten, in der Regenerationsluke seines Schiffes schlafen zu legen. Schnell allerdings verwarf er den Plan, denn die Tür seines Gleiters ließ sich nicht öffnen. Also ging er noch ein paarmal um das Gefährt herum und überlegte. Außerdem war es wegen der Kälte gut, sich etwas zu bewegen. Zuhause auf dem Mars war es seit den letzten Klimakorrekturen immer sehr angenehm auf 50 Grad MARSTEMP gepegelt. Nicht zu warm und nicht zu kalt. Doch jetzt fror er. Er fror, er war müde, er hatte Hunger und er musste pinkeln. Wieder seufzte er, dann marschierte er zum Rand der Betonplatte, wo das Ufer begann und ein paar Bäume standen. Er entleerte dort seine Blase und überlegte dabei, was er tun könnte.

Nun, er konnte nicht viel tun. Es war ja dunkel, er kannte sich nicht aus und sämtliche Technik war ausgefallen. Spätestens in zehn Stunden, dann wäre es auch wieder hell, würden die Ersatzteile geliefert. Bis dahin würde er, wohl oder übel, warten müssen. Also suchte er eine Stelle, wo er sich ein wenig ausruhen konnte.
Zum Schlafen war es zu kalt. Zu riskant. Aber er fand ein paar Wurzeln, auf denen es sich gut ruhen ließ. Halb sitzend, halb liegend schaute er nun von hier auf sein Raumschiff und die Sterne. Raumschiff dunkel, Sterne hell. Und er dachte: ich muss etwas denken, damit ich nicht einschlafe. Wenn ich hier einschlafe, könnten mich wilde Tiere reißen, oder vielleicht noch realistischer, ich könnte erfrieren. Also beschloss er, zu jedem Buchstaben des Alphabets ein Tier zu überlegen, das hier in der Erdenwildnis lebte oder von dem er dachte,

dass es hier lebte. Adler, Bär und während der noch am C überlegte, war er schon eingeschlafen.

Als er wach wurde, dachte er noch zu träumen. Aber in einem Traum hatte er noch nie so sehr gefroren. Dass aber Zwerge zwischen seinen Füßen umherhuschten sprach doch eher für einen Traum. Als ihn einer ins Ohr zwickte, war er aber endgültig wach und überzeugt, dass alles um ihn ziemlich real war. Er war auf einem Planeten gestrandet, irgendwo im Nirvana in stockfinsterer Nacht allein und halb eingeschneit. Es hatte also auch noch begonnen zu schneien. Das hatte er in alten Filmen gesehen. Schnee. H2O im Aggregat FEST, das aus der Atmosphäre fiel, um den Boden zu bedecken. Und auf seinen Beinen und seiner Schulter saßen Zwerge, die unablässig plapperten. Alle gleichzeitig, völlig durcheinander und in einer unangenehm hohen Tonfrequenz. Es waren Gestalten von kleiner Statur, aber wie Zwerge sahen sie eigentlich auch nicht aus. Sanftmütiger, von schöner Gestalt, mit großen Augen.

„Wer seid ihr?" Die Gestalten erschraken und wichen ein paar Schritte zurück. Einer sprach:

„Wir? Das müssten wir eigentlich dich fragen. Du bist doch in unser Zuhause gekracht. So PAAAAAF!", sie kicherten.
„Ja, ihr habt ja Recht. Ich bin Lord Soxley, Marskönigslord auf diplomatischer Mission und musste hier notlanden, irgendwas stimmt mit meinem Flugschiff nicht."

„Scheint so. Es stinkt nämlich ganz schön", sagte einer der Kleinen, der oben auf dem Raumschiff stand und auf und nieder hopste. „Es stinkt."
„Ja, stimmt natürlich. Da ist was verschmort, aber morgen früh werden Teile geliefert und eingebaut. Dann kann ich weiterfliegen und ihr seid mich wieder los. Aber verratet mir: wer seid ihr denn?"

„Wir? Schanhollen! Was wohl sonst? Sieht man doch. Du fliegst mit deinem nach Schmorgummi stinkenden Schifflein durch den Kosmos von Planet zu Planet und kennst nicht uns Schanhollen?"

„Ja, das stimmt wohl. Ich komme viel herum, doch Wesen wie euch sah ich bisher noch nie. Ich habe ja jetzt ein paar Stunden Zeit. Ihr könnt mir ein wenig von euch erzählen, wenn ihr mögt.

Die Schanhollen kamen vorsichtig näher. Es waren ziemlich viele. Ein paar begannen wieselflink trockenes Holz zu sammeln. In Windeseile hatten sie ein prächtig prasselndes Feuer entfacht um das sie sich nun scharten. Einer der offenbar älteren Schanhollen begann zu reden: „Nun denn. Wenn du magst und die Geduld aufbringst, dir ein paar unserer Geschichten anzuhören..." Mit bedeutungsvoller, sonorer Stimme hob er an:

„Der Schanhollengrillplatz

Vor Zeiten soll es oben im Arney einen Grillplatz der Schanhollen gegeben haben. In Sommernächten trafen sich dort überwiegend holländische Reiseschanhollen um dort begrenzt haltbares Säugetierfleisch anzukokeln. Noch heute suchen wagemutige, pensionierte Gesamtschullehrer nach dem sagenumwobenen, verzinkten Grillrost."

Der Lord blickte in die Runde.

„Und dann?"
„Wie und dann?"
„Das war die Geschichte?"
„Ja."
„OK, ihr müsst vielleicht zugeben, dass sie etwas kurz war...?"
Die Schanhollen schauten sich an. Dann sagte einer:
„Du hast was gegen Kurze? Dann bist du falsch in unserer Runde"

Jetzt lachten alle Schanhollen. Offenbar waren sie recht leicht zu erheitern.

Der Alte fuhr fort: „Nun, du magst Recht haben, Weltraumlord. Es war weder die beste, noch die längste Geschichte. Aber die Nacht ist jung wie wir. So lausche der nächsten Geschichte:

Der geliehene Goldfisch aus der Humecke

Ein gutmütiger Eisenbieger aus Mühlenschmidthausen wünschte sich ein Eheweib. Zur Probe lieh er sich bei einem Fischhändler einen einseitig gelähmten Goldfisch aus. Bei einer Gondelfahrt verlegte er ihn. Zum Trost aß er fortan an jedem Tag Fischstäbchen."

Lord Soxley räusperte sich und sah den Schanhollen durchdringend an. Dieser zuckte mit den Schultern.
„Na gut... aber diese vielleicht:

Der Wichtel von der Wolzenburg

Vor vielen Jahren wurde im Morgengrauen an der Wolzenburg ein hölzernes Fieseriesenrad errichtet. Die Menschen erschraken, als in einer Gondel ein vergessener Goldfisch entdeckt wurde. Die Tochter des Stallburschen nahm sich seiner an und ihn mit in den Pferdestall, wo er in der Pferdetränke schwimmen konnte. Wenige Jahrzehnte später stellte sich heraus, dass der Goldfisch in Wahrheit ein verwunschener Wichtel war. Dieser zog hinaus in die Ferne, wo er an der Kerspetalsperre einen Unterwasserbootsverleih gründete. Schlechte Parkmöglichkeiten ließen die gute Grundidee schnell scheitern. Die Tochter des Pferdeburschen hingegen, fand ihr spätes Glück mit einem verhärmten Eisenbieger."

Soxley lächelte:
„Ihr habt wahrscheinlich nicht oft Gelegenheit, diese Geschichten zu erzählen. Zu dem Eindruck komme ich jedenfalls. Da ich auch zum Kulturbotschafter des Mars bestimmt wurde, darf ich euch vielleicht ein paar Tipps geben? Ein paar Adjektive, wörtliche Rede und ein Spannungsbogen täten euren Erzählungen bestimmt ganz gut. Doch nehmt es nicht als Kritik. In Anbetracht meiner Notlage, fühle ich mich recht gut unterhalten. Und ich glaube, wenn morgen meine Technik wieder

funktioniert, werde ich eure Geschichten konservieren und eine Sagensammlung herausgeben. Von der Erde gibt es da nicht viel."

Der Altschanholle fühlte sich geschmeichelt und in den nächsten Stunden trug er noch viele alte Geschichten vor. Alle aus seiner Erinnerung heraus. Die Geschichte von der großen Schneekatastrophe in Kierspe, als die Schanhollen das Weihnachtsfest gerettet hatten, eine lustige Erzählung von zwei Familien, die sich im Schneeburgenbau übertreffen wollten, Geschichten von Flüchtlingen, von betrunkenen Schanhollen, von Wichteln am Nordpol, und, und und:

„Die Nacktbeeren von der Beerenburg

Einstmals lebte bei der Beerenburg eine große Nackteiterbärenfamilie. Weil sie sich ausschließlich von Altwaldbeeren ernährten, hatten viele von ihnen Hautunreinheiteneinheiten. Sie schämten sich sehr und zeigten sich nur noch nachts, wurden daher zu Nachtnackteiterbären. Eines Tages aber bekamen sie Hilfe von einem Schanhollenholländer, er nahm ihnen die Scham, denn er war ein so genannter Schamschanhollenholländer. Sham har van der Mer bot den Nachtnackteiterbären Champagner an und schenkte ihnen eine Charge Orientalische Pickelcreme, die er in Charlottenfelde (Mecklenburg) erworben hatte.

Als er, Jahre später, wieder an der Beerenburg vorbei kam, waren bei den Bären keine Eiterpickel mehr zu sehen. Alles war mit dichtem Fell zugewachsen, das sie Sham-ha-Haar nannten. Zum Dank schenkten sie dem

Schamschanhollenholländer einen ganzen Eimer Beerenburger Waldbeerenhonig. Van der Mer verkaufte diesen in Ostösterreich und wurde reich."

Jetzt lächelte der Lord zufrieden. Schon Stunden hatte er zugehört, am Horizont kündigte ein roter Schimmer bereits den Sonnenaufgang an, als der Schanholle seine letzte Sage vortrug:

„Die Himmelsmähschäfchen von der Brake

Zu der Zeit, als es in der Jubach noch Ebbe und Flut gab, geschah Folgendes: Eines Nacht versank ein stürzender Stern im Wasser. Eine Herde Schafe, die an der Brake entlaufen war, sah dies und schlürfte die Talsperre aus. Am nächsten Morgen fand man die Tiere, sie waren scheinbar ertrunken. Aber nachts kann man sie seither am Himmel sehen. Wen sie blöken, gibt es Gewitter. Ihre Leuchtwolle weist Nachtwanderen den Weg. Zusätzlich bieten sie einen natürlichen Abwehrschirm gegen fliegende Weihnachtswichtelschlitten vom Nordpol."

Die meisten Schanhollen waren inzwischen eingeschlafen und mit den letzten Worten fielen auch dem Erzähler die Augen zu. Zufrieden erhob sich Lord Soxley. Die Nacht war vorüber, neben seinem Raumschiff landete eine Versorgungsdrohne und mithilfe von Nanorobotertechnik wurden die defekten Teile ausgetauscht, ohne dass er jemanden arbeiten sah. Er musste an die unsichtbaren Schanhollenhelfer in einer der Geschichten denken. Er nahm sich fest vor, die

Geschichten in ein Buch zu bringen und es beim nächsten Erdenbesuch hierzulassen. Sein Rücken schmerzte von der langen Nacht auf der Baumwurzel. Nach wenigen Minuten war sein Raumschiff wieder flugbereit. Er blickte sich noch einmal um. Die Schanhollen, von denen er sich hatte verabschieden wollen, waren verschwunden. Oder unsichtbar? Aber als er sich umdrehte, hörte er ein leises Geräusch. „Määh."

Ein kleines Schaf kam angehumpelt. Zweifellos das, mit dem er am Vorabend kollidiert war. Es humpelte und schaute ihn erwartungsvoll an. Zum Glück hatte er unter dem Pilotensitz ein MedicalSet. Schnell konnte er das Schaf damit wieder gesund machen.
„Und jetzt lauf!", sagte er und gab ihm einen Klaps.

Epilog

Endlich saß er wieder in seinem Kompaktraumschiff. Zur Probe drückte er einmal auf alle Knöpfe. Und es waren viele. Dabei dachte er an die zurückliegende Nacht mit den kleinen Wesen und ihren Geschichten. Er nahm sich fest vor, diese Geschichten mithilfe seines Sprachtranskriptors in eine Buchform zu bringen. Wer weiß schon, ob diese Geschichten nicht für irgendwelche Menschen interessant sein könnten. Und wenn auch nur, um sie zu Weihnachten zu verschenken. Er brachte das Schiff in den Schwebemodus, etwa auf Höhe der Fichtenwipfel. Er gab M A R S in den Navigator ein. Seinen ursprünglichen Termin in der Erdenstadt hatte er ja verpasst. Noch einmal blickte er nach unten. Dort standen ein paar der seltsamen

Gestalten und winkten. Er erwiderte den Gruß und dann verschwand sein Schiff ganz, ganz blitzeschnell in den Wolken.

Was der Weltraumlord nicht ahnte. Hinter seinem Pilotensitz kauerte ein blinder Passagier. Der erste Schanholle auf dem Weg ins All. Unendlich weit.

Weltraummusik erklingt, die Buchstaben dieses Textes fliegen langsam gegen den oberen Buchrand.

ADVENTUM

Ingo Jung

Vom anderen Ende der Welt

In der dunkelfeuchten Höhle war es leise. Ab und an fiel ein Wassertropfen von der Decke und zerplatzte platschend am Boden. Die ersten morgendlichen Sonnenstrahlen schlichen durch die verwinkelten Höhlengänge deren Bewohner im Inneren vorsichtig mit einem Auge in Richtung Eingang lugten, durch den sie gerade erst hereingeflogen gekommen waren. Jetzt hingen sie, erschöpft von ihrem nächtlichen Treiben, an der Decke und schlossen zufrieden die Augen.
Es war Anfang Dezember und die morgendlichen Temperaturen lagen bereits bei über 20 Grad. Heute sollte es heiß werden, ebenso wie gestern und vorgestern. Die ganze Nacht war es schon so warm gewesen. Dezember halt. Die Fledermäuse oder besser Flughunde, hingen an der Decke, jede hatte mittlerweile ihren festen Platz und nie gab es Gedränge in der alten Höhle. Nicht einmal wenn sie in stockfinsterer Nacht heimkehrten und gemeinsam durch den schwarzen Höhleneingang geflogen kamen. Die Zeit im Dezember war anstrengend, wegen der Hitze. Obwohl es in Höhlen in der Regel kühl ist, war die Sonnenwärme zu dieser Jahreszeit, selbst hier, im Inneren der Erde deutlich zu spüren. Die Fledermäuse hatten es dabei besser als ihre

Mitbewohner, denn in ihren nächtlichen Flügen kühlten sie ihre Körper. Die "Schönen Holden" hingegen, konnten nicht fliegen und nach draußen gingen sie nur ungern, da ihre Haut die Sonnenstrahlen nicht vertrug. In kurzer Zeit wurden sie rosarot und ihre Haut juckte, daher waren sie zu dieser Jahreszeit meist in der Höhle und gingen, wenn überhaupt, nur in den Abendstunden nach draußen. Ihren Namen bekamen sie seinerzeit von den, sich selbst als weniger hübsch empfindenden, Fledermäusen. Wobei der orange-goldene Kragen an Hals und Kopf und das dunkle Fell im Grunde eine recht attraktive Erscheinung ergaben. Vielleicht war es aber auch nur Höflichkeit, die sie den Mitbewohnern entgegenbrachten, denn man lebte in großer Harmonie hier in der großen Höhle südlich von Neuseeland.
"Boh ey, ist das schon wieder so heiß. Das geht mir echt an die Spitzohren. Ich hab die Nacht kaum geschlafen. Außerdem bin ich vom ganzen Flugverkehr ständig wieder aufgewacht, wenn ich dann mal eingeschlafen war."
Bo, wie ihn alle nannten, streckte sich und rieb sich die großen Augen. Er hatte sich noch nicht an die Jahreszeit gewöhnen können, da es sein erster Sommer in der Höhle war, denn er war kaum ein Jahr alt. Ebenso wenig wie Ba, das Schanhollenmädchen, das zur selben Zeit geboren worden war, wie er. Schanhollen nannte sich das Fußvolk der Höhle selbst, irgendwie abgeleitet von der Variante der Flughunde, es klang ziemlich bekloppt wenn sie sich selbst als "Schöne Holden" bezeichneten, stolz waren sie trotzdem auf den netten Namen.
"Ich hab auch schlecht geschlafen. Über mir tropfte es ständig und immer genau auf mein linkes Auge. Ich hab

aber nicht gemerkt, dass es von der Decke kam und so bin ich echt immer wieder aufgewacht." Ba streckte sich auch, drückte den Rücken durch und sprang wie ein Flummi auf die Füsse.
"Morgäään!"
"Oh, Mann", sagte Bo und hielt sich die blasse Hand vor die Augen. "Wie kann man morgens nur so fit sein.
Nach und nach wachten auch die anderen Schanhollen in der Höhle auf. Es geschah sehr lautlos, aus Respekt zu den Flughunden, denn diese schliefen ja tagsüber um sich von ihren Nachtaktivitäten zu erholen. So war es nunmal in einer WG, Rücksichtnahme war angesagt und die eine oder andere Schanholle träumte desöfteren von einer eigenen Höhle.
An diesem Morgen regnete es und die Luft konnte sich ein wenig abkühlen. Viel schöner war es jedoch, dass Bo und Ba jetzt kurz raus konnten, denn es hatten sich Wolken vor die Sonne geschoben, die ansonsten ihre junge Schanhollenhaut verbrannt hätte. Bo und Ba gingen zum Fluss. Der war eher ein Rinnsal als ein echter Fluss aber bei einer Körpergröße von nicht einmal zehn Zentimetern, erschien dieses Rinnsal doch schon recht ordentlich. Es würde noch ein bisschen dauern bis sie so groß sein würden wie die Alten. Schanhollen wachsen langsam, aber lange. Sie lagen im Gras und trotz des Regens auf ihrer nackten Haut war ihnen warm, wie immer. Am wohlsten fühlten sie sich in der kältesten Ecke der Höhle. Das war schön, dort waren es vielleicht um die 10 Grad und es hätte ihnen nichts ausgemacht, wenn es noch kälter gewesen wäre.
"Hast du schon mal darüber nachgedacht von hier wegzugehen?" fragte Ba.

"Einmal? Machst du Witze?"
"Also auch!" Die beiden schwiegen und schauten in den grauen Himmel.
"Würde aber ein langer Marsch werden. Ich hab mal mit Pi gesprochen, der wollte mal fort. Er war einen Monat unterwegs und die Sonne hätte ihn fast umgebracht und trotzdem änderte sich nichts. Es war wie hier, kein bisschen anders, wo willst du hin?" Ba antwortete lange nicht.
"Schon wieder ein Tropfen ins linke Auge, das gibts doch nicht!" Sie rieb sich das Wasser aus dem Auge. "Ich war gestern wach, als mitten in der Nacht ein Flughund durch die Höhle flog. Er kam nicht mit den anderen, er kam allein. Und er sprach auch nicht so wie unsere." Bo setzte sich auf und schaute Ba an. Das klang erstmal spannend, vor allem weil sie es auch so spannend erzählte. Gespannt schaute er sie an.
"Und?"
"Na ja, er schien von weit hergekommen zu sein. Auf Besuch. Er erzählte von einem Land wo es zu dieser Zeit alles andere als warm ist. Vom Himmel würden weiße Stückchen fallen die einen angenehm kühlen. Und noch besser, sie blieben liegen und das Land ist auch am Tag dunkel und kalt. Die Stückchen heißen Schnee und das Land von dem er erzählte heißt Rumänien. Es ist so eine Art Heimatstädte aller Fledermäuse, es gibt dort wohl ein lange Familiengeschichte." Bo bekam den Mund nicht mehr zu. Gespannt hing er an Bas blassen Lippen. Zum ersten Mal in seinem Leben hörte er überhaupt etwas von einem fernen Land und war in derselben Sekunde infiziert. Infiziert von einem völlig neuen Gefühl, dem

Fernweh! Und es war großartig. Ba erging es nicht anders. Seit sie die Geschichte des Goldkragen Flughundes gehört hatte, gingen ihr die Bilder nicht aus dem Kopf.

"Ich will dahin! Ich will dahin!" Bo tanzte und hüpfte im Regen, streckte die Hände in den Himmel. "Ich will den Schnee sehen! Unbedingt will ich ihn sehen! Jaaaa!"

"Bo, - Bo! Du hast was vergessen."

"Was?" er hielt inne.

"Du kannst nicht fliegen." Das wiederum war ein ernstzunehmendes Argument. Die frischgemalte Welt, die in Bos Kopf entstanden war, verlief nun wie ein Aquarell im Sommerregen und hinterließ nur noch bunte verwischte Schlieren.

Die Wolken verzogen sich und die ersten Lichtstrahlen fanden ihren Weg zur Erde.

"Komm. Wir gehen wieder in die Höhle." Bo klang niedergeschlagen. Die beiden nahmen sich bei den Händen und gingen zum Höhleneingang, als über ihnen ein verspäteter Flughund ebenfalls in die Höhle flog. Zum ersten Mal sah Ba einen Flughund so aus der Nähe und zum ersten Mal im Flug, meist kamen sie nachts und flogen auch nachts heraus. Sie hatte ja keine Ahnung davon gehabt, wie groß ihre Mitbewohner tatsächlich waren. Die Spannweite ihrer Flügel musste mehr als 1,5 Meter betragen. Verglichen mit ihren eigenen winzigen Körpern waren das ja Giganten, so wirkten sie überhaupt nicht, wenn sie kopfüber an der Höhlendecke hingen.

"Bo, ich glaube ich habe eine Idee!" sagte sie leise und zog Bo in die Höhle. Bis zum Abend sahen sich die

beiden nicht, da auch junge Schanhollen Aufgaben hatten. Es gab einiges zu tun in der Höhlengemeinschaft, schließlich musste Ordnung gehalten werden, Essen war ein Bestandteil der Gemeinschaft und auch Bildung. Es war ein wohl durchdachtes Bildungssystem welches sich die Schanhollen über eine lange Zeit hinweg entwickelt hatten: Die Schanhollenschule. Am Abend fanden sich die beiden wieder an ihren Schlafplätzen. Bo ließ der letzte Satz von Ba nicht mehr los. Den ganzen Tag fieberte er der Antwort entgegen.
„Und?"
„Was und?"
„Deine Idee! Was ist das?" Ba lächelte.
"Unser Flughund geht morgen Abend um 00.00 Uhr. Boarding time, sagt man wohl so, da wo er herkommt. Natürlich nur, wenn du noch willst! Unser Ziel heißt erst mal Europa. Der Flughund sagt, er hat eine Verabredung in einer Stadt die Paris heißt. In einem Kirchturm mit dem Namen Notre Dame. Dort hat er eine Flughündin kennengelernt, eine sehr romantische Geschichte, sie haben sich..." Bo ließ Ba nicht aussprechen und drückte sie fest an sich.
"Ba, du bist großartig! Wie hast du das alles gemacht? Ich flippe komplett aus! Wir nehmen den Flughund um zwölf. Irre!" Ba hatte noch am selben Tag, nachdem sie in die Höhle kamen, den Flughund aus Rumänien aufgesucht. Sie hatte Glück dass er nicht schlief, da er unter einem Jetlag litt und sich nicht an die Zeit in Neuseeland gewöhnen konnte. Es gab ein paar Diskussionen um die Reisebedingungen aber sie bezauberte die alte Fledermaus mit ihre schönen,

großen, holden Augen. Fortan war klar das es ein Transpazifikflug nach Europa wurde, fort aus der Hitze Neuseelands, ab in die Kühle Europas! Als Ba und Bo auf dem Rücken des wirklich großen Goldkragen Flughundes saßen, wurde es ihnen doch ein bisschen mulmig. Schließlich waren sie noch nie geflogen. Sie hatten sich im dichten Rückenfell an den Haaren vertäut und hielten sich beim Start aneinander fest. Bo machte die Augen zu. Die Fledermaus öffnete ihre Krallen, fiel ein paar Meter Richtung Boden und öffnete dann die weiten Flügel, um flatternd durch das große Eingangsloch in den Himmel zu fliegen, der es gut mit ihnen meinte und einen riesigen Vollmond mitbrachte. Es geschah so schnell und war so beeindruckend, dass die Zeit wahrlich wie im Flug verging. Der Pazifik lag spiegelnd unter ihnen und gleichwohl die beiden todmüde waren, wollten sie keine Sekunde dieses Abenteuers verpassen. Ihre Reise ging über die Südspitze Südamerikas, das Kap Horn wo ein heftiger Wind und kalte Gischt sie erfrischte, bis zum Kap der guten Hoffnung. Immer fanden sie neue Höhlen in den fremden Kontinenten. In den Meeren sahen sie Wale und Delfine, über die Steppen Afrikas liefen riesige Elefanten und Giraffen und in der Luft begegnete ihnen eine Vielzahl unbekannter Vögel. Nichts von alledem hatten sie je zuvor gesehen und hätten sich dies auch nicht im Traum vorstellen können. Als sie über Nordafrika flogen, sahen sie die weiten Felder voller Störche, die den Winter hier verbrachten und die ein ähnliches Ziel hatten wie die Fluggesellschaft aber das sollte noch bis zum europäischen Frühjahr dauern. Der Flug über die vereisten Alpen aber machte den beiden

Passagieren zum ersten Mal klar, was Winter bedeutete. Die Nacht war kristallklar und der Mond ließ das

Gletschereis auf den Alpengipfeln blitzen und glitzern.

"Hier könnte ich auch leben.", sagte Ba und schaute hinunter in die verschneiten Berge und Täler. "Es ist nicht mehr weit bis Paris" sagte der Flughund. "Ich muss nur noch dieses Gewitter umfliegen, einen kleinen Bogen über Deutschland. Zurrt euch nochmal an, vielleicht geraten wir in ein paar Turbulenzen." Es war ein heftiges Wintergewitter und statt Regen, waren es Eiskristalle die die Wolken mitbrachten. Mal gleißend

hell, dann wieder tiefschwarz. Wenn die Fledermaus kein Licht benötigte um zu fliegen orientierte sie sich an ihren eigenen gesendeten Ultraschalltönen, doch das Gewitter störte diese mehr und mehr. Heftiger Wind peitschte ihnen Schnee und Eis entgegen. Immer weiter mussten sie nach Osten ausweichen um nicht in das Zentrum des Schneesturmes zu geraten. Der Flughund suchte nach einem Korridor der sie sicher durch die Lüfte brachte, doch es wurde enger und enger, bis sie schließlich notlanden mussten, als Blitze und Donner sie komplett umgaben. Mitten in der Dunkelheit verließ der Hund die Reiseflughöhe und ging in einen Sturzflug über. Kurz bevor ein Blitz sie allesamt durchschlug sah er am schneebedeckten Boden ein Loch. Keine Höhle wie sie es gewohnt waren nur ein winziges Loch. Der Himmel erzitterte, gleißend hell durchzuckten Blitze schwarze und weiße Wolken in dichtem Schneegestöber. Das Krachen des Donners ließ die Bäume und sie selbst erzittern.
"Das ist die Hölle!" schrie Bo. "Flieg in dieses Höllenloch und versuch uns zu retten! Bitte!" schrie Bo verzweifelt und Ba klammerte sich an ihn und an das nasse Fell.
Ohne einen Flügelschlag und ohne zu wissen was hinter diesem Loch passiert stieß der Flughund durch die Öffnung des Hüllochs, als es schwarz um sie wurde.

Am nächsten morgen vor dem Kiersper Hülloch.

Ein Eichhörnchen sammelte die Nüsse auf, die der schwere Sturm am Heiligabend der letzten Nacht von den Bäumen geholt hatte. Es war einer der heftigsten Winterstürme, die Kierspe in den letzten Jahren erfahren hatte.
Doch wie es immer ist, nach Sturm folgt Sonnenschein. Das Eichhörnchen packte die Backen so voll, wie es es nur konnte und die ersten Sonnenstrahlen die Kierspe erreichten, warfen den Schatten des Eichhörnchens direkt in die Höhle hinter dem Loch in der Felswand. Der Schatten traf einen Tropfen an einem sehr, sehr alten Stalaktiten. Schatten und Licht ließen ihn glitzern und an der Spitze des Tropfsteines tanzen bis er sich entschloss zu Boden zu fallen, mitten auf das linke Auge einer noch schlafenden Schanhollin. Die zusammen mit ihrem Fluggefährten eine neue Heimat in Kierspe im Hülloch fand.

Nachts in der Rönsahler Schnapsbrennerei

Ingo Jung

Winterapfel Schanhollenschnaps

> "O du fröhliche, o du selige,
> gnadenbringende Weihnachtszeit!
> Welt ging verloren, Christ ist geboren:
> Freue, freue dich, o Christenheit!"

So klang es an einem Samstagabend, der gleichzeitig der Heilige Abend war, aus den Kirchen von Kierspe. Sowohl am Bahnhof, als auch im Dorf und auch in Rönsahl. Die Kiersper saßen auf den teils harten Stühlen und Bänken in ihren Kirchen und freuten sich auf Weihnachten. Die Kinder waren schon zappelig und aufgeregt aber auch beeindruckt vom Abendprogramm der Gemeinden. Es wurde gesungen. Manchmal professionell und manchmal weniger professionell. Teils mit hohen und teils mit tiefen Stimmen. Es spielten Geigen und in einigen Kirchen war die Luft erfüllt von fremden Düften, manche aus den Weihrauchspendern andere von Douglas.

"Lo lu lööööölijeeeeee, lo lu seeeellijeeee"

Was war das? Die Töne aus dem alten Backsteingebäude in Rönsahl lagen doch sehr weit entfernt von der Ursprungsmelodie nach Johann Gottfried Herder.
"Ja, ich würde noch ein Becherchen von deinem Zaubertrank zu mir nehmen wollen."
Eine Hand fuhr nach vorn und streckte einen leeren Becher nach vorn. Durch den großen Glaskolben mit der goldenen Flüssigkeit, sah man die Augen des Becherhalters, die seltsam hin und her wanderten und die noch seltsamer vom Glas vergrößert wurden. Sodass das Gesicht aussah, wie das eines Wichtels.

"Auf die Weihnachtswichtel und ihren dicken, bärtigen Oberwichtel!"
Die Stimme war angeschlagen und ihre Worte bewegten sich schlingernd.
"Jaaaa, lus uns uf de Wuchtel anschdosn!"
Der Mond war voll. Und wie es schien, war er damit nicht allein. Er beleuchte den frisch gefallenen Schnee und Rönsahl hätte in diesem Licht sicherlich den Preis für das schönste Weihnachtsdorf auf ewig bekommen. Rauch stieg aus dem alten Backsteinhaus und die Laternen ergänzten den Anblick indem sie den leise rieselnden Schnee beschienen. Einzig und allein diese, nach einem zünftigen Gelage klingenden Geräusche und die hellen Stimmen dazu passten nicht in diese zauberhaft weihnachtliche Szenerie.
Doch drehen wir die Uhr nochmal zwölf Stunden zurück. Auf den Samstag vor dem Heiligen Abend, als die letzten Geschenke gekauft, die krummsten Weihnachtsbäume noch zu Höchstpreisen verkauft wurden und Rewe, Netto, Aldi und Lidl die letzten Schokoweihnachtsmänner der Saison über ihre Scannerkassen gezogen hatten. Schon kommenden Dienstag würde es diese zum halben Preis zu kaufen geben aber wer will die dann noch?
Hinter den Fenstern der Wohnhäuser spielten sich die unterschiedlichsten Rituale ab. Viele Familien hatten feste Traditionen für diesen besonderen Tag. Das galt sowohl für die Gestaltung der Räume als auch für das Weihnachtsessen. Einige bevorzugten Nudeln an Heiligabend, denn meist verirrte sich einer der Nachbarn an diesem Tag, da war ein Topf Nudeln Gold wert. Andere setzten voll auf Geflügel und bereiteten im

Vorfeld den Kiersper Gänsen ein Ende. Wieder andere setzten auf Karpfen oder Forellen von denen es in den Teichen der Umgebung ja eine ganze Menge gab. Oder man aß halt ganz klassisch Würstchen mit Kartoffelsalat. Und dann war da noch die Sache mit dem Baum. Allein darüber wäre es sicher möglich, ganze Bücher zu schreiben. Wann sollte er geschmückt werden? Wann durfte er beleuchtet sein? Im Haus, vor dem Haus oder beides? Klassisch mit Lametta, abgefahren mit Luftschlangen und Konfetti, im Hippie-Style mit viel Gras oder elitär mit Echtglaskugeln und echten Kerzen. War Lametta dieses Jahr oldschool oder schon wieder hip? Farbe der Saison und und und. Oder, ja oder gar nicht. Das gab es auch. Aus Desinteresse, Mitleid mit dem Gewächs, Armut, Hilflosigkeit oder weil man das Ritual gar nicht kannte und sich eher wunderte, wieso die Menschen sich an diesem Tag so viel Mühe mit ihren kleinen bis mannshohen Tännchen gaben, die zu allem Überfluss allzu oft gar keine Tännchen sondern Fichtlein waren.

"Mir ist langweilig! Ich hab keinen Bock mehr Stalaktitentropfen zu zählen"

"Mir auch, draußen schneit's und irgendwie sind die Menschen mit sich selbst beschäftigt!"

Die beiden Schanhollen hockten auf dem Fels neben dem großen Stalaktiten und schauten auf das Wassertröpfchen, das sich an seiner herabhängenden Spitze bildete.

"Was geht bei euch?" fragte eine dritte Schanholle die aus einer der Nachbarhöhlen kam.

"Laaangweilig!" gähnten die zwei anderen im Chor.

"Geht mir auch so, nix am Start – tropf, tropf, tropf, die Tropfsteinhöhle..."
Die drei versanken in Schweigen.
"Da! Da! jetzt fällt er", dann umgab sie wieder eisiges Schweigen.
"Doch nicht:" Der Tropfen am Stalaktiten blieb weiter hängen.
"Ich gäb' meinen Lodenmantel für ein bisschen Entertainment..."
"Ich auch." sagte Schanholle zwei.
"Was ist eigentlich mit dem anderen Ausgang?"
"Welcher andere Ausgang?"
"Na der hinter dem langen Gang, da wo keiner durch darf – huuuuhuuu, wegen der Geister und Kobolde"
"Was soll damit sein? Man kommt nicht durch und keiner weiß ob es wirklich einen zweiten Ausgang gibt."
"Gestern sollen die Alten einen Stein weggerollt haben und dahinter käme man jetzt weiter, heißt es."
Die Augen der beiden anderen wurden noch größer als sie schon waren.
"Das sagst du erst jetzt?"
"Worauf warten wir noch. Abritt würde ich mal sagen - das klingt doch mal scary!"
"Nach was?"
"Vergiss es, auf jeden Fall besser als Stalaktitentropfen zählen!"
Das war wohl wahr, denn dabei ist schon so manchem Schanhollen der gesamte Schanhollenkörper eingeschlafen und erst im darauffolgenden Jahr wieder aufgewacht. Die drei machten sich auf zum schmalen flachen Gang, der nach den Erzählungen alter

Schanhollen zu einem zweiten Eingang (oder für sie Ausgang) der Schanhollenhöhle führen sollte.

Schnell kamen sie zu der Stelle, die lange Zeit durch einen großen Stein versperrt war und tatsächlich, dieser war an die Seite gerollt und in kleine Stücke zerbrochen worden so dass sie den noch kleineren Gang erkennen konnten der dahinter lag.

"Du hast recht! Das ist mega, Alter! Oben würden sie sagen das ist ein echtes Weihnachtsgeschenk."

Es passte jeweils nur eine der Schanhollen durch den schmalen Gang und das auch nur bäuchlings. Sollten sie nicht weiter kommen, wäre es eine mühsame Aufgabe, rückwärts hintereinander durch diese Röhre zurück zu kriechen. Kriechen war nun die nächste Stunde auch das, was die drei beschäftigte, bis sie an eine größere Höhle kamen in deren Mitte sich ein Wasserloch befand. Ein ganz, ganz winziges Loch ließ ein paar Lichtstrahlen durch, so dass es doch recht passabel war, um sich in diesem Höhlenraum ein wenig zu sammeln.

"Wer hätte das gedacht!?"

"Das ist voll krass!"

"Wo wir wohl rauskommen?"

"Die Alten sagen es müsste in Rönsahl sein."

"Oh je!"

Langsam gewöhnten sich die Schanhollenaugen an das schwache Licht und die drei sahen mehr und mehr von ihrer Umgebung. Die Wände waren nicht aus Stein, oder doch – ja, Stein schon aber kein Naturstein, sie waren aus Mauersteinen und über dem Wasserloch erkannten sie nun einen runden Balken, an dem Seil und Eimer hingen.

"Ein Brunnen?"
"Ja - und eine Leiter, schaut hier!
"Wo führt sie hin?"
"Ich weiß nicht genau aber ich schätze, nach oben."
"Ich schätze nach oben", äffte ihn die Schanholle nach.
"Lass mich nachsehen."
Einer der drei stieg die Leiter hoch. Oben angekommen, schlug er mit der Faust gegen die Decke.
„Tong, Tong Tong." dröhnte es. Holz. Es war eindeutig Holz.
"Kannst du es nach oben drücken?"
Es ging leichter als erwartet, die alte Bodenluke schlug um und klappte knallend auf den Holzboden. Alle drei standen nun am Ende der Leiter und ihre Augen und Münder standen wirklich sehr, sehr weit offen.
Die Kiersper Öfen und Herde liefen derweil auf Hochtouren. Wein wurde je nach Farbe gekühlt, die Rotweincreme, das Tiramisu, die Crème brulée auf die Terrassen gestellt. Die Katzen freuten sich über das frühe Weihnachtsgeschenk. Hemden wurden nochmals gebügelt, Anzüge gebürstet und Schuhe poliert. Der eine oder andere verpackte noch das eine oder andere Präsent, gefühlte zehn Millionen Teenagerköpfe starrten mit abgeknicktem Hals auf ihre Smartphones und tippten, wie öde dieses Weihnachten doch sei. Der oder die eine oder andere Familienvater oder -mutter taten dasselbe, jedoch nicht so offensichtlich. Ciddy, Nell, Ben, Blacky und viele Vierbeinerkollegen untersuchten die Abfälle nach Fundstücken und mussten den Widerstand der Hausverwaltung erkennen.
"Was ist das hier? Sowas hab ich ja noch nie gesehen!"
"Naja, das gilt wohl für 99,99% der Erdoberfläche,

woll?"
"Wassas - das hier, ein Kupferkessel?"
"Hier sind Glaskolben und Brenner!"
"Ein Labor? Ein Krankenhaus?"
"Nein, glaub ich nicht. Das ist irgendwie - zu – rustikal!"
"Ich schalt mal das Licht an, wenn ich nur wüsste welcher dieser vielen Schalter!"
"Drück auf alle!"
Ein Brummen und Zischen erfüllte den Raum aber auch das Licht erleuchtete.
"Jetzt kann man mal was sehen."
"Ich seh' gar nichts, das ist viel zu hell! Nach einem Monat Dauerhöhle ist das ja wie Blitzlicht."
"Ja stimmt, lass uns die Kerzen hier nehmen."
"Gute Idee - mach an."
"Noch ne Idee - hier ein Buch!"
Die Schanholle warf ein Buch auf den Tisch während die andere den Lichtschalter fand und nun alle drei über dem Buch im Kerzenschein auf dem Tisch hockten.
"Interessant!"
"Ja, sehr interessant, ich hab das noch nie gehört, dieses... SCHNAPS!"
Dass die Schanhollen lesen konnten wollen wir hier nicht weiter hinterfragen. Ebenso wenig wie die Tatsache, dass die alte Bodenluke in der alten Brennerei in Rönsahl einen direkten Weg in die Schanhollenhöhle hatte, aber manchmal ist das eben so. Die Schanhollen konnten nicht nur lesen, nein sie konnten sogar sehr schnell lesen und verstehen.
"Wir brauchen Obst um es auszuprobieren."
"Ja stimmt, viel ist aber nicht mehr zu kriegen und der

Netto hat jetzt zu, ist ja schon halb fünf!"
"Kartoffeln gehen auch, steht hier"
"Ist mehr was für die Russen!"
"Hä, wieso das denn?"
"Da machst du Wodka draus und den trinkt man ja wohl in Russland."
"Schaut mal da!"
Die Schanholle zeigte durch das Fenster in den beleuchteten Garten von Haus Petra!
"Äpfel!" riefen alle aus einem Mund.
"Winteräpfel!"
Normalerweise dauert der Brennvorgang für ein Destillat Stunden bzw. Tage. Doch was ist schon normal in einer heiligen Nacht, in der drei Schanhollen den Weg in die Brennerei Rönsahl gefunden haben und so kam es, das um Punkt sechs eine goldene warme Flüssigkeit aus einem großem Glaskolben in einen Becher floss.
"SSSSSSSZZZZ das brennt!"
"Ist es giftig?"
"Nein es brennt nur und es ist lecker, sehr sogar - gib mir noch einen davon."
"Lohe Leinachen liebe Lanollen:"
Die Schanholle schaute mit verdrehten großen Augen und schwenkte seinen Becher den anderen beiden entgegen.
"Schaut mal, was ich gefunden habe:"
Die Schanholle hielt kleine Gläschen in der Hand.
"Zimt, Nelke, Zucker, Thyminiaaan, Basilikum, Kampfer..."
Nach und nach schütteten die drei die Gewürze in den Kessel um wieder und wieder zu probieren und jedes Mal wuchs ihre Begeisterung über den Geschmack ihres

Brandes. Und wie es gute Brennmeister nun mal machen, schrieben sie akribisch jede Veränderung ihres "Schanhollen Winterschnaps" auf. Sie vergaßen alles um sich herum bis sie nicht mehr trinken konnten und sich schläfrig einen Schlafplatz in der Brennerei suchten, um ordentlich beschwipst in der Heiligen Nacht einzuschlafen. So wie es übrigens auch sehr viele Kiersper Bürger an diesem Heiligen Abend taten.

Als der alte Horst am Weihnachtsmorgen aufwachte, spürte er sofort, dass etwas anders war. Es war der Geruch, der Rönsahl umgab. Er war nicht unangenehm, ganz im Gegenteil. Er wusste sofort woher der stammte und das wiederum durfte so nicht sein. Sofort machte er sich zu seiner Brennerei auf, um nach dem Rechten zu sehen. Doch zu seiner Verwunderung war alles wie immer.

Alles? Nein, nicht alles - auf dem Tisch stand ein Fläschchen mit einer goldenen Flüssigkeit und daneben lag ein Blatt Papier. Es sah aus wie eine Rezeptur - darunter eine Unterschrift - in einem geschwungenen Schriftzug stand dort:

Schanhollen Winterschnaps

Utopia K597

Ingo Jung

In einer anderen Welt

Selbstfliegende Drohnen bringen die Menschen von Ort zu Ort. Die Menschen wohnen in Würfeln, schlichte Kästen mit glatten Wänden. Wer wenig besitzt muss sich mit einem Würfel begnügen, wer viel besitzt kann sich viele leisten. Fast alles geschieht virtuell. Das Leben spielt sich zu 90% in den eigenen Würfeln ab. Kierspe heißt nun K597 - der Optimierung geschuldet. Die 597ste Stadt in E4 einem Gebiet das in etwa dem Europa des 21 Jahrhunderts entspricht. E1 wäre das alte Asien. Nahrung ist zu 100% synthetisch und wird in Chemiefabriken hergestellt. Teils fest, teils flüssig. Die Belieferung erfolgt über Drohnen oder Pipelines. Je nach Wert des Menschen. Eine Substanz die H heißt, angelehnt an das Drogenzeitalter der Jahre um 1970, dient der Stimmungsaufhellung und basiert auf der Technik der Manipulation von Neurotransmittern, jedoch ohne körperliche Schädigungen zu hinterlassen. Eine Weiterentwicklung des Meth der frühen 2000er Jahre. Geld existiert nicht mehr. Nach der Strafzinsphase und dem Helikoptergeld in den frühen Jahren des 2. Jahrtausends war es sinnlos geworden. Stattdessen gibt es ein Punktesystem auf der Moondatabase. Die Moondatabase ist im Grunde der Mond. In den Gesteinstrukturen sind die Daten von E, der Erde von M, dem Mars und von J, dem Jupiter abgelegt.

Auch auf diesen Planeten bewohnen Menschen die gleiche Art Würfel wie auf der Erde. Der Verbrauch und der Konsum der Menschen ist auf ein Minimum reduziert. Energieeinsparung in Bewegung und Aktivität sind schick und normal, die geistige Stimulation steht vor der körperlichen. Die Menschen wohnen in der Regel allein. Nur zum Heranziehen neuer Menschen findet man sich für eine Übergangsphase zusammen, bis zum Alter von 10 Jahren des neuen Individuums. Für eine Heranziehung bekommt man Punkte, muss jedoch Auflagen erfüllen wie z.B. mindestens drei Würfel zu besitzen. Alle Güter, Nahrung, Drohnen, Würfel oder H werden in vollautomatisierten Fabriken hergestellt. Die Verteilung ist ebenfalls automatisiert. Jeff ist der Verteiler aller Güter. In den 90er Jahre gründete er sein Handelsimperium mit dem Namen Amazon. Die Bevölkerung der Erde beträgt 40 Milliarden Menschen. Ein Überleben ist nur durch Effizienz, Effektivität und Disziplin möglich. In K597 leben 50.000 Menschen. Das vereinbarte Maximum. Nur nach dem Tod eines Menschen darf ein neuer Mensch bestellt werden. Es ist der 20. Dezember 2148 und es beginnt zu schneien.

RB aktivierte die Visualwand, wie er es jeden Morgen tat. An der rechten Seite konnte er die aktuellen Geschehnisse der Welt besehen. Der Mars war wieder etwas wärmer geworden, so wie es prognostiziert war und die Venus - ach ja die Venus. Keiner wusste so recht weshalb sie immer in den Meldungen erschien. Nur noch ein paar Enthusiasten versuchten dort mit gewaltigem Aufwand ihre Würfel gegen das raue Klima zu behaupten.

RB drückte den Kaffeeknopf in der Wand. Der Dampf von frischem Kaffee stieg ihm unmittelbar in die Nase. Das Frühstücksprogramm seines Druckers war so programmiert, pünktlich um 6.00 Uhr alle Voreinstellungen ausgeführt zu haben. RB war Nostalgiker. Er hatte im "W", dem Nachfolger des Internets, gesehen, wie man in den frühen Jahren der Geschichte morgens gegessen hatte. Es gab ein Frühstücksei. Ein Huhn legte solche Eier. Jeden Morgen. RB fragte sich oft wie es in der Vergangenheit aussah, mit so einem Huhn im Würfel, bzw. einem Haus. Es gab Toast in diesen Retrofilmen oder, was noch verrückter war, etwas das "Brötchen" hieß. Diese wurden irgendwo in der Stadt hergestellt und man musste sie abholen gehen. Morgens früh, direkt nach dem Aufstehen, noch bevor man etwas gegessen hatte, holte man diese "Brötchen" und wusste nichteinmal genau, wie sie zusammengesetzt waren. Es war unglaublich aber auch faszinierend. Diese Berichte im "W" zeigten Dinge wie Honig, etwas das Insekten absonderten, Käse, ein Produkt das aus gehörnten vierbeinigen Säugetieren gewonnen wurde. RB ekelte es, über dies alles nachzudenken aber eines faszinierte ihn. Dieser gedeckte Tisch in der Sonne. Diese herrlichen Produkte die so bunt und schön aussahen. Aber am meisten faszinierte ihn, dass um diesen Tisch in der Sonne mit all diesen Dingen Menschen saßen. Eine Frau und ein Mann und zwei Kinder. Und sie lachten in der Sonne. Und eben dies war der Grund, sein Frühstücksprogramm auf "RAMA" zu stellen, den Schriftzug der auf einer Schachtel am Tisch geschrieben stand als er das Retrofilmchen sah. Der Drucker surrte und die Visualwand zeigte meterhohe Wellen vor der

Küste von Fuerteventura. Während der Würfel von RB bis zur Oberkante zuschneite. Und so auch alle anderen Würfel von K597 das früher Kierspe hieß. RB trank seinen Kaffee, schaute auf die Wellen des Atlantiks, drehte den Wärmeregler auf 28 Grad und ließ den Sprinkler ein wenig Gischt simulieren. Er hatte noch eine Stunde Zeit bis die Videokonferenzen begannen als es plötzlich gleißend hell und sofort darauf stockdunkel wurde. Kein Geräusch kein Licht. RB fiel das Ei auf die Hose. Stocksteif saß er da. Im dunklen Nichts. Er rührte sich nicht. Ein Energieausfall. Sicher ist es ein Energieausfall auch wenn es einen solchen noch nie gegeben hatte. Gedanken schossen durch seinen Kopf. Es ist gleich vorbei. Gleich wird die Visualwand leuchten und die Welt ist wieder da...
Gleich...
...
Gleich...
Doch das ‚Gleich' kam nicht. Nicht nach einer Stunde. Nicht nach zwei. Nichteinmal nach 24 Stunden. RB saß im Dunklen und wartete. Hungrig, ängstlich mit einem Ei auf der Hose.
TokTokTok...
Zuerst dachte RB die Wand würde wieder hochfahren. Doch dann musste er verstehen, dass es ein Geräusch war welches von den Würfelwänden kam. Es gab eine kleine Luke in RBs Würfel die er sehr selten benutzte. Es war die Luke in den Außenraum des Würfels den RB nur zwei Mal in seinem Leben betrat. Und genau an dieser Luke machte es TokTokTok...

Als RB aufstand oder besser als er es versuchte, fiel er direkt kopfüber auf den Boden. Nach 24 Stunden Sitzen waren seine Beine eingeschlafen und völlig taub. Er kannte dieses Gefühl von vielen Spielenächten an der Wand bei denen er oft mehr als 24 Stunden gebannt vor dem Bildschirm saß. Er robbte sich also in vertrauter Weise zur Luke ohne zu wissen was dort auf ihn zukommen würde. Er hatte nichts bei Jeff bestellt. Und wenn, wäre die Ware auch durch den Lieferschacht in den Würfel gefallen.
RB robbte bis an die Luke und sagte. Nein er sagte nicht, er rief oder besser er schrie. Aus dem Grunde, da er noch nie mit etwas anderem kommuniziert hatte außer mit seinem Voicedecoder. "Wer ist da?"
Stille. Nichts. Kein Ton. "Wer ist da?" RB rief erneut aber jetzt etwas leiser, da er sich vor seiner eigenen Stimme ein wenig erschrocken hatte.

"Mach auf Reinhard! Der Strom ist ausgefallen und du verreckst uns noch in deinem Kasten wenn wir dich nicht hier rausholen. Also mach auf, es schneit und schneit!"

RB lehnte an der Luke. Er kannte die Stimme. Es war SF wie er sie nannte. Die Frau die neben ihm wohnte. Schon oft hatte sie an seine Luke gehämmert, ihm etwas von Sommer und Wärme erzählt. Dass er sich nicht in der alten Garage umbringen solle und endlich damit aufhören müsste dieses Zeug zu schlucken was ihn noch wahnsinnig machen würde undundund…

"Hau ab SF! Hau ab! Die einzig verrückte hier bist du! Sie werden den Strom gleich wieder einschalten. Schnee? Schnee ist heute kein Problem mehr. Vor Jahren konnte man es schon regnen lassen, mit Silberionen. Und Schnee, Schnee macht nichts, also hau ab und geh in deinen Würfel!"

Susanne schaute über ihre Schulter. Ihr "Würfel" war ein Bauernhaus mit zwei Ställen. Das Dach war ausgebaut und man konnte von hier unten den Kamin lodern sehen. Es hatte wirklich viel geschneit in den letzten Stunden aber nicht so viel, dass der Strom hätte ausfallen dürfen. Susanne sah sich deshalb das Kabel in ihrer linken Hand an, aus dem die offenen Kupferenden hervorschauten. Es war nicht ungefährlich die alte Garage so brachial vom Strom zu trennen aber irgendetwas sagte ihr, wenn du es diesen Winter nicht schaffst ihn da rauszuholen, dann wird er dort sterben.

"Reinhard komm da raus! Bitte! Du bist seit vier Jahren in diesem Kasten. Du musst doch schon Skorbut haben?! Der Postbote hat gesagt, er sei es Leid, dir die Pakete in diesen Schacht zu werfen, jeden Tag. Er sagt kein anderer würde Bierkisten bei Amazon bestellen und sich das auch noch in eine Lieferröhre liefern lassen. Reinhard? Hörst du mich?"

RB saß gedankenversunken vor der Luke. "Da draußen ist alles verstrahlt. Das weiß ich. Deshalb sind wir doch auf den Mars und leben die meiste Zeit in unseren Würfeln." Er kaute an seinem Daumen. Die Dunkelheit machte ihm zu schaffen. "Hau ab SF, die Strahlung wird

dich töten. Sie werden den Strom wieder einschalten. Aber hau ab!" Es wurde kalt im Würfel. RB tastete mit den Händen in Richtung seiner Küchenecke, da wo der Kühlschrank stand. Er musste ein paar Tabletten nehmen. Es waren die letzen fünf, denn in den vergangenen Wochen kamen keine Lieferungen mehr. Aber diese fünf nahm er in der Dunkelheit und die Visualwand leuchtete auf. Sie leuchtete vor seinem geistigen Auge ganz ohne Strom.
„Der Schnee bedeckt die nördliche Halbkugel etwa vier Meter hoch. Machen sie sich aber keine Sorgen und bleiben sie in ihren Würfeln. Die Regierung hat alles unter Kontrolle. Wir haben bereits eine Eiskontaminierung gestartet. Da sie durch einige Stromausfälle in ihrem Leben eingeschränkt sind entschädigen wir sie mit 10.000 Punkten auf der Moondatabase je Würfel. Verhalten sie sich ruhig und gehen sie nicht nach draussen. Bedenken sie, das auch der Schnee eine erhöhte Radioaktivität besitzt."
TokTokTok...
"Reinhard! Komm jetzt bitte da raus. Ich will dich da nicht verenden lassen. Bitte!"
Es schneite weiter dicke Flocken. Susanne lehnte an der Luke der Fertiggarage die nun seit vier Jahren in ihrem Garten stand. Woche für Woche stand sie davor und hoffte auf ein Wunder. Gedankenverloren schaute sie auf ihre Hausschuhe die gänzlich ungeeignet waren um hier in der Kälte zu stehen.

"Wann kommt Papa da raus?" Susanne zuckte zusammen und schaute in die Augen ihrer Tochter. Pauline war mit Rover dem braunen Labrador über den

zugeschneiten Hof gekommen um den Schnee zu erleben der in dicken Flocken vom Himmel fiel. Pauline war sieben Jahre alt und sie war drei als ihr Vater diese Kiste in den Garten stellen ließ, um darin ein anderes Leben zu leben, aus Angst vor der Wirklichkeit und den Folgen der Drogen, die er nahm.
"Versuch du es mal!" sagte Susanne. "Frag ihn ob er rauskommt." Pauline, Rover und Susanne saßen nun da. Im Schnee vor der Luke der Doppelgarage im Garten. "Reinhard? Komm rein, es ist Weihnachten, wir vermissen Dich...!"

Als RB nach oben sah konnte er die Raumschiffe sehen die Richtung Mars flogen. Erst jetzt wurde ihm klar das es im Weltall schneien kann. Es waren die Evakuierungen die in den letzten Tagen angesprochen wurden. Die Radioaktivität wurde stärker, der Mars war endlich bewohnbar und bot jetzt völlig neue Möglichkeiten. Aus der Ferne hörte RB ein Kind und einen Hund. Das kleine Mädchen schien ihren Vater zu vermissen. Hoffentlich war es kein Opfer der Umwelt auf der Erde. RB spürte die Kälte auf seiner Haut und in seinen Knochen. Als er versuchte aufzustehen fiel er über seine Füße. Die Augen rot und entzündet, das Zahnfleisch zurück um die wenigen Zähne die ihm geblieben waren. Als er fiel brach er sich den Oberschenkel und beide Handgelenke. Der Kiefer brach als er auf den Betonboden schlug.

"Geben sie ihre Kreditkartennummer an um die Buchung für den Marstransfer zu bestätigen, wir freuen uns, sie an Bord der Virgin Flight begrüßen zu dürfen.

"Wie war nur diese Nummer?" sinnierte RB bis das Aneurysma in seinem Kopf sein weltliches Ende beschied.

"Komm Pauline. Papa ist noch nicht so weit. Wir versuchen es Ostern wieder, OK?" Rover bellte die Luke an bis Pauline und Susanne ihn von der großen Terrassentür aus riefen. Dann rannte er in das warme Bauernhaus in dem der Kamin knisternd den Weihnachtsabend empfing.

Auswanderung

Ingo Jung

Wenn im Hülloch kein Platz mehr ist, kommen die Schanhollen nach Kierspe

Es war ein Montagmorgen, als ein gewaltiger Krach im Hülloch die alte Höhle erzittern ließ. Die Decke mit dem riesigen Stalaktiten fiel mit einem riesigen Getöse zusammen und damit war es auch mit dem Zugang zu den Schlafhöhlen vorbei, in denen die Schanhollen des Nachts Geborgenheit und ein Zuhause gefunden hatten. Es war nicht nur ein bisschen Geröll - nein, das Höhlendach brach auf einer Länge von etwa einhundert Metern ein und nur einer unvorstellbar glücklichen Fügung war es zu verdanken, dass sich zu diesem Zeitpunkt alle Schanhollen in der großen Eingangshöhle versammelt hatten. Der Lärm des Einsturzes fuhr ihnen in die blassen Leiber und ihre Augen wurden vor Schreck noch größer, als sie es eh schon waren. Geschockt aber gleichzeitig auch erleichtert, mit dem Leben davongekommen zu sein, standen sie eng beieinander und schauten in die Richtung, in der sich bis vor ein paar Sekunden noch der Weg zu ihren Wohnhöhlen befunden hatte. Hektisch schauten sie sich um und suchten nach ihren Lieben und Freunden, ob denn auch keiner fehlte. Ein Glück - sie hatten es alle überlebt.
Überlebt ja - aber was nun? Hier in diesem Raum

konnten sie unmöglich bleiben, das war viel zu eng und freibuddeln schien unmöglich. Sie standen dort in der Mitte der Haupthöhle, verstört und verunsichert ob der neuen Situation, als ihr Ältester vom oberen Podest in ruhiger Stimme zu ihnen sprach.

"Liebe Schanhollen, es ist soweit. Irgendwann musste es mal so kommen. Die Zeit ist nun da, dass wir hinaus gehen. Wir gehen nach Kierspe!" Es war eine kurze Rede, aber Schanhollen machten ungern unnütze Worte. Daher war die Aussage unmissverständlich und eindeutig.

Die Dame von der Stadtverwaltung stieß ihre Kaffeetasse vom letzten Kiersper Weihnachtsmarkt um, so sehr fuhr ihr der Schreck in die Glieder. Der frische Kaffee, den sie sich gerade eben erst geholt hatte, ergoss sich über ihre Tastatur. Ihr Mund klaffte weit auf und ihre braunen Augen weiteten sich. Vor ihr stand ein etwa 1,50m großes, blasses Wesen mit spitzen Ohren und noch größeren Augen und, als wäre das nicht genug gewesen, war es auch noch splitterfasernackt. Der Ohnmacht nahe, wusste die Arme gar nicht was sie tun sollte. Franz Ende! Franz Ende musste her. Mit zittriger Hand griff sie nach dem Hörer, um die Eins zu drücken, die Durchwahl für den Bürgermeister. Doch ihr Handeln wurde jäh unterbrochen als sich ein Kopf an der Schulter des kleinen Wesens zeigte, der keck nach vorn lugte. Erst links, dann ein zweiter rechts und dann realisierte sie die schier endlose Schlange vor ihrem Schreibtisch. Etliche dieser Wesen standen dicht an dicht gedrängt in ihrem Büro. Die Polonaise zog sich über den Eingang der Stadtverwaltung, die Treppe hinunter, wo sie den Spatenbrunnen umrundete. Sie musste aufstehen und durch das Fenster sehen, die Schlange ging bis in den Glockenweg hinein.

"Guten Tag, junge Frau, ich möchte mich arbeitslos melden und (Es räusperte sich) kann ich hier auch Hartz 4 beantragen?" Die Stadtangestellte mit mehr als 20 Jahren Berufserfahrung fiel um. Minuten später war der Eingang nicht nur mit Schanhollen gefüllt – nein, alle städtischen Angestellten kamen dazu. Manche versteckten sich noch in den Gängen, da wo man so schön warten konnte, wenn die Hochzeitspaare herauskommen, aber heute war es dann doch etwas völlig anderes. Schließlich kam auch Herr Ende, um nach dem Rechten zu sehen, denn der Tumult war bis in sein Büro zu hören gewesen.
"Was ist denn hier los?" fragte er bereits im Gang wurde aber stutzig, als er die Schanhollen im Eingang sah.
"Guten Tag!" sagte einer der Schanhollen leise. „Entschuldigen sie bitte diese, na ja, überfallartige Zusammenkunft aber das Hülloch ist eingestürzt, eine Notsituation, daher wenden wir uns an die Stadt Kierspe. Irgendwie sind wir ja auch Kiersper, aber irgendwie auch nicht. Na ja, wir sind nicht hier gemeldet," einer hüstelte, "aber genau das wollen wir nachholen."
Es wurde ein sehr sehr langer Arbeitstag in der Kiersper Stadtverwaltung. Es mussten sogar Überstunden gemacht werden (von oben genehmigte selbstverständlich), doch um halb sechs waren alle Schanhollen registriert, die Personalausweise beantragt,

ebenso das Begrüßungsgeld (Eine Sonderregelung des Bürgermeisters) und eine Liste offener Jobs in Kierspe ausgehändigt. (Lüdenscheid wollte man aus der prekären Angelegenheit erst einmal herauslassen und die Dinge selbst in die Hand nehmen, schließlich war ja bald Weihnachten und alle hatten viel zu tun, sicher auch die Lüdenscheider.) Als Übergangslösung richtete man in der Jahnhalle eine provisorische Schlafstätte her. In der ersten Nacht schlief die eine oder andere Schanholle schlecht und Alpträume von herunterkrachenden Tropfsteinen plagten sie. Aber auch der Bürgermeister schlief nicht gut, schließlich brauchte er einen Plan, um die vielen Höhlenflüchtigen unterzubringen, aber er war zuversichtlich: „Wir schaffen das!", davon war er überzeugt. In den kommenden Wochen wurde alles mobilisiert was ging. In Kierspe schneite es und die Weihnachtsvorbereitungen waren noch nicht weit fortgeschritten, sodass man den Schanhollen gerne Vorrang gab, um sie so schnell wie möglich im kleinen Städtchen zu integrieren. "Ding Dong" es schellte an der Tür. Eine Woche war seit dem Höhlensturz vergangen und die Schanhollen fanden Unterkunft in unterschiedlichsten Domizilen. So, wie auch in diesem, einem bis dato leerstehenden Haus in der Kölner Straße.

"Guten Tag. Ich bin Karina Essig und ich komme im Auftrag der Stadtverwaltung Kierspe. Laut unseren Unterlagen leben bei Ihnen drei schulpflichtige Schanhollen. Ich habe hier drei Antragsformulare für die Gesamtschule. Die drei können ab Februar im 2. Halbjahr die Klassen Sechs, Acht und Zehn besuchen.

Schönen Tag noch."

Sie überreichte der verwunderten Schanhollin einen Umschlag, nickte kurz und verschwand wieder. Die Einheimischen wussten, dass man sich besser nicht mit Karina Essig anlegte, daher saßen die Eltern der Schanhollenkinder grübelnd vor den Antragsformularen.

Die Integration der Schanhollen verlief rasend schnell. Wann immer jemand eine Schanholle zum ersten Mal sah, erschrak er oder sie, also die Person die sie sah, nicht die Schanholle, die hatten sich ja schon an die seltsamen Kiersper gewöhnt und die meisten Kiersper gewöhnten sich auch recht schnell an die Neuankömmlinge.

Am 10. Tag der Schanhollenniederkunft, gleichzeitig auch der 10. Dezember, leuchtete in der unteren Kölner Straße eine Leuchtreklame mit der Aufschrift: "Zum Hülloch" auf. Zwei Schanhollen nutzten den Gebäudeleerstand und gründeten mit Hilfe der Sparkasse Kierspe-Meinerzhagen eine Bar mit Spielbetrieb. Die spielenden Kiersper waren etwas irritiert, nicht wegen der kleinen, immer noch spärlich bekleideten Wesen, sondern weil es anfangs nichts als Kakao im Ausschank gab. Außerdem mussten einige Diskussionen über Glücksspiele geführt werden, da die Schanhollen keine Gewinne bzw. Euros ausschütteten, sondern lediglich zum Spaß spielen wollten.

Aber dies alles entspannte sich, als eine weitere Schanholle ein Rezept aus einer, sagen wir mal, weihnachtlichen Exkursion kundtat. Den "Winterapfel Schanhollenschnaps"! Spätestens ab diesem Zeitpunkt mochten – nein, liebten die meisten der Alteingesessenen die blassen Spitzohren. Denn der Schanhollenschnaps war einzigartig. So folgte eine Kneipe im Dorf: „Zum durstigen Schanhollenfreund" und eine Dependance in Rönsahl: "Tribute to the Horst", was immer das bedeuten mochte. Ein Laden der Höhlenwasser mit besonderen Mineralien anbot, eröffnete am Montigny Platz, ein Friseur mit dem Motto: "Less is more - Mut zur Glätte!" bot einen speziellen Haarschnitt an und eröffnete in der Kölner Straße. Ein Restaurant wurde, mit einer Sondergenehmigung, am Wildenkuhlen eröffnet. Da wo so viele Kiersper von Dieter Hamann zurechtgerückt, aber immer willkommen bewirtet wurden. "Schanho!" blinkte in den Leuchtbuchstaben über dem Eingang des provisorischen Zeltes, unter dem unerwartete, aber zauberhafte Gerichte gereicht wurden. Ein findiger Schanholle nutze den Eingang des Hüllochs und der angrenzenden restlichen Höhle, um davor literarische Werke von Shakespeare zu zitieren. Eine Freilichtbühne von kulturellem Wert, die jedoch nur sehr begrenzt angenommen wurde. Meist saß die Freundin des poetischen Schanhollen allein in der ersten Reihe und applaudierte großzügig ihrem zukünftigen Verlobten, wenn er noch etwas hakelig: "Sehen oder gesehen werden, das ist hier die Frage!" am Hülloch zum besten gab. Den Kiersperrn war es vielleicht einfach zu kalt, um in der Vorweihnachtszeit einer Freilichttheatervorstellung beizuwohnen. Jeden Tag geschah etwas Neues. Die Stadt pulsierte, die Menschen kamen heraus aus ihren Häusern, es waren die Leuchtreklamen, das Neue, es war nicht störend oder so, es war einfach nur - schön!

Es war nicht mehr lang bis Weihnachten und die Menschen waren damit beschäftigt ihre Vorräte einzusammeln, Geschenke einzukaufen und den jährlichen Ritualen nachzukommen. Es war schon erstaunlich wie sich diese Stadt in nicht einmal 3 Wochen so verändern konnte. Den einen oder anderen erinnerte es an Urlaub, an die Straßencafes, die Stände mit Tüchern, Kleidung und lauter so buntem Zeugs, das Easy Living oder, wie man hier sagen würde, die Liderlichkeit, keine Disziplin, kein Streben, keine deutsche Tugend. Es schneite in den letzten Tagen mehr als gewöhnlich, was Kierspe einen Anstrich eines Wintersportortes verlieh. Man hatte zwar keine Skisprungschanze, wie die Nachbarn, doch aufgrund der Höhlenerfahrung und den damit verbundenen Bergbaufähigkeiten, erlebte die Hahnenbecke eine Renaissance. Der alte Schlepplift lief bis in die späten Abendstunden, dank der Flutlichtanlage. Der damals so langweilige Hügel war geschickt mit ein paar Steilkurven und Halfpipes für Snowboarder gepimpt worden. Alles in allem konnte man sagen, dass Kierspe ein lebendiges Städtchen wurde und abgesehen von ein paar sauerländischen Nörglern waren alle zufrieden mit der Entwicklung.

Es waren nur noch fünf Tage bis Weihnachten als das erste Plakat am Tannenbaum zu sehen war.

„Schanhollen machen Kierspe kaputt!"

Die meisten, die am Tannenbaum vor der roten Ampel warten mussten, verstanden diese Botschaft nicht. Zu verstehen gab es daran auch nichts, sie zeigte nur den Hass und die Intoleranz vor etwas anderem. Ja, Kierspe hatte sich in nur 2-3 Wochen verändert. Ein paar neue Ideen entwickelten etwas und gaben den Anstoß zur Konfrontation. Das Geschäft der alteingesessenen Gastronomen brach merklich ein, so wie auch die der Spielstätten. Es war eine Verlagerung zu etwas Neuem und, das muss man zugestehen, einem sehr interessanten und abwechslungsreichen Leben. In der Summe waren es etwa 100 Schanhollen, die seit Anfang Dezember Kierspe bereicherten, befüllten oder belagerten - je nach Sichtweise.

Und die letzte Sichtweise fraß sich hindurch. Hätte man einen Journalisten mit seinen professionellen Beratern dieses Szenario analysieren lassen, so läge die Quote der Gegner des "Neuen" sicherlich nur bei maximal einem Prozent. Doch dieses eine Prozent war aktiv und setzte alles daran, die Schanhollen aus Kierspe zu vertreiben.

Am Tag darauf vermehrten sich die Schriftzüge auf den öffentlichen Wänden. "Spitzohren go home!" "Keine Rente für Wichtel!" "Bist du gegen Schanhollengrippe geimpft?" Lauter dummes Zeug wurde an die Wände geschmiert und keiner wollte es gewesen sein. Die Schanhollen fühlten sich ausgegrenzt. Sebstverständlich wussten sie, dass sie anders waren, sie waren nun mal keine Menschen, sie waren Schanhollen. Nicht mehr aber auch nicht weniger - und sie sehnten sich mehr und mehr in ihre Höhlen zurück.

Zwei Tage vor Heiligabend wollten die Kiersper zum Feierabend noch ein paarmal die Hahnebecke hinunterfahren. Es hatte wieder geschneit, aber der Lift stand still. Die Stahlseile waren zerschnitten und auf der Skipiste war eine große Fratze mit spitzen Ohren gemalt. Das Schanho! war geschlossen, denn jemand hatte in der Nacht die Scheiben eingeworfen. Die Leute gingen daher in ihre Häuser und schauten in ihre Fernseher. Man verurteilte diese Randale auf das äußerste und war sich einig, dass man dagegen etwas unternehmen müsse, - morgen oder nach Weihnachten. Vorher hatte man einfach keine Zeit für so was.

Die Schanhollen hingegen verabredeten sich am Tag vor Weihnachten an der Freilichtbühne vor dem Hülloch. Der einsame Shakespeare-Schanholle und seine Freundin staunten nicht schlecht, als sich die Reihen füllten. Sie tagten bis spät in die Nacht, zum 24. Dezember und sie waren sich einig. So einig, wie sie es immer waren als sie noch in ihrem Hülloch lebten.

Der 24. Dezember war ein typischer Kiersper Heiligabend. Es nieselte, es war grau und die Menschen versorgten sich mit gesenkten Köpfen mit den nötigen Dingen die sie für die nächsten Tage noch so zu brauchen glaubten. Hektische Betriebsamkeit und Stress. Ja, Stress war an diesem Tag definitiv das meist gebrauchte Wort. Daher fiel auch keinem die Veränderung auf, die sich still aber merklich über Nacht vollzogen hatte. Stressig erlebte man nun das obligatorische Weihnachtsprogramm. Straffe Zeitpläne mit Kaffeetrinken, Abendessen, Mittagessen, Besuchen, stressiges Entspannen und so weiter. Weihnachten halt.

Als nach den Weihnachtstagen die Geschäfte wieder öffneten, fiel es dann plötzlich und unerwartet auf. Sie waren weg. Die Schanhollen waren allesamt verschwunden und nichts, aber wirklich überhaupt nichts deutete darauf hin, dass sie jemals da gewesen wären. Einen Abend lang waren sie noch Diskussionsthema. Am 31.12. beschloss die Stadtverwaltung den Höhleneingang zu verschließen. Schließlich sollte dort niemand zu Schaden kommen.

Viel Rauch in der Höhle

Thomas Block

Als die Schanhollen Brennholz holen mussten

Tief unter der Erde, in einem Höhlenraum, der vielleicht so groß ist wie mein Wohnzimmer, sitzen etwa ein Dutzend Gestalten. Nein, sitzen stimmt nicht. Sie kauern. Sie kauern unter einer tiefen Höhlendecke. Würde ich durch diesen Raum schreiten, so müsste ich mich ein wenig bücken, um mir nicht den Kopf am feuchten Gestein zu stoßen. Doch niemand schreitet, keiner steht, alle kauern. Auf Steinbrocken, in kleinen Felsnischen oder auf einer alten knorrigen Wurzel.
Es ist düster, kalt, feucht, verräuchert und irgendwie hart. Hin und wieder hört man ein Husten. Reizhusten vom qualmenden Feuer aus dem ewig feuchten Wurzelholz hier, chronisches Husten von den allgemein ungesunden Lebensbedingungen dort unten.
Eine gichtartig verkrümmte Hand lässt einen Korb auf den Boden krachen. Ein paar Köpfe heben sich. Die Hand nimmt ein paar Holzscheite und wirft sie ins Feuer. Dort beginnen sie zu knistern, zu knacken und Funken zu spucken. Das Feuer wird heller und größer und lauter. Gemütlich wie es knackt und prasselt. Es

wird noch heller und wirft tanzende Schatten der kauernden Gestalten an die Felswände. Langsam rücken alle etwas näher an das Feuer in der Mitte und sie spüren, dass es auch wärmer wird.

Hier unten im Hülloch wird nicht viel gesprochen. Schon lange nicht. Das meiste können die Gestalten, nennen wir sie einfach bei ihrem Namen, die Schanhollen, mit Blicken und Gesten ausdrücken. Und jetzt blicken alle den alten Schanhollen, der den Korb brachte, an. Ihre Blicke fragen: „Was ist das? Warum verändert sich das Feuer?"

Der Alte, der älteste aller Schanhollen, beginnt zu sprechen:

„Ja, meine Freunde. Kinder, Kindeskinder und Kindeskinderkinder..." er hustet ein bisschen. Aber jetzt nicht vom Rauch des Feuers oder der erkälteten Lunge. Er muss husten, weil er schon sehr lange nicht mehr gesprochen hat.

„Ihr seht, unser Feuer kann sich verändern. Es kann unser Freund werden. Uns Licht und Wärme spenden."

„Das tut es schon lange", sagt eine leise Stimme aus der zweiten Reihe.

„Aber heute ist es heller. Und es ist auch wärmer. Und das Feuer spricht. Es knistert und knackt."

Der Alte hebt den Kopf. Er lächelt ein kleines bisschen. Und obwohl seine Augen schon lange blind sind, leuchten sie.

„Das Feuer kann uns mehr helfen, wenn wir es ordentlich füttern. Schon viel zu lange gaben wir ihm nur das kalte und klamme Wurzelholz, das ihr aus der Erde ausgrabt. Schaut nur her, wenn ihr dieses Holz nehmt", er greift noch einmal mit der krummen Hand in den Korb. Zeigt ein Stück schönes Buchenholz und wirft es in die Flammen.

Wieder fliegen Funken auf und wieder wird das Feuer lauter. „Mehr , mehr, gebt mir mehr davon!", scheint es zu knistern. Und die ersten Schanhollen ziehen ein paar ihrer löchrigen, aber vielschichtigen Wolljacken aus. Ja. Es wird richtig warm im Hülloch.

„Ja, ihr habt es richtig erkannt", sagt der Alte mit heiserer, ungeübter Stimme.

„Wenn ihr das Feuer richtig füttert, dann wird es uns bald besser gehen."

„Wie?", fragen alle Blicke.

„Ihr müsst das Holz an der richtigen Stelle holen. Ihr dürft beim Suchen nicht nach unten in den Höhlengängen laufen. Sondern nach oben."

„Oben?", fragen die Blicke.

„Ganz oben. Da wo die Sonne scheint. Da wo es an manchen Tagen warm ist. Da oben ist das Holz mit der Energie des Lichtes und der Farben aufgeladen. Und darum brennt es auch hier unten viel heller und heißer als unser Wurzelholz aus der Erde."

Die Schanhollen blicken einander an. Wieder sagt keiner ein Wort. Aber offenbar hat der Alte recht. Jeder kann das sehen.

Einer steht auf, geht zu dem Korb. Vorsichtig nimmt er das letzte Stück Buchenholz heraus und wiegt es in der kleinen Hand. Es ist viel leichter als ihr Wurzelholz. Er wirft es in die Flammen.

Und dann fragt er:

„Woher bekommen wir solches Holz? Zeig uns wie wir dorthin kommen."

Der Alte nickt.

„Ich habe gehofft dass ihr danach fragt. Ich will dir, der du mich gefragt hast, den Weg zeigen. Ich selbst bin schon viel zu alt. Du bist neugierig und entschlossen. Das sehe ich dir an der Nasenspitze an. Obwohl meine Augen blind sind. Morgen früh, wenn es oben noch dämmert, will ich dir den Weg weisen und dir ein paar Dinge über die Menschen erzählen."

„Ihr wisst ja", spricht er nun wieder in die Runde. „Ihr kennt die alte Geschichte, als unsere Alten, ich bin wohl der letzte aus ihrem Kreise, als wir Alten noch jung waren und den Menschen bei ihrer Arbeit geholfen haben. Kühe hin und her schubsen. Und ein paar Schafe und Ziegen wohl auch. Das hat uns damals eine Weile viel, viel Spaß gemacht und wir haben ganze Tage oben verbracht." Er stockt, scheint zu überlegen. Dann macht die Gichthand eine wegwerfende Bewegung. „Ach, olle Kamellen. Viel zu oft erzählt. Morgen früh. Ganz früh gehen wir nach oben."

„Was ist oben?", fragt eine leise Stimme aus dem Halbdunkel. „Kierspe", sagte der Alte. Und dann schweigt er.

Am nächsten Morgen weckt der Alte den Kleinen.

„Es ist Zeit, wir müssen los. Bevor die Menschen oben schon alle wach sind. Wir wollen ja erst einmal nicht gesehen werden." Der Kleine ist sofort wach. Er hat, anders als sonst, nur unruhig geschlafen. Endlich ein Abenteuer. So denkt er zumindest. Er wirft sich einen löchrigen Mantel über, schnallt sich den großen Weidenkorb auf den Rücken und dann geht es los. Nun, es sollte losgehen. Doch überraschenderweise sind alle

anderen Schanhollen auch früh aufgestanden. Sie wollen den Beginn eines Abenteuers miterleben. Zumindest wollen sie den Beiden eine gute Reise nach oben wünschen. Kaum einer von ihnen hat eine Vorstellung davon, wie weit, wie beschwerlich das sein könnte und wie lange es wohl dauern würde.

„Viel Glück!", „Gute Reise!", „Bringt uns was Schönes mit!", „Lasst euch vom Menschenvolk nicht erwischen". Das sind viel gesagte Worte.

„Menschen", murmelt einer abschätzig. „Menschen... das sind doch nur elend lange, Riesengestalten (hab ich gehört), die einen Schanhollen nicht von einem blöden Wichtel unterscheiden können." Ein paar lachen. Dann gab es noch ein paar Umarmungen bis der Alte endlich zur Eile mahnt.

In einer seitlichen Nische der Felsenhalle führte ein schmaler Gang bergauf. Er ist gerade so hoch und so breit dass ein Schanholle mit einem großen Weidenkorb auf dem Rücken hindurch passt. Der Alte geht voran. Der Kleine mit dem Korb folgt ihm. Der Schacht führt langsam aber stetig hinauf. Sie gehen langsam, denn der Boden ist rutschig und es ist auch recht düster. Zum Glück sind Schanhollenaugen für die Dunkelheit gemacht, aber hier war es sogar für Schanhollenaugen düster. Der Alte, seit langer Zeit blind, kennt den Weg so gut, dass seine Füße jeden Tritt alleine finden. Schließlich kommen sie zu einer langen Treppe, die vor Urzeiten in den Stein gehauen worden ist. Die Treppe schlängelt sich an der Wand der hier breiter werdenden Höhle hinauf. Geländer gibt es nicht. Und endlich wird es oben, ganz oben irgendwo heller.

„Ist das ‚oben'?", fragt der Kleine.
Der Alte nickte. Sie schwiegen weiter und eine halbe Stunde später sind sie oben. Sie zwängen sich durch einen wirklich engen Spalt, der hinter einem Busch verborgen liegt, nach draußen.
Es ist früher Morgen. Fünf Uhr für die Menschen. Die Schanhollen kennen keine Zeit. Sie unterscheiden nur nach „lange" und „nicht so lange".
Über den Wiesen und Feldern steigt leichter Nebel auf.
Der Kleine staunt.
„So was Schönes habe ich ja noch nie gesehen". Er setzt

den Korb ab und schaut sich staunend um. Ein kleines Stück unter ihnen sind Menschengebäude. Ein paar Häuser, eine Scheune und ein Stall für Kühe.

„Pass auf", hebt der Alte an zu sprechen. „Pass gut auf. Ich erzähle dir jetzt alles was ich über die Menschen weiß. Und dann musst du die Aufgabe übernehmen. Du weißt. Die Sache mit dem Feuer und dem Qualm. Alles was wir gestern besprochen haben.

Da vorne, das ist ein Dorf. Es heißt Höhlen. Und es gehört zu Kierspe. Höhlen haben es die Menschen vor langer Zeit genannt. Aber sie wissen gar nichts vom Höhleneingang hier. Menschen werden nicht so alt. Und der letzte der den Eingang kannte, der ist schon lange lange tot.

Es war der Sohn vom Sohn vom Sohn von dem Bauern aus der alten Geschichte. Der Junge,der an einem Sonntag geboren war. Der uns sehen konnte. In dessen Familie war der Höhleneingang lange bekannt. Das Geheimnis wurde immer weiter gegeben. Vom Vater zum Sohn... Aber jetzt ist es vergessen. Es gibt keine Menschen mehr, die von uns und unserer Höhle wissen."

„Und doch heißt das Dorf hier Höhlen.", sagt der Kleine ernst.

Der Alte lächelt. Sie setzen sich auf einen dicken Holzstamm und dann erzählt er dem Kleinen alles was er über die Menschen weiß (Vom Vater zum Sohn). Er redet lange und er lässt dabei nichts aus. Als er fertig ist, schweigen sie einen Moment.

„Jetzt weißt du, was ich wusste. Und jetzt hast du eine Aufgabe. Und irgendwann, nach „langer Zeit", wirst du das Wissen weiter geben."

„Aber ich dachte, DU..." murmelt der Kleine.
„Ich", antwortete der Alte ernst, „Ich werde nicht wieder ins Hülloch gehen. Ich gehe dorthin wo die Sonne herkommt." Mit seinem Stock weist er in die Richtung. Ächzend erhebt er sich.
Beide blicken zu den Häusern. Inzwischen ist hinter vielen Fenstern Licht gemacht worden. Und die Schornsteine qualmen.
„Es ist Zeit", sagt der Alte. „Für uns Beide."
Er legt dem Kleinen die Hand auf die Schulter und dann geht er.
Der Kleine schaut ihm nach, bis er ihn nicht mehr sehen konnte. Dann schwang er sich den großen Weidenkorb auf den Rücken und marschierte los. In die andere Richtung.

Viele, viele Meter tiefer im Hülloch sitzen die Schanhollen. Sie warten. Vielleicht sogar schon ziemlich lange. Denn ihr wisst ja: Schanhollen messen ihre Zeit nicht. Aber es kommt ihnen lange vor. Das Feuer in ihrer Mitte brennt, aber es qualmt und räuchert wieder so vor sich hin, wie sie es gewohnt sind. Immer wieder hört man ein Husten. Einige Augen tränen, wenn man genau hinsieht. Ob sie weinen, weil sie traurig sind, oder ob die Tränen vom beißenden Rauch kommen, wer kann das schon sagen?
Manchmal schlafen sie ein. Dann wachen sie wieder auf. Sie erzählen sich gegenseitig Geschichten von ‚oben', obwohl keiner von ihnen je dort war. Sie machen sich auch Sorgen, ob ihre beiden Gesellen wieder kommen.
Und dann hören sie Schritte.

Ganz weit weg sind die. Aber wie ihr euch denken könnt, haben Schanhollen sehr gute Ohren.
Die Schritte kommen aus dem Felsengang über ihnen. Und sie wissen, wer da kommt.
Es ist jetzt ganz leise in der Höhle, weil alle den Atmen anhalten, um die Schritte noch besser hören zu können.
Langsam, ganz langsam kommen sie näher.
„Es ist nur einer.", sagt einer.
„Ja.", stimmen andere zu. Die Schritte des Alten fehlen. Die kann man immer an ihrem Schlurfen erkennen. Und weil der Alte ein bisschen humpelt. Und natürlich sein Stock. Aber jetzt kommt nur der Kleine.
Endlich, endlich, endlich kommt er an. Er betritt die Felsenhalle. Und alle freuen sich. Zwei helfen ihm, den schweren Weidenkorb vom Rücken zu wuchten. Und dann gibt es wieder viele Umarmungen.
Und schließlich fragt einer:
„Wo ist der Alte?"
Sie setzen sich. Und jetzt erzählt der Kleine, was geschehen ist. Dass ihm der Alte sein Wissen anvertraut hat, dass er dann gegangen ist. In die Richtung wo die Sonne aufgeht.
Die Schanhollen nicken. Sie verstehen.
„Und dann? Was hast du dann gemacht?"
„Na dann...", jetzt richtet er sich auf, drückt den Rücken durch. Sitzt aufrecht.
„Dann habe ich meine Aufgabe erfüllt. Vorsichtig bin ich zu den Häusern geschlichen. Habe durch die Fenster hineingeschaut. Ich sage euch, die Menschen sind echt ganz schön hässlich."
„So hässlich wie Wichtel?", fragt einer dazwischen.
„Ja genau. Oder nein. NOCH hässlicher als Wichtel."

„Uuuuuuuuh", machen alle angeekelt.

„Viel zu groß außerdem, unnatürlich lang, ihre riesigen Köpfe berühren die Wolken. Ständig stoßen sie sich daran und dann fällt Wasser aus ihnen herab." Er schmückt die Geschichte aus, je mehr die anderen an seinen Lippen hängen. „Schließlich habe ich dann das Haus mit dem Sohn vom Sohn vom Sohn gefunden. Ich habe vorsichtig ans Fenster geklopft, er hat hinausgeschaut. Und was soll ich euch sagen?"

Er macht eine Kunstpause.

„Sag!", sagt einer.

„Er konnte mich sehen. Und er wusste von irgendwoher, wer ich bin. Was ich bin. Obwohl er nicht all zu schlau wirkte, schien er das alles sofort zu verstehen. Ich hab ihm erzählt, warum ich da bin. Die Sache mit unserem Feuer. Und dem Rauch. All das hier."

„Und dann?", die Zuhörer werden ungeduldig. Sie schielen auf den großen Weidenkorb, der in der Ecke steht. Weil ein Sackleinentuch darüber gespannt ist, kann man nicht sehen, was alles darin ist. Aber er ist schwer. Soviel ist mal klar.

„Ja gut, ich merke, ihr wollt wissen wie mein Abenteuer ausging."

„Ja gut, so ein richtig dolles Abenteuer war es ja nun auch wieder nicht."; mault einer.

Andere kichern.

Der Sohn vom Sohn vom Sohn, der nicht der Hellste war, aber nett, der mich sehen konnte und mich verstand, nahm mich an die Hand und wir gingen los. Er sagte, er weiß einen Ort, wo mir geholfen wird. Also gingen wir über eine große Wiese, ein Stück durch den Wald und dann den Berg hinab, bis wir in die Stadt

kamen. Und ich sage euch. Das ist verrückt. Die Geschichten der Alten stimmen nicht mehr. Überall gibt es pferdelose Kutschen. Bunt und laut. Und überall ist Licht. Zum Glück können mich die meisten Menschen (hab ich schon ausgeführt, wie abgrundtief hässlich sie sind?) nicht sehen. Endlich überquerten wir einen steinigen Pfad, der den pferdelosen Kutschen gehört. Und da ist ein sehr großes Haus. HAGEBAU steht da drauf. Wie ihr wisst, kann ich lesen."
„Ihr seid in das Haus gegangen?", fragt einer ehrfurchtsvoll.
„Ja, mit meinem Korb. Und in dem HAGEBAU Haus haben wir ihn vollgepackt. Weil ich für die Menschen unsichtbar bin, war das schnell gemacht. Und ruckzuck, war mein Korb voll. Und mein Menschenfreund, der Sohn vom Sohn vom Sohn hat gesagt, ich kann nun zu euch zurück ins Hülloch gehen und wir hätten nicht mehr das Problem mit all dem Rauch:"
„Du hättest beim Weggehen ein Butterbrot auf den Zaun legen sollen", prustet einer.
„Ja!", lacht ein anderer, „oder alte Anziehsachen."
Die Schanhollen kichern und glucksen.
Der Kleine ist ein bisschen pikiert. Vielleicht hat er sie zu lange auf die Folter gespannt, oder sie haben gemerkt, dass er ein bisschen aufgeschnitten hat.
„Na gut", sagt er gönnerhaft. „DU! Und DU! Geht zu dem Korb. Macht das Tuch ab und bringt mir was darin ist.
Die Beiden rennen los, rupfen das Leinen ab und blicken in den Korb. Die anderen recken die Hälse. Der Korb wird umgestoßen und endlich kann jeder sehen, was darin war. Wie Teller sehen die Dinger aus. Ganz

weiß, rund, und eine schöne, glatte Oberfläche.
„Sag mal. Was steht da drauf. Was ist das für ein Ding?"
Und langsam und würdevoll nimmt der Kleine, der Abenteurer, eine der Scheiben. Behutsam streicht er mit dem Finger über die etwas erhabenen Buchstaben, als sei es eine Brailleschrift.
„Da steht..."

Eine letzte Kunstpause gönnt er sich.

„Da steht:

R-A-U-C-H-M-E-L-D-E-R".

Der weiße Rauk

Ingo Jung

Die Postkarte vom Weihnachtsmann

Es kam selten vor, dass Post kam. Eigentlich kam noch nie Post. Wie hätte sie auch zugestellt werden sollen, es gab ja nicht einmal einen Postkasten an der Schanhollenhöhle, dem Hülloch in Kierspe. Und weil es keinen Postkasten gab, wurde der Brief auch gleich zusammen mit einem Briefkasten geliefert. Im Grunde war es auch gar kein Brief sondern eine Karte. Aber das machte nichts. Ob Karte oder Brief, es war ein einzigartiges Ereignis am Hülloch und drei kleine Schanhollen sahen diesem Ereignis mit offenen Mündern zu.

Es begann damit, dass ein weit entferntes Klingeln von kleinen Glocken zu hören war. Dieses Geräusch lockte die Schanhollen zum Höhleneingang. Erst das Glockenspiel und dann, weit entfernt am Himmel, ein Schlitten mit Rehen oder Hirschen davor. Es mussten Hirsche gewesen sein, da man deutlich die Geweihe
erkennen konnte. Obwohl sie gewaltiger aussahen als üblich. Der Schlitten kam schnell näher und die Schanhollen versteckten sich hinter einem Felsvorsprung und beobachteten das Gespann dabei, einen weiten Bogen um den Höhleneingang zu fliegen um dann direkt davor zu landen. Im Schlitten saßen vier Zwerge oder Wichtel, das konnte man im Halbdunkel

des Abends nicht so genau erkennen. "Wichtel!" sagte die Schanholle abwertend.

"Oder Zwerge" kommentierte die zweite und verdrehte ihre großen Schanhollenaugen.

Egal ob Wichtel oder Zwerg, die Geschöpfe sprangen aus dem Schlitten. Einer hielt einen riesigen Hammer in den Händen der seine eigene Körpergröße übertraf, zwei andere schleppten den Postkasten zum Höhleneingang, bauten ihn auf und mit zwei, drei kräftigen Schlägen trieben sie den Pfahl für den feuerroten Briefkasten in den Boden. Dann sprang der Schlittenführer vom Schlitten, zog eine Karte aus der Hosentasche und steckte sie in den Briefschlitz.

So schnell das Gespann da war, so schnell war es auch wieder weg. Die drei Schanhollen schauten mit großen Augen und immer noch offenen Mündern gen Horizont als die ersten Schneeflocken ihre Zungen erreichten.

"Post! Post! Wir haben Post!"

Sie rannten gemeinsam in das Höhleninnere. Die Gänge rechts entlang, links entlang durch die große Festhöhle, den Weg hinunter, wieder hinauf, bis sie an der großen weiße Höhle des Schanhollen

ältesten angekommen waren. Völlig außer Atem und nassgeschwitzt standen sie vor dem Diener des Ältesten.

"Warum habt ihr es so eilig? Schanhollen haben es nicht eilig, das wisst ihr. Wir machen alles in Ruhe und mit Bedacht, also was ist los?"

"Wir haben Post!" flüsterte die kleinste der Drei.

Der Älteste hatte das Getöse vor seiner Höhle bereits gehört und ebenso das, was die kleine Schanholle da sagte. Seinen langen Bart hatte er sich zu eine Art

Turban auf den Kopf gebunden so sah er größer aus als er in Wirklichkeit war.

"Was soll das heißen, ‚wir haben Post'? Wir haben doch nicht einmal einen Briefkasten!"

"Jetzt schon!" sagte die Kleine.

"Und wer schreibt uns?"

"Keine Ahnung, der Brief ist im Kasten, wir haben ja keinen Schlüssel!"

"Dann würde ich sagen wir sollten nachsehen."

Und so zogen die drei Kleinen und der Älteste mit seinem Diener durch die Gänge des Hüllochs zum Eingang der Höhle. Jedem, der ihnen begegnete, erzählten sie vom Posteingang und jeder, der es hörte, folgte ihnen und so standen letzten Endes alle Schanhollen auf dem Vorplatz

zum Hülloch und bestaunten den nagelneuen feuerroten Briefkasten.

"Zu" sagte der Älteste und schaute auf die Briefklappe mit dem Schloss.

"Und jetzt?" fragte er in die Schanhollenmenge hinein, als plötzlich eine Feder vom Himmel schwebte an der ein kleiner goldener Schlüssel befestigt war. Sie fiel direkt in die große Hand mit den dicken Fingern des Ältesten.

"OK, das ist professionell, möchte ich behaupten."

Der Älteste öffnete den Briefkasten und sah die Karte darin. Der Absender musste viel mitzuteilen haben, denn die Karte war fast einen halben Meter lang und füllte den kompletten Innenraum des Kastens. Auf der Vorderseite sah man einen Schlitten mit Rentieren vor einem Mond in einer dunkelblauen Nacht. Der Älteste kannte Rentiere, da er vor vielen Jahren einmal mit

einem Wichtel Karten gespielt hatte, der aus dem hohen Norden kam. Er hatte damals viel verloren und auch Bienenschnaps getrunken. Als er jetzt die Rentiere sah erinnerte er sich an die Kopfschmerzen die ihn damals noch Tage später piesackten.
Die Sonne war bereits verschwunden, es war Anfang Dezember und vor allem war es hier draußen schon viel zu dunkel um noch lesen zu können was auf der Karte geschrieben stand.
Es war also das erste Mal, dass eine Nachricht die Schanhollen aus dem Hülloch erreichte. Daher war die Aufregung zu verstehen. Die drei Kleinen die den Schlitten mit eigenen Augen gesehen hatten waren umringt von ihren Höhlenmitbewohnern. Die wollten jedes kleine Detail wissen.
„Wie sahen die
 Zwerge aus?"
„Wichtel! Es waren Wichtel!"
„Wie groß war der Schlitten? Wie viele Rehe hatte er und wie schnell konnte er fliegen?"
und, und, und…

Der Tross setzte sich also in Bewegung Richtung großer Höhle, da wo man sich regelmäßig zu Höhlensitzungen, Höhlenfesten oder zum Weihnachtsfest traf. Der Älteste hatte einen weißen Thron, ganz wie es ihm und seiner Position angemessen war. Die anderen setzten sich Reihe um Reihe vor ihn. Ein Gemurmel und Getuschel breitete sich in der Höhle aus, die nun von vielen kleinen Fackeln allmählich erleuchtet wurde.
Der Diener des Ältesten klopfte mit einem abgebrochenen Stalaktiten auf den Boden.

„Seid leise, seid leise! Der ehrwürdige Höhlenälteste will euch etwas mitteilen." Es wurde still im Raum.
"Liebe Schanhollenkinder. Wir bekommen nicht oft Post aus der Welt."
"Noch nie!" rief jemand aus der Menge.
"Richtig, noch nie!" korrigierte sich der Alte und entknotete seinen Bart um ihn dann vor seinen Füßen wie einen weiten großen Teppich zu drapieren.
"Ich lese euch nun die Post vor, die übrigens an uns alle hier gerichtet ist!"

„Meine lieben Schanhollen
Leider sind wir uns noch nie persönlich begegnet aber eure Geschichte ist längst bis zu mir an den Nordpol vorgedrungen. Ich weiß auch gar nicht ob ihr mich überhaupt kennt. Aber wenn ihr euch an die Weihnachtsfeste in eurer wunderschönen Festhöhle erinnert, dann habt ihr euch doch sicher darüber gewundert, wer die vielen kleinen Päckchen in den großen Baum über dem See gehängt hat. Das war ich, mit meinen kleinen fleißigen Wichteln."

"Wichtel!" sagte die kleine Schanholle die den Schlitten gesehen hatte und wieder verdrehte sie die Augen.
„Ihr wundert euch sicher warum ich euch schreibe und glaubt mir, es fällt mir wirklich sehr sehr schwer, denn ich habe eine riesengroße Bitte an euch. Seit über 1500 Jahren verlasse ich mich auf meine Wettervorhersage zur Weihnachtsnacht und noch nie in all den Jahren, hat sie sich je getäuscht. Und in diesem Jahr wird es zum ersten Mal passieren, dass ein Ort so sehr eingeschneit

sein wird, dass ich ihn nicht werde erreichen können. Und dieser Ort ist Kierspe.
Nicht genug, dass ich euch keine Geschenke bringen kann. Nein, ich kann auch keinem Kind und keinem Erwachsenen in Kierspe in diesem Jahr ein Geschenk bringen und das bedrückt mich sehr.
Doch ich habe von eurer Handwerkskunst gehört und wie sehr ihr es mögt zu spielen ob mit oder ohne Bienenschnaps."
Der Höhlenälteste machte eine kurze Pause las dann aber weiter.
„Nun, meine Bitte an euch ist: Helft mir in diesem Jahr die Kiersper Kinder und Erwachsenen zu beschenken! Ich habe euch alle unsere Bauanleitungen für Spielzeug, Kleidung und und und an diese Karte angehängt und ich bin sicher, ihr werdet diese Dinge ebenso schön herstellen wie ich hier oben am Pol mit meinen Wichteln."
Die kleine Schanholle verdrehte die Augen.

„Draußen vor der Tür wartet ein weißer Rabe. Wenn ihr mir diesen Gefallen tun wollt, dann gebt ihm die Feder an welcher der Schlüssel zum Briefkasten hing und er wird sie mir bringen. Dann werde ich wissen, dass ich mich auf euch verlassen kann. Anderenfalls wäre es das erste mal in der Geschichte der Weihnacht, dass ein Dorf komplett unbeschenkt bliebe. Ich zähle auf euch!
Der Weihnachtsmann"

Der Älteste ließ die Karte sinken und dachte über die Worte nach die er selbst soeben gesprochen hatte. Es war mucksmäuschenstill im Hülloch.

"Liebe Kinder! Wollen wir dem Weihnachtsmann aus der Patsche helfen und den Kierspern einen unvergesslichen Weihnachtsabend spendieren?"
Ein Murmeln und grummeln erfüllte die Höhle.
"Warum nicht" sagte einer leise.
"Eh nichts los so vor Weihnachten" ein anderer.
"Ja!" rief jemand laut.
"Genau, sollen die da oben mal sehen was Schanhollenbaukunst ist!"
"JA!"
"JA!"
"Wir schaffen das!" sagte ein Schanhollenmädchen das die Hände zu einer Raute vor ihrem Kugelbauch formte. Ein freudiges und euphorisches Getöse brandete durch die Höhle.

"Dürfen wir?" fragte einer der drei Kleinen vom Eingang und zeigte auf die Feder. Der Älteste nickte und kurz darauf flog ein weißer Rabe mit einer Feder im Schnabel in Richtung Nordpol.

Die nächsten Wochen hörte man in der Höhle ein fröhliches Hämmern, Bohren, Sägen und Singen. Die Schanhollen liebten es während der Arbeit in der Höhle zu singen. Es türmten sich Stapel mit dicken, warmen Pullovern, dicken Socken, Mützen, Decken. Holzspielzeug in jeder Form. Eine Eisenbahn, geschnitzte Rehe, Füchse, Kühe ja sogar der Weihnachtsschlitten mit seinen Rentieren nach den Beschreibungen der drei Kleinen. Es gab eine Verpackungsstraße an deren Ende Päckchen um Päckchen aufgestapelt wurde. Eines mit einer riesigen dicken roten Schleife.

Die Postkarte lag in der Mitte der großen Höhle so konnte jeder die Baupläne für die Geschenke lesen. Ganz am Ende befand sich die Liste mit den Namen der Kinder die beschenkt werden sollten. Der Diener des Ältesten verglich wie ein guter Buchhalter jedes Geschenk mit jedem Namen auf der Liste.

"Schau mal, die Briefmarke ist runtergefallen." Einer der drei Schanhollen vom Eingang hob die Marke auf die so groß war wie eine Schanhollenhandfläche. Er wollte sie schon zurück auf die Karte kleben als er die Schrift auf der Rückseite sah.

"Was das denn? Ein Bauplan!"

"Wofür?" fragte die kleinste Schanholle.
"Für einen, für einen Schokoladenbrunnen aus Eis!"
"Cool!"
"Schau mal hier, den hab ich ganz allein geschnitzt!"

Die mittelgroße Schanholle hielt das Holzmännchen in Richtung der beiden die den Bauplan für den Brunnen studierten.
"Wichtel!"
Die kleine Schanholle verdrehte die Augen.
Drei Wochen lang hatten nun alle Schanhollen gemeinsam an den Geschenken gebastelt, auf diesen einen Abend in Kierspe hingearbeitet und alles um sich herum vergessen. Keiner hatte auch nur die leiseste Idee, seine Arbeit ruhen zu lassen und mal nach draußen zu gehen bevor alles fertig war. Und dann, ein paar Tage vor Heiligabend, waren sie fertig. Und die Drei, denen vor drei Wochen der Weihnachtsschlitten begegnet war, als er den Briefkasten nebst Post brachte, standen am Eingang des Hüllochs.
Es war ein kalter Tag im Winter. Ein sehr kalter Tag im Winter sogar. Der Dezember war nun schon fast vorbei und die letzten Tage hatte es kräftig geschneit.
„So viel Schnee", jammerten die Erwachsenen, „Sooo viel Schnee haben wir ja schon lange nicht gehabt!"

Rettung aus dem All

Thomas Block

Lord Sockwalker kommt zurück

Der letzte Tag

Admiral Sockwalker blickte sorgenvoll an seinen Offizieren vorbei auf den Kontrollschirm seines Schiffes. Im Scheine der opalisierenden Notbeleuchtung konnten die Männer sehen, dass der Atem des Admirals in der Kühle kondensierte. Die lebenserhaltenden Systeme der NS Wagemood, die einmal das modernste Schiff der vereinigten Menschenflotte gewesen war, liefen auf minimaler Stufe um Energie zu sparen. Vranklin Clementis, der leitende Biologe an Bord ergriff das Wort. „Meine Herren, wie wir schon seit einiger Zeit wissen, gibt es nur noch eine Möglichkeit die Existenz der menschlichen Rasse zu sichern." Er deutete auf den Plasmaschirm auf dem der unerforschte Planet türkisblau unter einer leuchtenden Wolkenschicht schimmerte. „Wir treten nun in das Gravitationsfeld von SOK.-N-grucc 8.5 ein und es gibt kein Zurück mehr. In diesem Moment erschütterte die gesamte Transferkabine von Sun-Ja Mula, sie hatte sich einige Spacesekunden in die Traumtransferkabine zurückgezogen, um ihre Kreativbatterien ein wenig zu laden, wohl wissend das durch die schwindende Neuroenergie unbedingt gehaushaltet werden musste. Sie hatte das intensive Körperprogramm geladen und vergessen den Intensitätsregler herunter zu drehen, daher schüttelte es sie jetzt so stark, dass die gesamte Transferkabine in Ihrer

Neutronenlagerung erschüttert wurde. Sie erwachte.

Benommen von den hinreißenden Sekunden, kam sie nur sehr langsam in die Realität zurück. Ihr Dienst auf der Brücke begann in 8 Sekunden. Sie zog ihren Cellularoverall an und sprang in die Öffnung im Boden,

Bruchteile von Sekunden landete sie auf der Brücke, geleitet vom Jetstreamverteiler der sie per Voicecontroll an jeden Punkt des Schiffes brachte. „Da sind sie ja, Mula. Wir treten in ein paar Sekunden in das Gravitationsfeld ein, schalten sie in 45 Sekunden auf Manualkorrektur um." Sockwalker war nervös, er wusste wie alle da die nächsten Sekunden entscheidend für das Raumschiff NS Wagemood und für das weiterbestehen der Menschheit war. „Ich habe hier die Zielkoordinaten die der Computer ermittelt hat" Zoozan Vromaan reichte Sockwalker den Holochip mit dem Namen des Zielortes. Eine längst vergessene Stadt, die jedoch sowohl die Wasserstoffkriege überlebt hat als auch die Klimakatastrophe zu Beginn der Spectraldekade. Der Zielort nannte sich Kierspe/ K597. „Eintritt in die Atmosphäre in 5 Sekunden, 4, 3, 2, 1, Eintritt. Die künstliche Atmosphäre hinterließ blaue Spuren auf der Aussenhaut der NS Wagemood. Auf der großen Plasmawand konnte die Besatzung die Erdoberfläche sehen. Auf dem stahlblauen Atlantik sah man noch den alten, weißen Schriftzug „Microsoft". Sockwalker dachte an seine Studienzeit und wie darüber berichtet wurde, dass die Programmierung der Flottencomputer ihre Wurzeln in diesem Namen begründet fanden. Das Schiff bewegte sich mit 14,45 RSG auf das alte Europa zu. Wie ein Deckel über einem Kochtopf legte sich das 40 km lange Raumschiff über Kierspe/ K597. „Oberflächenscan läuft" Sun-Ja Mula saß konzentriert vor ihrer Scanbrille. „Erfassung der Bioenergetischen Grundsubstanz abgeschlossen" sagte Vranklin Clementis."Ich hab sie" Clementis Blutdruckregulator aktivierte sich. „Aufnehmen", kam es knapp von Sockwalker. 99 Personen wurden durch den Vakuumsog des Transmitterstrahls betäubt und aufgenommen. Sanft wurden sie in das Raumschiff gezogen. Der Atmosphärenriss verursachte den Austritt des restlichen Sauerstoffs der Erde. „Voller Schub, die Zeit wird knapp" kam es ruhig von Sockwalker. „10 Sekunden bis zum Abschuss" Zoozan Vromaan legte die Aktivatorkarte des Detonators um. „Elimination erteilt" Admiral Sockwalkers Stimme war eisig, mit diesen zwei Worten erteilte er den Auftrag zur Vernichtung der Erde. Mit einem kleinen Fallschirm fiel „das schwarze Loch" auf den Erdboden. Im Augenblick des Kontaktes, wurde die gesamte Erde in eine Molekularkompression gezogen. Lautlos und von einem auf den anderen Augenblick wurde der gesamte Planet auf die Größe eines Fußballes komprimiert. Das Raumschiff sog derweil die Restenergie in seine Tanks und steuerte dann in eine undefinierte Himmelsrichtung. An Bord die Rettung der Menschheit, die 99 Schanhollen aus dem Hülloch.

Der Geist vom Schleiper Hammer

Thomas Block

Zwischen Himmel und Hülloch

Vorher war auch nicht alles schlecht.

Ja, alles vielleicht nicht. Aber vieles war schlecht. Ich war immer müde und oft krank. Dass ich so oft krank war, das hing natürlich damit zusammen, dass wir immer schon arm gewesen waren. Solange ich mich erinnern kann, hatten wir nie genug Geld, um alle satt zu bekommen oder einmal sorgenfrei sein zu können. Meine Eltern hatten damals ein kleines Haus im Volmetal, bei Haus Rhade, eine Hütte eher und ein paar Tiere. Und ein winzig kleines Stück Land, das in guten Sommern eine kümmerliche Ernte erlaubte. Dann hatten wir etwas weniger Hunger. Meine Eltern waren gute Leute. Wenn sie einmal Zeit hatten, spielten sie mit mir und meinen vier Brüdern, gingen in den Wald um Beeren zu sammeln und uns die Welt zu erklären. Das war aber nicht oft. Als ich 14 war wurde ich fortgeschickt um zu arbeiten. Mein Vater besorgte mir eine Arbeit im Hammerwerk an der Schleipe. Die Arbeit war nicht leicht aber der alte Schmied hielt viel von mir. Ich lernte schnell und konnte so mit der Zeit immer mehr Aufgaben übernehmen. Ich verdiente nicht viel, aber es reichte immer, um satt zu werden und meine Eltern und die Brüder zu unterstützen.

Als der Unfall geschah war ich 15 Jahre alt. Was genau passiert ist, weiß ich nicht mehr ganz genau. Aber es muss ungefähr so passiert sein:
Es war schon gegen Mittag und ich freute mich darauf, eine Pause machen zu können, als ich noch einmal die Maschinen überprüfte. Und plötzlich bekam ich einen Schlag in den Nacken. Und dann wurde es kurz dunkel. Wie ich später erfuhr, war ein hölzernes Antriebsrad gebrochen, der Riemen abgesprungen und eine Welle schlug mir mit solch gewaltiger Kraft ins Genick, dass es brach. Als ich wieder zu mir kam, sah ich wie der Schmied und die anderen Arbeiter um mich knieten und sich um mich kümmerten. Zunächst hatte ich ein gutes Gefühl. Es war gut zu sehen, dass sich die anderen sorgten. Als mir bewusst wurde, dass ich mich selbst da liegen sah, lief mir ein Schauer über den Rücken. Ich sah mich da liegen, das Genick seltsam abgewinkelt und der Hinterkopf zertrümmert. Meinen Hinterkopf hatte ich überhaupt noch nie gesehen... Das konnte nur eines bedeuten. Vielleicht zweierlei. Entweder ich träumte gerade einen ziemlich schlimmen Albtraum...
oder...
Oder ich war eben gerade tot. Wenn es ein Traum

gewesen wäre, dann würde die Erzählung hier enden.
Weil es kein Traum war, nun, darum beginnt sie hier.

Ich muss wohl nicht sagen, dass ich mich in der
Situation sehr seltsam gefühlt habe. Ihr wisst sicher,
dass man bei komischen Szenen in Träumen auch nicht
alles hinterfragt, sondern einfach nur macht. Ich kann
euch sagen:
Wenn man gerade gestorben ist, dann ist es ganz
genauso.
Ich sah mich also so da liegen, von den Kameraden
umringt. Aber ich war auch bei mir. Ein paar Meter
abseits. Natürlich wollte ich das aufklären und so ging
ich näher heran. Ich sprach die Männer an, berührte sie,
versuchte mich zwischen sie zu drängen. Sie reagierten
nicht auf mich. Es half nichts, dass ich lauter wurde, sie
anschrie und an den Schultern packte. Nichts. Keine
Reaktion. Sie kümmerten sich nicht um mich, nur um

meinen Körper, der da auf dem Boden der Schmiede lag. In einer größer werdenden Blutlache.

Nach einiger Zeit, ich kann nicht sagen, ob es eine Minute oder eine Stunde war, seit ich tot bin habe ich keinerlei Zeitgefühl mehr, sagte einer:
„Er ist tot."
Sie nahmen ihre Mützen ab, bedeckten meinen Körper mit einem sauberen Tuch und gingen hinaus. Keiner sagte ein Wort.
Wie versteinert blieb ich in der Mitte des Raumes stehen. Irgendwann kam ein Arzt. *Irgendwann* wurde an diesem Tag ein wichtiges Wort für mich. Der Arzt hatte schlechte Laune und konnte sowieso nicht mehr tun als meine Kameraden vorher. Er stellte aber schließlich

offiziell fest, dass ich nun tot war. Er füllte ein Schriftstück aus, nahm seine Tasche und dann war er auch schon wieder weg.
Irgendwann kam auch mein Vater.
Er sagte nichts, strich mir über den Kopf, deckte mich wieder zu und weinte. Weinen hatte ich ihn noch nie gesehen. Er blieb eine Weile, betete und ging dann wieder. Ich tat nichts. Ich stand immer noch da, wie ein Denkmal. Unfähig, irgendwas zu tun.
Am Abend, draußen war es schon dunkel, kam eine Kutsche. Natürlich. Sie holten meine Leiche ab. Wie das klingt. An so etwas gewöhnt man sich schwer. Vielleicht wird es *irgendwann* normal.
Meine Leiche wurde in eine Kiste gelegt und hinausgetragen. Wieder sprach niemand. Es ist schon eigenartig, wenn man tot ist.
Alles verstummt für eine Weile.

Und ich war nicht sicher, was zu tun war. Muss man als „Geist" den Körper begleiten? Muss man in ein Licht schweben und in den Himmel auf- oder in die Hölle hinabsteigen? Oder bleibt man einfach da, wo man zuletzt war. Ich entschied mich für Letzteres, da ja sowieso kein Engel kam um mir den Weg zu zeigen.
Ich bleib in der Schmiede und wartete.
Ich hatte keinen Hunger, keinen Durst, mir tat nichts weh, ich wurde nicht müde und ein Zeitgefühl hatte ich auch nicht mehr.
Am nächsten Morgen kamen die Kollegen zur Arbeit. Natürlich sahen sie mich nicht, nahmen mich nicht wahr. Aber für mich war es ein gutes Gefühl in ihrer Nähe zu sein. Ich hörte ihnen zu, wie sie von meinem

Unfall erzählten. Wie sie über mich sprachen. Dass ich ein guter Kerl gewesen sei, dass ich gut gearbeitet hätte und all so Dinge die man halt sagt, wenn einer gestorben ist. Irgendwann begannen sie wieder zu arbeiten. Das Wasser begann zu fließen, die Zahnräder drehten sich und der Hammer tat sein Werk. Die Arbeit ging weiter, dass normale Leben der anderen ging weiter. Ich blieb dabei. Es fiel mir irgendwie schwer nichts tun zu können. Manchmal versuchte ich Dinge anzufassen, etwas aufzuheben oder solche Kleinigkeiten, die man meist so unbewusst tut. Aber ich merkte schnell, dass ich auch nichts mehr anfassen und bewegen konnte. Wie ein Geist eben.

Am nächsten Tag kam auch schon einer, der meine Arbeiten übernehmen sollte. Ein junger Mann, vielleicht in meinem Alter. Ich hatte ihn schon mal gesehen, kannte ihn aber nicht richtig. Nach und nach erlernte er „meine" Handgriffe, machte „meine" Arbeit und wurde von den Kameraden so gut aufgenommen, wie ich damals. Und ich stand herum und wusste nicht, ob das nun bis in alle Ewigkeit so weitergehen sollte.

Nach ein paar Tagen, Wochen oder Monaten verließ ich den Schleiper Hammer das erste Mal. Einfach so, am hellichten Tag. Es war ein Sonntag und es wurde nicht gearbeitet, also ging ich los, den Weg an der Volme entlang, den ich früher immer gegangen war. Ich wollte nach Hause. Ich marschierte also, ohne dabei erschöpft zu werden oder Durst zu bekommen. Wenn mir Leute begegneten, dann sahen sie mich nicht. Bei den Tieren war ich mir manchmal nicht ganz sicher. Zwei Pferde, die einen Karren mit Heu zogen, scheuten, als ich an ihnen vorbeiging. Es war schwer für mich, als ich zuhause ankam. Alles war wie immer. Vater und Mutter arbeiteten, die Brüder waren rund ums Haus verstreut. Manchmal redeten sie miteinander, lachten, dann fielen wieder ein paar Worte über mich, sie weinten, aber auch hier ging das Leben weiter. Einfach so, nur ohne mich. Ich blieb eine ganze Weile dort und beobachtete wie es ohne mich weiter ging. Aber es machte mich auch traurig, das zu sehen ohne ein Teil davon sein zu können. Ich musste auch noch andere Dinge sehen. Einmal ging ich zum Haus von Anni. Mit ihr war ich zur Schule gegangen. Und ich war wohl auch in sie verliebt. Einmal, beim Jahrmarkt in Kierspe, hatte sie sogar mit mir getanzt und mich umarmt. Ich musste wissen wie es ihr ging.

Sie wohnte mit ihren Eltern auf der Mark. Also wanderte ich dorthin. Als ich ankam, sah ich schon wie sie auf der Bank vor ihrem Elternhaus saß. Mit irgendeiner Frauentätigkeit beschäftigt. Sie nähte oder stopfte irgendein Wäschestück. Ich sah ihr die ganze Zeit zu. Endlich konnte ich sie einfach anstarren, ohne dass sie es merkte. Mir wurde bewusst, wie hübsch sie war. Ihr rotes Haar zu Zöpfen gebunden, ein einfaches helles, aber sauberes Kleid an und nackte Füße. So saß sie in der Sonne, arbeitete und sang dabei. Ich war verliebt. Ganze Tage lang schaute ich ihr zu, schwärmte sie an. Manchmal beobachtete ich sie auch, wenn sie sich auszog um sich zu waschen oder wenn sie zu Bett ging. Zuerst war es mir etwas peinlich, sie splitternackt zu betrachten. Aber ich konnte nicht widerstehen. Sie hatte wunderschöne weiße Haut, einen runden Busen und war genauso, wie es mir gefiel.

Aber es brach mir das Herz, dass ich sie nicht anfassen, streicheln oder küssen konnte. Mit ihr zu reden hätte mir schon gereicht. Aber auch das ging ja auch nicht. Wenn sie schlief, saß ich daneben und beschützte sie vor bösen Träumen. Das ging eine ganze Weile so. Irgendwann bekam ich Angst. Was wäre, wenn sie sich in einen anderen Jungen verliebte? Das könnte ich nicht mit ansehen. Wer weiß, vielleicht würde er sie küssen oder sogar ihren Busen streicheln. Irgendwann würde das bestimmt geschehen. Und dann müsste ich weg sein. Eines Abends saß ich wieder an ihrem Bett und verabschiedete mich von ihr. Ich erzählte einfach, wohl wissend, dass sie mich nicht hören konnte. Als sie aber im Schlaf zu lächeln begann und ganz, ganz leicht nickte, wusste ich, dass es gut war. Ich hauchte ihr einen Geisterkuss auf die Stirn und ging für immer.

Eine Weile verbrachte ich dann noch bei meiner Familie. Ich sah, wie die Brüder heranwuchsen, älter wurden und schließlich auch begannen, irgendwo in den Mühlen und Schmieden rundherum zu arbeiten. Auch meine Eltern wurden älter. Ich merkte, dass ich hier nicht mehr hingehörte und ging also wieder zu dem einzigen Ort, den es sonst noch für mich gab. Meine Arbeitsstelle im Schleiper Hammer. Als ich wieder dort war, verschwand meine Unruhe, die Suche auf der ich gewesen war. So blieb ich tagsüber bei den Kameraden und ihrer Arbeit. Obwohl ich nicht arbeitete, weil ich ja nichts anfassen konnte, merkte ich, dass ich es manchmal doch schaffte, einzugreifen. Zunächst kleine Dinge. Ein kleines Werkzeug das einem der Arbeiter heruntergefallen war, das er die ganze Zeit suchte und nicht fand. Das lag nun vor meinen Füßen. Ich bückte mich, um es aufzuheben, …und was soll ich euch sagen, ich konnte es greifen, so wie früher. Ich nahm es, legte es auf die Werkbank, wo der Kamerad es auch kopfschüttelnd nach einer Weile fand. Als ich aber andere Dinge bewegen wollte, funktionierte es nicht. Es dauerte eine ganze Zeit, bis ich die Zusammenhänge erkannte. Wenn ich helfen konnte, dann war ich in der Lage, Gegenstände zu bewegen, so wie ich es als Mensch getan hatte. Aber nur dann. Und so wurde ich ein sehr aufmerksamer „Geist", der Werkzeuge wiederfand, sie aufhob, an die richtigen Stellen legte und all solche Kleinigkeiten. Die Arbeiter waren irgendwann auch davon überzeugt, dass es einen guten Geist geben müsse. Manchmal scherzten sie darüber und lachten. Ein guter Geist war ich nun also, dachte ich. Das war nicht das, was ich mir früher gewünscht hatte, aber es war in Ordnung. Ob das für die Ewigkeit so weiter gehen sollte? Da war ich mir nicht ganz sicher. Aber dann kam es ja doch anders.

Eines Tages, es war Ende Herbst, aber ich weiß nicht mehr in welchem Jahr. Ihr wisst ja: die Zeit. Es war kurz vor Feierabend und draußen war es schon dunkel. Die Kameraden waren dabei aufzuräumen und wie immer vor dem Sonntag, ein bisschen sauber zu machen, als es geschah. Der Junge, der vor ein paar Jahren, nach meinem Tod, meine Aufgaben übernommen hatte, war gerade dabei den Raum auszufegen, als das gleiche geschah, was auch mein Schicksal besiegelt hatte. Eine Antriebswelle sprang ab, ein Zahnrad aus Holz brach und schleuderte eine Achse auf den jungen Mann. Fritz hieß er. Ich erkannte die Situation sofort und ich warf mich, so schnell es ging, gegen ihn. Zum Glück erwischte ich ihn, kurz bevor er von der zentnerschweren Achse getroffen werden konnte. Er fiel auf den Boden, brach sich die Hand aber überlebte. Die Achse und Teile des Zahnrades polterten auf den Steinboden, aber mehr geschah nicht. Die Männer waren aufgewühlt und standen unter Schock, die meisten von ihnen erinnerten sich wieder an meinen Unfall vor zehn Jahren.

Zehn Jahre? Das wurde mir erst bewusst, als sie es sagten. Zehn Jahre war ich schon ein „Geist", dabei kam es mir vor, als sei das erst ein paar Tage her gewesen. Die Männer bedankten sich schließlich beim „Guten Geist" der Schmiede, obwohl sie wussten, dass es keine Geister gab. Sie tranken gemeinsam noch ein Bier, löschten die Lichter und gingen nach Hause.

Wieder war ich alleine. Einsam, traurig und alleine. Seit nunmehr zehn Jahren. Am meisten fehlte mir, das war mir gerade klar geworden, dass es niemanden gab mit dem ich reden konnte. So kam es, dass ich das erste Mal, seit ich nicht mehr lebte, weinte. Das tat gut. Als ich damit fertig war, schaute ich mich um. Da lagen noch die Trümmer, die den Fritz fast erschlagen hatten. Es hatte also doch ein Gutes. Ich konnte meine seltsame Existenz nutzen um anderen zu helfen. Das fühlte sich gut an. Ich beschloss für mich, dass es dann wohl mein Schicksal sein sollte für immer, für die Ewigkeit, im Schleiper Hammer zu bleiben und die mir anvertrauten Arbeiter zu beschützen. Ewigkeit ist für einen ohne jegliches Zeitgefühl nicht ganz so schlimm, redete ich mir ein. Und da wusste ich ja auch noch nicht, dass es mein letzter Tag in der Schmiede gewesen sein sollte.

Denn nun geschahen wirklich wundersame Dinge. Als ich aus dem Fenster schaute sah ich unten, in Richtung Volme ein Leuchten. Ganz sicher kein Sonnenaufgang. Denn dazu erklang eine Melodie, vielleicht von einer Flöte. Oder von mehreren. Und schließlich klopfte es an der Tür, bevor sie sich vorsichtig, wie von selbst öffnete. Ein paar Jungs, Knaben, Kinder, junge Männer traten ein. Dass es keine normalen Leute waren, sah ich sofort. Irgendwie waren sie halb transparent und leuchteten ganz sanft von innen heraus. Wie es den Anschein hatte, waren sie alle nackt. Das war schon ein wenig sehr seltsam, doch als ich an mir herabschaute, merkte ich, dass auch ich keine Kleider trug. In den zehn Jahren meiner Geistertätigkeit war mir dies bisher nicht aufgefallen. Jetzt spielte es auch keine Rolle mehr. Das Beste aber war: sie sahen mich, nahmen mich wahr und konnten mit mir sprechen.

„Hallo", sagte der Kleinste. Wir haben dich beobachtet. Und wir sind zu dem Entschluss gekommen, dass du soweit bist."

„Wer seid ihr? Was habt ihr vor?"

Viel zu viele Fragen, die ich jetzt stellen wollte.

„Wir sind wie du", sagte ein anderer. „Es gibt viele wie uns. Und wenn sich einer bewährt hat und zehn Menschenjahre vergangen sind, dann…"

„Dann?"

„Dann kann es sein, dass wir ihn holen."

„Ah, ihr seid die Engel? Ich komme jetzt in den Himmel?"

„Noch lange nicht", sagte er mit sanfter Stimme. „Noch lange nicht. Zuerst kommst du mit uns. Du wirst einer von uns."

Ein Schauer lief mir über den Rücken. Ich hatte keine Wahl, und eigentlich war es ja etwas was ich mir gerade noch gewünscht hatte. Kameraden mit denen ich reden konnte, mit denen ich mich austauschen konnte. Die meine Einsamkeit beenden würden.
„Frag schon", lächelte mich der Älteste an.
„Ähm. Ja. Wohin gehen wir?"
„Ins Hülloch" antwortete er. Wir leben im Hülloch. Wir sind die Schanhollen aus dem Hülloch. Und du bist jetzt einer von uns.
Was dann geschah? Ihr wollt es wissen? Das würde ja eine Ewigkeit dauern, euch all dies zu erzählen. Eine Ewigkeit macht mir nichts aus. Aber euch vielleicht. Aber es wäre auch eine andere Geschichte. Meine endet hier. Und die andere Geschichte? Vielleicht erzähle ich sie euch mal.

Irgendwann...

Die Thingslinde und das Femengericht

Ingo Jung

Singende Holländer am Baum

Der Schnee wurde immer dichter und die Pferde konnten sich nur langsam durch den nassen und klebrigen Schneematsch bewegen. Als Jan und Eric in Amsterdam aufbrachen, spiegelte sich dort noch die Morgensonne in den Grachten. Das war vor zwei Tagen und obwohl es Dezember war hatten sie die Hoffnung gehegt, den Weg nach Frankfurt müheloser zu erreichen als es nun der Fall war. Den Gasthof auf ihrem Zwischenstopp verließen sie heute Morgen nach einem kargen Frühstück. Mehr als fünf Tage sollte der Weg nach Frankfurt nicht dauern, damit sie noch rechtzeitig bei ihren Familien würden sein können. Zum Weihnachtsfest. Außerdem wartete bereits der Juwelier in Frankfurt auf ihre Lieferung. Goldschmuck aus Amsterdam der in Frankfurt an die Wohlhabenden Bankiers der Stadt verkauft werden sollte und der seinen Platz zunächst unter den Weihnachtsbäumen und später an den schönen Gattinnen der reichen Bänker finden sollte.

„Es ist ein verdammtes Dreckswetter!"

„Ja, ich hoffe, das bleibt nicht so, sonst wird aus den fünf Tagen eine ganze Woche. Meine Kinder werden mich lynchen, wenn ich nicht pünktlich zurück bin. Die hetzten mir den Zwarte Piet auf den Hals, das schwör ich dir!"

Die Männer lachten. Trotz des Wetters war ihre Stimmung gut. Bis hier zur Mark waren sie gut vorangekommen und der Schneefall sollte sich auch irgendwann wieder legen. Die Handelsstraße von Amsterdam nach Frankfurt führte die Männer durch Kierspe. Vor fünf Jahren waren sie bereits schon einmal hier vorbeigekommen. Sie erinnerten sich noch an die beiden Linden die auf dem Berg standen und die einerseits als Landmarken zur Orientierung dienten, da sie schon von weitem gesehen werden konnten. Andererseits erinnerten sich die Männer jedoch auch an die Gestalten welche damals an den Ästen hingen. Mit einer Schlinge um den Hals.

„Ich glaub, ich kann den Galgenbaum schon sehen." sagte Eric und schaute in die Ferne auf den Berg.
„Unmöglich," sagte Jan „so weit sind wir noch nicht."

Sobald es weniger schneite, verzog sich auch der Nebel und man hatte für eine Weile klare Sicht. Sehr weit vor ihnen standen auch die beiden Linden auf dem Berg, die Jan nun auch sah. Er war froh, dass nichts an den Ästen hing. Was er zu diesem Zeitpunkt nicht wusste war, dass sich dies bald ändern sollte.

„Du hast recht. Dahinten steht sie - die Thingslinde!"

Während er dies sagte schoss sein Pferd plötzlich steil empor, die Hufe wild in die Luft strampelnd. Nur mit Mühe konnte er sich auf dem Pferd halten. Auch Erics Pferd wieherte und tänzelte auf der Stelle - völlig unruhig und nervös, doch die beiden Männer konnten nicht erkennen weshalb.

„Ho!Ho! Ruhig, ganz ruhig…"

Jan hielt die Zügel fest, doch als das Hinterteil des Pferdes unerwartet aufbockte hob es ihn aus dem Sattel und er stürzte zu Boden. Von dort aus sah er dann was die Pferde so in Aufruhr versetzte. Auf dem Boden wanden sich Schlangen. Vier oder fünf mussten es sein, nicht sonderlich groß aber für die Pferde unbekannt und bedrohlich genug.

Eric stieg vom Pferd, ging zu Jan und wollte etwas sagen.
Doch das letzte was er sah waren die aufgerissenen Augen von Jan als es schwarz um ihn wurde.

Die Gestalt mit dem Knüppel sahen sie nicht. Sie sahen auch nicht, wie sie die Schlangen in einen Sack stecke und mit den Pferden Richtung der alten Linden verschwand.

Eric kam als erster wieder zu Bewusstsein. Zugedeckt unter einer Schicht frisch gefallenen Schnees hörte er die Stimmen wie durch Watte. Sein Kopf schmerzte.

„Das sind sie! Da - sie liegen noch da, wo es passiert ist."

Ein Junge, nicht älter als 16 Jahre und klein von Wuchs, zeigte auf die beiden Schneehaufen. Aufgebracht war er, der erste einer kleinen Gruppe von Menschen die mit Stöcken und Sicheln näher kamen.

„Sie haben sich gegenseitig so sehr verletzt, dass sie hier liegen geblieben sind. Sie haben sich um die Beute gestritten."

Der Junge trug nicht viel am Körper, dennoch schienen ihm Schnee und Kälte nichts auszumachen. Er sah aus als hätte er kein ordentliches Dach über dem Kopf gehabt. Die wenige Kleidung war schmutzig und um die Füße hatte er Lumpen gegen die Kälte gewickelt.

Nun wurde auch Jan wach, fasste sich an den Kopf und sah die Gruppe verschwommen vor sich.
Die Stimmen konnte er zwar deutlich hören aber nicht verstehen. Ebenso wie Eric sprach er Holländisch und nur sehr wenig deutsch. Ihr Ziel in Frankfurt wäre ein holländischer Juwelier gewesen, da wäre die Verhandlung auch ohne die deutsche Sprache möglich gewesen.

„Richter! Richter! Ihr müsst die beiden hängen!" quiekte der Junge. „Sie haben mich beraubt, den Ring meines Vaters haben sie mir geraubt. Alles was ich an Wert besitze. Die sind nicht von hier. Das sind Fremde."

Die Dunkelheit setzte ein und immer mehr Kiersper gruppierten sich dazu. Sie hielten Fackeln in den Händen und so saßen Eric und Jan im Schnee. Und sie verstanden ihre Welt nicht mehr.

„Eric! Der Schmuck, der Schmuck ist weg!" Jan lief es kalt den Rücken hinunter.

Jetzt schaute auch Eric nach. Der Beutel den er vor seiner Brust trug war weg. Er schaute auch in die Innentasche seines Mantels und zu seiner Verwunderung war dort ein Ring, den er noch nie zuvor gesehen hatte.

„Da!" ein gellender Schrei des Jungen. „Da ist mein Ring!"

Blitzschnell sprang der Junge zu Eric und riss ihm den Ring aus den Händen.

„Hier Richter, seht! Im Inneren werdet ihr meinen Familiennamen sehen."

Der Richter nahm den Ring. Drehte ihn und sah im Licht einer Fackel einen eingravierten Namen.

„von Berg!" sagte der Junge und der Richter nickte.

„Bringt die Männer zur Thingslinde, wir werden noch heute über sie richten.

Und so zog die Gruppe mit ihren Fackeln den Berg hinauf zu den alten Linden. Und sie beriefen das Femegericht ein, das am selben Tag noch über die Fremden urteilen sollte.

Jan und Eric saßen gefesselt auf einer Bank im Freien vor der Tafel, hinter der die Menschen sich versammelt hatten. Um sie herum brannten Fackeln, mittlerweile waren die meisten Kiersper zur Linde gekommen.

„Mich haben die Beiden auch bestohlen!" rief ein Mann aus der Menge.

„Ja, mich auch - ich erkenne die Beiden. Sie ziehen über Land und stehlen was sie nur finden können!"

„Nun, ihr hört was gegen euch vorgebracht wird?!" sagte der Richter - „was habt ihr zu eurer Verteidigung zu sagen?"

Doch weder Jan noch Eric verstanden auch nur ein Wort.

Sie versuchten sich noch zu erklären aber ihr Holländisch fand niemanden der es verstehen konnte. Beinah wären sie deswegen sogar noch wegen Hexerei angeklagt worden. Und so kam es wie es kommen musste, der Richter sprach sein Urteil:

„Wegen schweren Raubes an einem wehrlosen Jungen verurteile ich euch zwar nicht zum Henken, dennoch aber zu drei Tagen Hängen. Sollte sich nach drei Tagen jemand erbarmen, euch niederträchtige Seelen vom Baume abzunehmen, so sei es ihm erlaubt. Jedoch keinesfalls früher!"

So war der Richtspruch gefallen und man hängte die beiden kopfüber, mit gefesselten Beinen an die Äste der Thingslinde. Zur Abschreckung für jeden der es wagen sollte gegen das Gesetz zu verstoßen. Sie hingen nun dort wie die beiden, die sie damals auf ihrer ersten Reise nach Frankfurt durch Kierspe gesehen hatten. Die Nacht kam und mit ihr Dunkelheit und Kälte. In der Nacht sagte keiner der beiden ein Wort. Es war ein Alptraum und beide dachten wohl, dass sie aus diesem gleich erwachen müssten. Es war eine Mischung aus Ohnmacht, Traum und Angst.
Als am späten morgen die Sonne aufging strahlte sie mit all ihren winterlichen Möglichkeiten. Sie wärmte die beiden so, dass der Schnee auf ihren Körpern taute und bis in ihre Haare lief, um dort glitzernde Eissträhnen zu bilden die vor sich hin tropften.

„Wir überleben das nicht, Eric!"
Jans Stimme war leise und schwach aber Eric konnte sie gut hören.
„Denk an die Kinder! Denk daran, sie werden uns lynchen, wenn wir nicht rechtzeitig zum Weihnachtsfest zurück sind, mit einem Sack voller Geschenke."

Sie lachten. Wenn auch nur kläglich. Aber die Erinnerung an Zuhause gab ihnen Kraft, obwohl die Lage aussichtslos war. Nicht nur, dass sie kopfüber hingen, ihre Arme waren außerdem auf den Rücken gebunden und so taub wie ein Stück Holz. Lediglich der Tatsache, dass immer wieder Wasser in ihre Münder lief, ließ sich etwas Gutes abgewinnen.

So wie die beiden selber damals an der alten Linde vorbeiritten zogen auch jetzt immer wieder Wanderer, Händler oder Reiter an ihnen vorüber. Manche spuckten auf sie und riefen ihnen zornige Worte zu. Es war wohl besser, dass die beiden es nicht verstanden.

Und dann kam die zweite Nacht. Und sowohl Jan als auch Eric wussten, dass es ihre letzte Nacht sein würde.
„Schlaf gut Eric!" sagte Jan leise.
„Du auch!"

Die Nacht war trocken und klar und der Mond war voll. Aber niemand außer ihnen war hier oben auf dem Berg der Thingslinde und des Femegerichtes.

„Selbst wenn wir drei Tage überleben würden, so käme doch niemand um uns zu befreien. Denn niemand weiß wo wir hier sind. (Am Arsch der Welt, am Arsch in Kierspe)"

Jan schaute noch einmal in Richtung Mond, oben der Schnee, unten der Himmel. Langsam dämmerte er weg. Er spürte die Seile nicht mehr. Sein Körper war wie schwerelos, entlastet von den Zugkräften der letzten endlosen Stunden. Das schien es nun gewesen zu sein. Das Ende. Eine Lange Astgabel erschien vor seinem Auge. Und eine zweite. Es war als würden sie schweben. Er halluzinierte, wahrscheinlich sollte ihn nun das Fieber dahinraffen.

„Jan! Hej Jan - was ist das? Sieh mal nach unten!"

Eric war viel lauter als in den letzten Stunden und in seiner Stimme klang so etwas wie – ja, etwas wie Hoffnung!

Jetzt sah Jan auch bei Eric die stützenden Astgabeln, die ihn aufnahmen und wie auf eine Liege betteten. Das Blut kehrte zurück. Niemals hätten sich die Beiden vorgestellt, dass ein Astgabelbett so bequem sein konnte. Doch das war nicht alles. An anderen Stöcken klebte am oberen Ende Brot mit Honig. Kleine Stücke, welche die beiden selbst in ihrer zugeschnürten Situation, bequem essen konnten.
So war die zweite Nacht kein Vergleich zu der ersten. Doch bevor die Sonne aufging und die Leute wieder an ihnen vorbeikommen sollten, wurden die Astgabeln wieder entfernt und Jan und Eric wieder kopfüber hängen gelassen. Denn hätte man sie vor Ablauf der drei Tage befreit, wären sie gejagt und getötet worden.

Da diese Nacht beinah eine Wohltat war, waren die beiden des Morgens recht guter Dinge. Sie grüßten die Leute die vorbeizogen auf Holländisch, machten Witze über den Einen oder Anderen oder sangen zur Abwechslung ein Lied.

„Je vraagt of ik zin heb in sigaret
Het is twee uur 's nachts, we liggen op bed
In een hotel in een stad, waar niemand ons hoort
Waar niemand ons kent en niemand ons stoort
Op de vloer ligt een lege fles wijn
En kledingstukken die van jou of mij kunnen zijn
Edeze nacht heeft alles
wat ik van een nacht verwacht"

Da die Tage im Dezember kurz sind, war die Zeit der wärmenden Sonne schnell vorbei und die dritte Nacht kündigte sich mit einem blutroten Sonnenuntergang an.
„Schlaf gut Eric!" sagte Jan leise.
„Du auch!"
Zur selben Zeit geschahen im Haus des Richters seltsame Dinge.
Man hatte bereits zu Abend gegessen, die drei Kinder des Richters waren längst im Bett und man saß noch eine Weile in der Wohnstube und genoss die wärmende Behaglichkeit des Kaminfeuers. Die Frau des Richters hatte die Öllampen angezündet und in einem silbernen Leuchter brannten Kerzen.
Der Richter saß auf einem Stuhl am Tisch und trank an einem Glas Wein.
„Schau mal, der schöne Sonnenuntergang", sagte die Frau leise. Und schaute durch das kleine Fenster in Richtung Rönsahl, als sie auf dem äußeren Fenstersims einen Umschlag und einen goldenen Ring sah.
„Hast du etwas auf den Sims gelegt?" fragte sie den Richter. „Einen Ring?"

Der Richter stand auf und ging zum Fenster. Er kannte den Ring. Es war derselbe Ring den er vor zwei Tagen einem Jungen, dem er kurz zuvor gestohlen wurde, zurückgegeben hatte.

„Bring mir Mantel und Schuhe!" sagte er und ging zur Tür.
Der Richter hatte recht. Es war der Ring mit der Inschrift. Er nahm den Umschlag und öffnete ihn. Im Briefkopf war der blau bewehrte rote Löwe der Herzöge

von Berg zu erkennen. Das Schreiben schilderte den Diebstahl des Familienringes eines der Herzöge, während einer Kutschfahrt durch die Mark. Dem Überbringer des Ringes waren 100 Goldmark als Preis ausgelobt.
Das Datum des Schreibens war aus dem August des Vorjahres.

Hatten die Diebe den Ring bereits im Sommer gestohlen? Aber wie ist er dann hierher gekommen, auf seinen Fenstersims?
Im Schreiben war weiter zu lesen, das man auf der Suche nach einem Dieb war, der sich in der Gegend von Kierspe aufhalten sollte. Es hieß, er stehle wie ein Rabe!
Der Richter ging zu seinem Nachbarn, klopfte an dessen Tür und zeigte ihm den Brief. Wortlos las auch er. Ein weiterer Mann mit einer Fackel kam zu ihnen.
„Was ist passiert? Ist etwas mit den Dieben?"
Ein weiterer Mann mit einer Fackel leuchtete den Boden ab.
„Schaut euch das an, da sind Fußspuren aber so klein, dass sie nicht einmal von Kinderfüßen stammen könnten!"
Die Fußspuren führten in den Robusch, unweit der Thingslinde.
Jan und Eric hingen als schwarze Silhouetten am Baum vor einem dunkelroten Himmel.
„Ich hoffe nur, wir haben keinen Fehler gemacht" dachte der Richter und verfolgte mit den Männern die Fußspuren bis in den Wald.
Tiefer und tiefer ging es in den dichter werdenden Wald, immer den Abdrücken nach. Deutlich waren die kleinen

Zehen und Fußballen als Abdruck zu erkennen. Solche Spuren hinterlässt kein Tier, das wussten sie alle. Aber es war jetzt nicht die Zeit darüber nachzudenken.

Und dann standen sie auf einer kleinen Lichtung, umgeben von hohen Bäumen und dichten Büschen. Inmitten der freien Fläche stand eine gewaltige Buche die seit einem Blitzeinschlag hohl war.
Vorsichtig schlichen die Männer zum Baum. Als sie nur noch ein oder zwei Schritte entfernt waren, sahen sie bereits, dass sich im Inneren Gold, Silber, Pelze und wer weiß was noch alles an teuren Dingen türmte. Dies war eindeutig das Versteck der Diebe.

„Wir lassen sie hängen bis sie Skelette sind! Diese verdammten Fremden!" sagte der Nachbar des Richters, als plötzlich ein Junge mit einem Beutel durch das Gebüsch kroch.
„Du?" fragte der Richter, „Was machst du hier?"
Der Junge wollte erst weglaufen, erkannte aber schnell, dass er keine Chance hatte. Zurück durch das Dickicht wäre er zu langsam gewesen und vor ihm standen eine ganze Reihe ausgewachsener Männer.
„Ich hab das hier gefunden!" er zeigte auf den Baum mit dem Hohlraum. „Heute morgen - das Versteck der beiden Diebe - ich hätte es euch gleich morgen gezeigt. Dann hätten wir die beiden endgültig gehenkt!" Der Junge lachte.
„Gib mir den Beutel!" sagte ein Mann mit Fackel. Der Junge zögerte, aber er hatte keine andere Möglichkeit.
Der Mann schüttete den Inhalt in den Schnee. Mit ungläubigem Entsetzen schauten sie auf die Dinge die

dort vor ihnen lagen. Neben sehr sehr vielen kostbar anmutenden Schmuckstücken, mit Edelsteinen besetzt, aus Gold und Silber, erkannten die Männer ihre eigenen Sachen wieder.

„Das ist meine Taschenuhr!" rief der Richter. „Ich habe sie während der Verhandlung noch gehabt - die kann niemals von den beiden gestohlen worden sein!"

„Und das ist unsere Goldkette - meine Frau vermisst sie seit gestern Abend!"

„Und seht hier, das müssen die Papiere der beiden Fremden sein. Es sind ….. holländische Goldhändler."

In diesem Moment stürmte der Junge nach vorn hin zum Baum, griff sich einen Beutel und langte hinein. Mit beiden Händen hielt er die Schlangen und warf sie den Männern entgegen.

Doch das Feuer der Fackeln wehrte die Schlangen ab und die erhoffte Wirkung war dahin.

Nicht aber das indirekte Eingeständnis des Jungen.

Fünf Jahre später.:

Vier Reiter auf dem Weg von Amsterdam nach Frankfurt.

„Da ist er!" Die beiden älteren Männer schwiegen.

„Sind das die beiden Bäume?" fragte der ältere der beiden jüngeren.

„Ja"

„Was hängt da für ein Bündel in der Spitze des Baumes? Sieht aus als hinge das dort schon sehr lange." fragte der jüngere der Burschen.

> Je vraagt of ik zin heb in sigaret
> Het is twee uur 's nachts, we liggen op bed
> In een hotel in een stad, waar niemand ons hoort
> Waar niemand ons kent en niemand ons stoort
> Op de vloer ligt een lege fles wijn
> En kledingstukken die van jou of mij kunnen zijn
> deze nacht heeft alles
> Wat ik van een nacht verwacht

Epilog:

Viele Jahre nach diesem Ereignis wurden die beiden Linden von den Kiersper Bürgern nur noch Jan und Eric genannt.
Als Denkmal für das vorschnelle und falsche Urteil.
Lange Zeit kamen keine Holländer mehr nach Kierspe und wenn, dann nur mit ihren sicheren Wohnwagen im Schlepptau.
Wer die Fußspuren hinterließ und den beiden geholfen hat?
Vielleicht sollte man mal in einer Höhle suchen! ;)

Meryem und Jussuf

Thomas Block

Ihr Kinderlein kommet

Es begab sich aber zu der Zeit, daß es Kriege und großes Elend gab, daß alle Welt in Bewegung käme. Und diese Bewegung war nicht die erste aber eine gewaltige und geschah zu der Zeit, da Obama und Putin die größten Herrscher der Erde waren.

Und jedermann ging dorthin, wo er sich sicher fühlte und nicht mehr um sein Leben und seine Familie fürchten musste.

Da machte sich auch auf Jussuf aus Syrien, aus der Stadt Aleppo, in das christliche Land zu der Stadt in der auch seine Verwandten Asyl gefunden hatten, die da hieß Kierspe, auf daß er sich dort registrieren ließe mit Meryem, seinem vertrauten Weibe, die war schwanger.

„Meryem", sprach er zu ihr, „wir gehen fort von hier. Weit weg in den Norden. Im fernen Europa gibt es eine Stadt, die da heißt Kierspe und in der die Menschen keine Angst um ihr Leben leiden müssen. Ein paar Leute aus dem Dorf sind schon dort und sie berichten in Emails, daß es in Kierspe Arbeit gibt und genug zu essen. Und keinen Krieg. Lass und dorthin gehen. Nach Kierspe."

„Kierspe Dorf oder Kierspe Bahnhof?", fragte Meryem und strich sich über ihren gewölbten Bauch.

Die nächsten Tage vergingen und sie hatte schon nicht mehr an das Gespräch mit ihrem Mann gedacht, denn den Alltag in Angst zu verbringen und den Mangel an all den notwendigen Dingen des Lebens zu spüren, beanspruchte den Großteil ihrer Aufmerksamkeit.

Am Abend des Tages, da sie von Angriffen auf die Stadt gehört hatte, in der ihre Schwester lebte, kam Jussuf etwas früher nach Hause als gewohnt. Sie merkte ihm gleich an, daß etwas geschehen war.

„Meryem, es ist soweit.", sagte er, während er die Schuhe abstreifte. Wir werden abreisen. Ich habe heute unser Haus verkauft und das Auto und noch ein paar Dinge. Khalid hat mich zu einem Mann gebracht, der uns von hier wegbringen wird. Schon bald!"

Meryem sagte nichts. Aber sie merkte, daß ihr komisch wurde und so ließ sie sich langsam auf den Küchenstuhl sinken.

Dann hob sie ihren Blick, schaute Jussuf, ihrem geliebten Mann in die Augen und nickte.

„Ja, wenn du es sagst, dann ist es gut so. Ich packe ein paar Dinge und dann reisen wir nach Deutschland. Sie legte die Hand auf ihren Bauch. Unser Sohn soll in Frieden aufwachsen. Wem hast du davon erzählt?"

Jussuf setzte sich zu ihr an den Küchentisch und legte seine Hände auf ihre.

„Niemandem. Und das sollst du auch nicht tun. Je weniger Leute es wissen, um so sicherer sind wir. Du kannst deinen Freundinnen schreiben, wenn wir von hier fort sind."

Langsam zog er einen Umschlag aus der Innentasche seiner Jacke. Mit zitternden Händen legte ihn auf den Tisch. Meryem sah, daß er voller Geldscheine war. Tränen schossen ihr in die Augen.

Er nickte ihr zu: „Das ist jetzt alles was wir haben. Das habe ich für das Haus und das Auto bekommen. Und das meiste davon habe ich schon dem Mann gegeben... Er bringt uns von hier fort. Alles ist organisiert. Die ganze Reise. Pack ein, was du mitnehmen willst. In ein paar Tagen geht es los."

Und so kam es auch. Es wurde eine lange Reise in ein anderes Land, auf einen anderen Kontinent und wahrscheinlich in ein anderes Leben. Sie waren wochenlang, ja monatelang unterwegs. Mit einem kleinen Boot über unruhiges Meer, mit Bussen, LKWs und auch zu Fuß. Und sie hatten immer Glück gehabt. Unterwegs waren sie vielen Menschen begegnet und viele hatten ihnen geholfen. Doch für Meryem war die Reise immer beschwerlicher geworden. Das Jahr neigte sich dem Ende zu, es wurde immer kälter, je weiter sie nach Norden kamen und die Geburt ihres ersten Sohnes rückte immer näher. Es war schließlich Mitte Dezember, als sie in einer Notunterkunft in Dortmund angelangten. Dort wurden ihre Namen registriert. Nicht zum ersten Mal auf der Reise. Dort wurden sie auf Krankheiten untersucht. Wie schon so oft auf ihrer Reise. Ein junger Arzt nahm sich Zeit für eine genaue Untersuchung. Er versprach Meryem, daß sie in den nächsten Tagen ein gesundes Kind zur Welt bringen würde. Sie bekamen sogar ein eigenes Zelt für sich.

Ganz früh am nächsten Morgen jedoch, weckte Meryem

ihren Mann.

„Jussuf", flüsterte sie.

Er erwachte schnell. Seit sie auf der Reise waren, schlief er nicht mehr tief.

„Was ist los?"

„Jussuf, wir müssen weiter. Hier soll das Kind nicht zur Welt kommen. Nicht in einem Zelt."

Jussuf versuchte nur kurz zu widersprechen: „Aber.."

Dann packten sie die paar Habseligkeiten, die ihnen noch geblieben waren in die große Tasche.

Eine Stunde später nur saßen sie in einem Zug. Die Reise ging weiter. Doch sie wussten, daß es nicht mehr weit war. Sie waren fast allein in dem Zug. Und eng aneinander geschmiegt schauten sie aus dem Fenster. Langsam wurde es draußen hell und je weiter sie fuhren, desto mehr Schnee mischte sich in den Regen. Sie redeten nicht viel. Ein Schaffner kam vorbei. Obwohl sie keine Fahrkarte hatten, ließ er sie in Ruhe. „Frohe Weihnachten" wünschte er ihnen. Und er verriet ihnen, daß sie in Hagen umsteigen müssten. Auf Gleis 3 sollten sie in den Zug nach Brügge steigen. Von dort sei es dann auch nicht mehr weit bis Kierspe. Ein Bus würde dort fahren.

Jussuf dankte ihm.

Und so standen sie gegen 9 Uhr am Morgen auf dem kleinen Bahnhof in Brügge. Jussuf aus Syrien und seine Frau Meryem, die schwanger war. Jussuf trug die schwere Tasche. In seinem Mantel tastete er nach dem

Umschlag. Sein Vermögen hatte er vollständig ausgegeben. Einen 20€ Schein hatte er noch. Das war alles. Aber sie waren ja fast am Ziel.

Endlich kam ein Bus. Jussuf kaufte zwei Fahrkarten und sie suchten sich einen Platz, ganz hinten im menschenleeren Bus. Wieder schauten sie aus dem Fenster. Hier war alles weiß. Jussuf bemerkte, daß der Busfahrer sie immer wieder durch den Rückspiegel beobachtete.

Vielleicht hatte er Sorge, daß die Flüchtlingsfrau ihr Kind in seinem Bus bekommen würde. Dabei waren es sowieso schon genug von denen, die in den letzten Monaten hier angekommen waren.

Vielleicht hatte er aber auch Sorge, daß die Beiden irgendwelche Attentäter sein könnten. In seiner Zeitung las er jeden Tag darüber. Terrorcousinen mit Sprengstoffgürteln.

Vielleicht war das ja überhaupt kein Schwangerschaftsbauch unter ihrem Mantel.

Vielleicht war der Busfahrer auch einfach nur müde und froh, wenn seine Schicht endlich vorbei wäre und er in den Weihnachtsurlaub gehen konnte.

Der Bus hielt an. ZOB Kierspe. Der Fahrer schaltete den Motor aus und öffnete die Tür. „ENDSTATION LEUTE" Mit einem zischenden PFFFFT öffnete er die Tür. Yussuf erhob sich, reichte Meryem die Hand und half ihr auf.

„Thank you, danke schön", sagte er zweisprachig in Richtung des Busfahrers. Und mit starkem Akzent fügte er die Worte an, die er in den letzten Tagen sehr oft gehört hatte.

„Froh Weinachte."

Der Fahrer drehte sich um. Nickte den beiden zu und lächelte.

Dann stiegen die beiden Reisenden aus dem Bus und betraten Kiersper Boden.

„Ganz schön viel Schnee. Ob das hier immer so ist?", Jussuf bückte sich und formte einen festen Schneeball. Schwungvoll warf er ihn auf den Bus, mit dem sie gerade gekommen waren. Der Busfahrer stand, eine Zigarette rauchend daneben.

„EEEEEEY, DU ATTENTÄTER", schrie er.

Jussuf zuckte zusammen. Doch dann sah er, daß der Busfahrer lachte. Seinerseits machte er einen Schneeball und warf zurück. Er traf Jussuf an der Schulter.

Beide lachten. Dann kam der Busfahrer näher. Er zog eine zerknitterte Schachtel Zigaretten aus seiner Lederweste und hielt sie den beiden Neuankömmlingen hin. In ausgezeichnetem Englisch, das man ihm eigentlich nicht zugetraut hätte meinte er:

„Oh, die Dame wird wohl besser nicht rauchen. Aber sie vielleicht?"

Er hielt Jussuf die Schachtel hin und dankbar zog dieser einen Zigarette heraus. Wie lange hatte er sich schon keine mehr angesteckt? Das war Wochen her. Und so rauchten sie und unterhielten sich eine Weile (Wo kommt ihr her? Was habt ihr erlebt? Wollt ihr in Kierspe bleiben? Wisst ihr schon, wo ihr hin wollt? Und so weiter). Als jeder drei Zigaretten geraucht und die Schachtel leer war, sie saßen inzwischen auf der Eintrittsstufe des Busses und Meryem wieder im Bus, berichtete der Fahrer schließlich noch vom Kiersper Winter. Besonders im letzten Jahr. Da war ganz Kierspe unter einer dicken Schneeschicht verschwunden gewesen und nur noch die Dächer hatten oben heraus geschaut. Und die Kirchtürme, falls er überhaupt wisse, was so richtige Kirchen seien. Irgendwie hatte es dann auch noch ein Wunder gegeben, wenn Jussuf alles so richtig verstanden hatte. Mit small Schanhollen Gnomes. Vielleicht lag es am Nikotin, daß er glaubte ein bisschen verrückte Dinge zu hören. Doch dieser Busfahrer war so überzeugt, von dem was er da erzählte... Seine Augen glänzten. Ganz Kierspe sei seitdem immer noch ein bisschen verzaubert. Die small Schanhollen Gnomes seien wohl immer da,...

Jussuf misstraute inzwischen entweder seinem eigenen Englisch oder dem des Busfahrers. Möglicherweise waren diese Schanhollengnomes ja auch ein Teil seiner Religion. Wer konnte das schon wissen. Er war zu müde, dies nun hier anzuzweifeln. Er nahm sich aber vor, mal zu recherchieren wenn sein Handyakku mal wieder aufgeladen wäre. Aber im Moment gab es auch ein paar wichtigere Dinge. Zum Beispiel seine hochschwangere Frau Meryem auf der Busrückbank. Der Busfahrer sah nun auf die Uhr. „Es ist gleich Mittag. Ich habe jetzt Urlaub. Sei mir nicht böse Bruder, aber ich muss nun den Bus in seinen Hangar bringen und dann habe ich Weihnachtsurlaub. Ich brauche auch noch ein Geschenk für meine Frau.", grinste er verlegen.

„Und ihr? Wisst ihr, wo ihr jetzt hin müsst? Soll ich euch noch irgendwo..."

Es klopfte von der Businnenseite an die Scheibe. Drei mal. Und ziemlich heftig.

Jussuf sprang auf und stürzte in den Bus.

„Es ist soweit. Es geht los.", sagte sie ruhig.

„Unser Kind kommt."

„Na denn frohe Weihnachten", sagte der Busfahrer, "Ich hab´s ja geahnt. Schon in Brügge hab ich´s geahnt. Bis ins Krankenhaus schaffen wir es wahrscheinlich nicht mehr. Aber egal. Haltet euch fest."

Schon saß er auf seinem Fahrersitz, startete zeitgleich den Bus und sein Handy.

„Keine Sorge, es ist nicht weit. Halt durch Mädel."

Jussuf und Meryem schauten sich an. Ein bisschen ratlos, denn der Mann hatte in der Aufregung sein Englisch vergessen und redete nun auf Deutsch auf sie und sein Handy ein.

„Nicht mehr lang, und ihr habt euer „CHRISTkind." Er lachte. „Christkind..."

Wen er da während der kurzen Fahrt anrief, blieb den Beiden verborgen, sie verstanden seine Worte ja nicht, aber zehn Minuten später standen sie vor einer großen Halle. Es schneite heftig. Wie ein Krankenhaus sah das nun wirklich nicht aus. Vier große Tore und rot schwarze Wandgemälde... und fremde Worte. Irgendeine Runenschrift. Hätte Jussuf sie lesen können, dann hätte er verstanden. FEUERWEHR KIERSPE – LÖSCHZUG STADTMITTE. Das Tor über unter dem Wort KIERSPE öffnete sich. Der Bus fuhr hinein und das Tor schloss sich wieder. Der Busfahrer sprang vom Fahrersitz in die Halle und redete mit ein paar Männern die auch dort waren. Jussuf blieb bei seiner Frau. Er sah, daß die Männer redeten, Wörter in ihre Handys tippten und telefonierten. Einer brachte ein paar Decken für Meryem. Die war inzwischen wieder etwas entspannter. Schließlich kam der Busfahrer wieder in den Bus.

„Tja, Leute. Wir haben alles in die Wege geleitet. Einen Arzt angerufen, eine Hebamme, einen Rettungswagen... Aber bis ins Krankenhaus nach Lüdenscheid oder Wipperfürth werden wir es wohl nicht mehr schaffen. Wir bringen deine Frau jetzt oben in ein Zimmer und dann gucken wir mal, was wir machen können. Der Arzt kommt gleich, der wohnt hier um die Ecke, naja, am Padberg.

Und so wurde es auch gemacht. Ein paar Minuten später lag Meryem auf einer Liege. Umsorgt von Feuerwehrmännern. In dem Raum stand auch ein kleiner Baum mit elektrischen Kerzen. An den Zweigen hingen kleine Feuerwehrautos. Davor stand eine Krippe. Josef, Maria, ein Baby...

Jussuf schaute auf den kleinen Holzstall, dann zum Busfahrer. Die Männer lächelten sich an.

„Hat schon mal geklappt", sagte der Busfahrer, „klappt wieder."

Als der Arzt 20 Minuten später kam, war das Baby schon geboren.

Der Arzt entschuldigte sich wortreich, es habe dermaßen angefangen zu schneien, daß er sich schon an das letzte Jahr erinnert fühlte, meinte er. Aber es sei ja wohl auch ohne ihn gegangen, wie er am offensichtlich gesunden und laut schreienden kleinen Jungen sehen könne. Doch halt, nach kurzer Untersuchung meinte er, daß wohl doch noch nicht alles überstanden sei. Ein zweites Baby wäre noch da.

Jussuf schaute Meryem an. Beide machten große Augen.

„Zwillinge?"

„Das wird nicht mehr lange dauern, keine Sorge", brummte der Arzt. Wenn ihr euch beeilt, könnt ihr noch den Namen für Nummer 1 aussuchen und einen für Nummer 2 überlegen.

„Der Junge wird Issa heißen", sagte Jussuf. So wie schon Meryems Vater".

Er drückte seinen erstgeborenen Sohn dem Busfahrer in den Arm, damit er sich wieder seiner Frau zuwenden konnte.

„Pass gut auf ihn auf, mein Freund", sagte er.

„Kein Problem, ich hab noch nicht mal ne Krippe in die ich ihn legen könnte, aber da fällt uns schon was ein.

Eine halbe Stunde später war auch der zweite Junge auf die Welt gekommen. Es war inzwischen schon dunkel draußen. Man konnte sehen, daß draußen ein dichtes Schneetreiben herrschte. Die Glocken der Margarethenkirche läuteten laut. Sie riefen zum Heiligabendgottesdienst. Auf die Fensterbank des Feuerwehrgerätehauses senkte sich eine letzte Schneeflocke. Erstaunlicherweise war sie schwarz.

2. Weihnachtstag

Der Busfahrer, seine Frau und seine kleine Tochter waren nach Wipperfürth ins Krankenhaus gefahren. Gestern war Meryem und ihre beiden Neugeborenen hierher gebracht worden. Alle waren gesund und die Ärzte waren voll des Lobes für die gute Betreuung durch die Feuerwehrleute. Vor dem Krankenhaus wartete auch ein Fernsehteam. Flüchtlinge, die am Heiligabend ein Kind (oder zwei) bekommen hatten. Das war ja mal eine rührselige Geschichte.

Für den Busfahrer und Jussuf war es der Beginn einer Freundschaft. Und wenn ihr jetzt fragt, wie denn eigentlich das zweite Baby heißt und was Issa eigentlich für ein komischer Jungenname ist. Nun, *Issa* ist die arabische Form von Jesus und der zweite Junge bekam den Vornamen vom ersten deutschen Freund in Kierspe:

Christian.

Aus dem Hülloch zur Weihnachtszeit

VON

THOMAS BLOCK
INGO JUNG

Gebundene Ausgabe: 349 Seiten

Verlag: Rheingauer Literaturverlag (1. Mai 2011)

Sprache: Deutsch

ISBN-10: 3941749013

ISBN-13: 978-3941749016

Umschlaggestaltung dieses Buches von

Claudia Ackermann

Claudia Ackermann hat ein Malerei- und Grafikstudium mit Diplom (am IBKK), ist freischaffende Künstlerin, Kreativbuchautorin und leitet ihre eigene Malschule in Kierspe.

Als Autorin sind folgende Titel erschienen.

ISBN-10: 3862302938

ISBN-10: 3838836332